UNSTOPPABLE

MELODY GRACE

UNSTOPPABLE

Traduit de l'anglais
par Camille S.

EDITIONS PRISMA

Titre de l'édition originale :
UNSTOPPABLE

Responsable éditoriale : Ambre Rouvière
Éditeur : Nicolas Rabeau
Correction et composition : Nord Compo Multimedia
Couverture : Éric Doxat et Nord Compo Multimedia
Photos de couverture : © Studio10Artur/Shutterstock (premier plan) et © Jhuku/Fotolia (arrière-plan)

ISBN : 978-2-8104-1880-0

PEFC
10-31-1601
Certifié PEFC
pefc-france.org

Depuis 2009, Prisma Media met en place une politique d'achat éco-responsable. Ainsi, près de 100 % du papier de nos magazines est certifié PEFC (gestion durable des forêts). La fabrication des livres des Éditions Prisma s'inscrit également dans cette démarche.

Prologue

Dans la vie, tu auras toujours une seconde chance, disait mon père.

Même quand tu ne vois pas d'issue, même si tu te sens perdu au plus profond des ténèbres, il y a toujours un moyen de sortir du tunnel, l'espoir de voir enfin se lever une aube pure et lumineuse.

Tout le monde se plante sans arrêt, c'est même ça qui nous caractérise. Nous connaissons tous des périodes de peur et de vulnérabilité, nous sommes tous un jour ou l'autre en proie aux affres de la jalousie. Il n'existe pas une personne à travers le vaste monde qui n'ait sombré à un moment donné. Ce qui importe, c'est ce que nous faisons après avoir touché le fond.

Parce que l'amour ne dure pas forcément la première fois, ni la seconde d'ailleurs. Je ne connais pas de cœur qui traverse la vie en un seul morceau. Si vous ne rebondissez pas, si vous ne trouvez pas la force de réessayer, vous ne trouverez jamais l'âme sœur, celle qui va vous aimer non pas malgré vos blessures et vos fêlures, mais à cause d'elles.

Je n'étais qu'une gamine à l'époque, je n'ai pas compris. Cette seconde chance dont parlait mon père, elle n'était pas éternelle. Et l'été de mes treize ans, je ne la voyais pas. Ce n'est que des années plus tard que ses mots sont devenus un réconfort pour moi, quelque chose à quoi me raccrocher quand je me sentais trop perdue pour oser même rêver de pouvoir aimer à nouveau.

Il savait que mon cœur était plus fort que je ne l'imaginais. Il savait qu'un jour, l'avenir me sourirait, que le désespoir ne serait plus qu'un lointain souvenir.

Parce que, à la fin, la seconde chance la plus importante, et qui changera tout, c'est celle que tu sauras saisir.

1.

Ryland

J'ai un carré entre les mains et quand le donneur retourne la dernière carte, je comprends tout de suite, c'est fini. Pas juste la partie, mais tout. Mon job de merde, mon petit séjour à Vegas. Fini, ce sombre chapitre de ma vie en vrac. Personne autour de moi n'a encore abattu ses cartes, mais je le sais.

C'est terminé.

– Alors, les gars, qu'est-ce qu'on décide ?

Mon patron, Driskell, s'enfonce tellement dans son siège qu'il semble sur le point de poser ses santiags sur la table de poker. Il a aux lèvres ce légendaire sourire de requin, celui qui n'annonce rien de bon pour le type qui a le malheur de se trouver en face de lui.

– Qui c'est qui a des couilles, là ?

Je sens autour de moi les autres qui se dégonflent en une fraction de seconde. On ne joue pas des pièces en chocolat. Il y a déjà soixante-quinze mille dollars au bas mot sur la table, sous forme de jetons plastique. Au *Bellagio*, c'est la salle réservée aux flambeurs et Driskell a toujours aimé faire étalage de son fric.

Je tapote doucement mes cartes, en m'efforçant de ne rien trahir de mes émotions. En principe, je ne devrais pas être là. Tous ces gars sont pleins aux as, impeccables dans leur costume de marque, Rolex au poignet. Moi ? Je suis en jean, santiags poussiéreuses aux pieds. Mon job, c'est d'être planté à l'entrée, ou à la sortie, là où Driskell me dit de me mettre. Je suis juste un homme de main, chargé de faire en sorte que l'un de ses ennemis ne l'approche pas de trop près. Et dans ce business, il y en a toujours qui sont tentés d'essayer. Le mois dernier, le chef d'une bande rivale a braqué un flingue sur lui au beau milieu d'une négociation, à Tampa.

Aujourd'hui, il est branché sur respirateur.

Mais l'un des joueurs s'est défilé un peu plus tôt et Driskell m'a demandé de le remplacer. Et maintenant, mon boss me sourit avec la tête du mec qui a affaire à un minable.

– Tu es sûr que tu ne veux pas te coucher, gamin ?

Il jette une autre pile de jetons, dix mille dollars de plus en jeu.

– Tu peux quitter la table tout de suite, sans problème. J'ajouterai juste tout ça à ta note.

Ma note.

Il en parle comme si je lui devais deux bières, mais en fait c'est bien pour ça que je suis là, que je travaille pour lui. Deux ans et plus à son service, comme garde du corps, et je suis encore loin de pouvoir lui rembourser tout ce que je lui dois.

Ça valait le coup. Et ça le vaudra toujours, mais quand il remue le couteau dans la plaie comme ça, je vois rouge.

Je hausse les épaules et avale une gorgée de bière.

– C'est bon, je suis.

Driskell ricane. Il croit que je bluffe. Ils le croient tous. Et après tout ! Ces types contrôlent la ville, chaque ruelle mal famée, chaque quartier miteux, et moi, je ne suis qu'un petit voyou chargé d'exploser les gueules et de maintenir l'ordre.

L'un après l'autre, les joueurs autour de moi se couchent.

– Ma femme va me tuer, soupire l'un.

– Comment ça, ta femme ?, rigole l'autre en jetant ses cartes. Et ma maîtresse alors ?

Quant à moi, j'ai les yeux rivés sur Driskell, à l'affût du moindre battement de cils.

Et c'est là que la porte s'ouvre. Qu'*elle* entre.

J'ignore ce qui fait qu'elle capte mon attention. On est à Vegas et des belles filles, il y en a plein le Strip qui se baladent en talons aiguilles et minijupes au ras des fesses. Mais quand elle se faufile entre les tables pour se rendre au comptoir, c'est plus fort que moi, je la suis du regard. Une petite robe noire toute simple habille son corps menu, ses cheveux noirs retombent en cascade sur ses épaules. Elle a une façon de se mouvoir particulière, une grâce naturelle habite chacun de ses gestes. Elle s'assied sur un tabouret et regarde avec curiosité autour d'elle.

Je suis fasciné.

Son regard soudain croise le mien, elle me surprend en train de l'observer, mais je ne tourne pas la tête. Au lieu de ça, je la dévore des yeux, mémorise chaque trait de son visage, comme je le fais toujours. C'est mon truc, tout archiver dans ma mémoire. On ne sait jamais quand on aura besoin de reconnaître quelqu'un dans la foule, et cette fraction de seconde qu'il vous faudra pour vous rappeler d'une personne peut même vous sauver la vie.

Mais ce soir, ce n'est pas le danger qui fait cogner mon cœur. C'est elle, rien qu'elle. Ces yeux noirs, tellement noirs par rapport à son visage blême, deux lacs profonds et mystérieux. Dans une salle bondée de femmes bronzées et entièrement refaites qui rient trop fort, crient pour un rien, elle tranche ne serait-ce que par son calme. Son silence.

– Alors gamin, tu fais quoi ?, m'interpelle Driskell, me ramenant au jeu.

Merde. Je reporte mon regard sur la table. *C'est ton avenir qui se joue, là, et toi, tu te laisses distraire à mater une fille ?*

– C'est l'heure de vérité, marmonne un des types.

– Dit le menteur pathologique, rétorque un autre et ça rigole, sauf Driskell et moi, nos cartes en main, comme si de rien n'était.

Voilà, on y est.

Je devrais être nerveux. Inquiet. Mais en fait, je n'ai rien à perdre en ce fichu monde. Et que je passe cette porte sur mes deux jambes ou que je sois jeté dehors la tête la première, en sang, qu'est-ce que ça changera ? J'en ai fini avec eux.

Je ne regarde même pas mon jeu. Même si je le voulais, je ne pourrais pas me coucher maintenant. Je balance mes derniers jetons sur la table.

– Je suis.

Driskell ricane.

– Quinte flush, annonce-t-il avec un sourire victorieux, en étalant ses cartes devant moi.

Ça siffle, ça applaudit et déjà Driskell se prépare à ramasser les jetons quand à mon tour je pose mes cartes bien alignées.

– Carré d'as.

Je vois le visage de Driskell se décomposer, mais il se reprend rapidement, pas question de trahir la moindre faille en public. Il éclate de rire.

– Eh bien, ça alors ! Qui aurait pu croire une chose pareille ? C'est le gamin qui a le dernier mot.

J'attends que la foule se disperse, que chacun se barre, non sans avoir au préalable témoigner son estime à Driskell à grand renfort de courbettes. Je glisse un jeton dans ma poche, puis je m'avance vers lui et lui tends le reste.

– Nous sommes quittes, maintenant.

Il n'a pas l'air d'accord.

– On reparlera de tout ça demain matin, me répond-il sur ce ton glacial qui n'admet aucune réplique.

Mais je tiens bon.

– Il y en a pour plus de quatre-vingt mille, là, c'est plus qu'il n'en faut.

– Ce n'est pas qu'une question de fric.

Je m'apprête à argumenter quand quelqu'un vient lui chuchoter respectueusement quelque chose à l'oreille. On a besoin de lui je ne sais où. Un problème avec une cargaison de dope.

Il hoche la tête, puis se tourne vers moi avec un grand sourire.

– Tu devrais fêter ça. Prends ta soirée, amuse-toi. Tu peux te la payer, ajoute-t-il en désignant la fille au comptoir. Je te verrai demain matin.

Et il s'en va, se dirige le pas traînant vers la porte. Son chauffeur, Jimmy, va pour le suivre, mais je l'intercepte.

– Prends ça, lui dis-je en lui passant mes gains. Mets tout dans le coffre. Et préviens Driskell quand ça sera fait.

– Entendu, répond Jimmy. Tu viens avec nous ? Après le boulot, on pensait aller faire un tour au *Diamond Girls*.

– Non, merci, je réponds en lui balançant une claque sur l'épaule.

Ce n'est pas vraiment un ami, juste un collègue sympathique, l'un des rares dans mon entourage.

– Prends soin de toi.

Jimmy paraît un peu décontenancé, mais il ne pose aucune question, se contentant d'emboîter le pas à Driskell comme un petit chien obéissant. Et moi aussi, en principe, je devrais suivre au bout de ma laisse invisible, docile, mais pas ce soir.

Plus jamais.

J'en prends soudain conscience, là au milieu de cette salle remplie de monde.

Je suis libre, enfin.

Ma dette est payée, mon ardoise effacée. Fini le sale boulot, les cassages de gueules et les clubs louches, terminé les trafics dans les ruelles sombres et les nuits dans un appartement merdique à fixer le ventilo au plafond, à me rêver ailleurs, n'importe où sauf ici.

Ce soir sonne le début du reste de ma vie.

Je me dirige vers le comptoir, avec un sentiment d'euphorie. Miracle, la fille est encore là, seule, et je prends ça comme un signe. Vite, je m'approche d'elle.

– Non.

Sa voix est polaire, déterminée. Elle ne me regarde même pas.

– Je voulais juste vous offrir un verre, dis-je, sourire aux lèvres.

– Je sais, me répond-elle, et cette fois elle se tourne vers moi. Et j'ai dit non.

J'hésite, confondu l'espace de quelques secondes par l'intensité de ses yeux noirs. Je sais m'effacer quand on me le demande, mais elle a une façon de me regarder, comme s'il y avait autre chose caché sous la surface.

– Puis-je savoir pourquoi ?

– Parce que vous êtes trop dangereux…

Et elle ne le dit pas comme une fille qui drague, elle expose seulement un fait.

– Moi ? Je suis un vrai nounours, je réponds avec mon plus beau sourire, celui que je dégaine à toutes les filles de cette ville, un sésame pour avoir libre accès à leur chambre.

Elle laisse échapper un rire.

– Je dirais plutôt un grizzly.

Je réfléchis, tente de la cerner.

– Une bière ?

– Je ne bois pas.

– Dans ce cas, vous n'avez pas choisi l'endroit le plus approprié pour passer la soirée.

– Je sais, elle soupire et le temps d'un éclair, la méfiance s'estompe dans ses yeux, juste un peu. C'est mon anniversaire, ajoute-t-elle doucement. Enfin, ce le sera dans… trois minutes…

Elle regarde la pendule au mur.

– Mon frère est quelque part avec sa copine, peut-être en train de se marier en ce moment et moi… moi, je suis là à blablater avec un parfait inconnu…

Elle lève les yeux au ciel.

– Un mystérieux et irrésistible inconnu, je rectifie avec humour. Je m'appelle Ryland James, j'ajoute, main tendue.

Elle hésite avant de la prendre.

– Tegan, dit-elle.

Sa main est douce et froide, et quand elle la retire de la mienne et détourne les yeux, crispée, les épaules raides, je ressens une sorte de désarroi. Je me demande qui l'a fait souffrir, pourquoi elle se retrouve ici, toute seule, à attendre son anniversaire. Loin de sa famille, de ses amis, si réservée, si secrète au milieu de la foule.

Mais plus que tout, j'ai envie de lui faire oublier tout ça, juste pour un moment.

– Vous êtes sûre, pour le verre ? Je parie que le barman se ferait un plaisir de vous concocter un Shirley Temple.

Tegan secoue la tête.

– Désolée, mais je ne plaisante pas, dit-elle avec calme. Les mecs de votre genre, je les ai assez vus.

Je me rapproche et elle sursaute, surprise, quand je me penche sur elle pour lui murmurer de ma voix la plus suave.

– Ma belle, tu n'as jamais rencontré un mec comme moi.

Et là, je ne sais pas ce qui me prend. Peut-être est-ce la bière, ou le contact de son bras contre moi. Peut-être est-ce la perspective enivrante d'un nouveau départ, de pouvoir enfin quitter cette ville. Ou peut-être est-ce juste parce que, à ce moment, je la veux plus que tout au monde. Bref, quelle que soit la raison, sans plus attendre je l'embrasse, là, devant tout le monde.

Elle entrouvre les lèvres de surprise, des lèvres douces, pulpeuses comme ces pêches mûres que j'avais l'habitude de voler au ranch. Je glisse une main sur sa nuque et l'embrasse plus fort, subjugué par la chaleur de sa bouche, de sa langue sous la mienne.

C'est tout ce à quoi j'aspirais et je ne le savais même pas.

Tegan se fige, hésitante contre ma bouche, puis elle me rend mon baiser.

Merde.

Ce n'est pas moi le danger, là, c'est elle. Elle presse ses lèvres contre les miennes, me dévore, me mordille avec un petit sourire moqueur. Tegan s'abandonne contre mon corps, en demande plus et je dois ravaler un grognement de désir.

Mais qui est cette fille ?

Derrière les apparences, c'est du feu, un concentré de passion à faire tourner la tête de n'importe quel type. Je m'envole, dévore ses lèvres sucrées, promène mes mains sur son corps. Je donnerais n'importe quoi pour être loin d'ici, loin de ce bar plein de monde. N'importe où du moment qu'il y a une porte, une serrure. Et un lit.

Tegan me repousse à bout de souffle.

– Bon anniversaire, je murmure et je me délecte de cet incendie dans ses yeux.

J'y vois du désir, une faim insatiable. Mais quand je tends la main, elle me repousse à nouveau, se referme comme une huître. Je vois soudain la panique traverser son regard. Elle bascule un peu sur son tabouret.

– Je suis... désolée, balbutie-t-elle, et son visage exprime de tels tourments. Je ne peux pas. Pas cette fois.

Et je n'ai même pas le temps de la retenir, elle me tourne le dos et s'en va, bousculant les clients dans sa fuite.

Qu'est-ce que ça veut dire ?

Je m'élance à sa poursuite, mais je suis gêné dans ma course par la foule et je perds du temps. Je remonte le couloir à toutes jambes puis regarde dehors autour de moi. Elle a disparu.

Merde.

J'arpente le trottoir éclairé au néon, dans un sens et dans l'autre, retourne dans l'immense hôtel et la cherche un peu partout, crois à plusieurs reprises apercevoir ses cheveux noirs, ses yeux brillants. Et c'est après avoir fouillé chaque recoin que je dois me résigner.

Elle est partie.

Au pied des fontaines, je reprends mon souffle. Une large foule fait la queue et attend le prochain spectacle. Juste à ce moment, la musique commence et les jets d'eau fusent, dessinant des arcs de cercle lumineux sur fond de ciel noir. C'est beau, comme toujours. Le Strip scintille, océan de couleurs et de lumières au milieu du désert. Sauf que j'ai vu ça cent fois, trop pour y trouver une quelconque beauté.

Ce baiser a eu sur moi l'effet d'un shoot de réalité, éclipsant toute cette merde ambiante pour me rappeler à quoi ressemble quelque chose de vrai. De pur. Plus qu'assez de faire le sale boulot, de nager avec les requins. Assez de cette ville, de toutes ces fausses promesses, de ces mirages.

Je sors mon téléphone de ma poche et compose un numéro que je connais par cœur. Et que je n'ai pas appelé depuis trop longtemps. Mais ce soir, je le sais, je le sens, le moment est venu.

– Ray Jay ?, s'exclame la voix à l'autre bout du fil, surprise, et je ne peux pas lui en vouloir. Que se passe-t-il ? Ça va ?

– Oui, je vais bien, je m'empresse de le rassurer, avant qu'il ne me croie derrière les barreaux de je ne sais quelle prison d'un comté paumé. Et si tu pouvais arrêter de m'appeler Ray Jay, je ne suis plus un gosse.

Emerson rit.

– Désolé de ne pas m'en être souvenu. Mais ça fait un bail. C'était quand, la dernière fois que je t'ai vu ?, demande-t-il sur un ton léger, mais j'entends bien les reproches dans sa voix. Tu n'es même pas venu à mon mariage, ni à celui de Brit. Nous sommes encore ta famille, *Ryland*. En tout cas, on aimerait bien l'être, si tu voulais bien nous laisser essayer.

– Alors tu as de la chance, grand frère. Je rentre à la maison.

2.

Tegan

Un mois plus tard…

Le trajet de Los Angeles à Beachwood Bay me prend six jours. Six jours de motels crasseux et de bouffe de merde dans les drives. Six jours à chanter à tue-tête, et faux, branchée sur toutes les stations rock que je peux capter au fil de ma course. Six jours à m'interroger enfin. Je suis partie sur un coup de tête, mais qu'est-ce qui m'attend au bout de la route ? Est-ce que j'ai pris la bonne décision ? Ne suis-je pas en train de commettre la pire erreur de mon existence ? La deuxième, pour être précise.

La pire de toutes, bien sûr, étant de toujours aimer Connor.

Lorsque j'arrive en vue de la maison de mon frère, face à l'océan, je me motive pour m'en tenir à l'aspect positif des choses. Tout va bien. Le soleil est déjà bas dans un ciel d'un bleu immaculé, et depuis la route, j'aperçois des goélands qui font du rase-mottes au-dessus des vagues dans une chorégraphie joyeuse et pleine de grâce. Je me gare dans l'allée déserte et descends de voiture, procède à quelques étirements avec en fond sonore le bruit des vagues qui se brisent sur le rivage et ce silence infini de la nature immense et sauvage.

Le paradis.

La maison de Dex est contemporaine, un bloc posé là sur la plage, aucun voisin à moins de plusieurs kilomètres. Je sors mes clés de mon sac et ouvre la porte, mais à peine ai-je franchi le seuil que mon téléphone sonne. Un appel de mon frère qui ne me laisse même pas le temps de poser mes affaires.

– Pile à l'heure, je réponds sur un ton enjoué dans l'espoir de retarder l'inévitable sermon.

Il y a un panneau d'alarme qui clignote dans un coin et ça bipe. Je m'en approche et examine le clavier.

– C'est quoi, le code ?

– Tegan…

Je reconnais ce ton, le reproche très clair dans sa voix, même depuis Buenos Aires.

– J'ai passé un savon à Blake. Comment ça se fait que notre petite sœur ait pu se casser et entreprendre ce voyage à travers le pays, sans rien dire à personne !

– J'ai laissé un mot !, je proteste. Et vous n'avez pas arrêté de m'appeler tous les dix kilomètres. Pire que si j'avais eu les flics aux trousses.

J'ai trois grands frères, tous plus surprotecteurs les uns que les autres. Surtout maintenant, après tout ce qu'il s'est passé. Mais c'est bien pour ça que je suis là, pour tenter d'échapper aux regards inquiets, aux questions du genre : « T'es sûre que ça va ? Sûre-sûre ? » Aux attentions plus ou moins discrètes, comme si tous craignaient que je ne m'effondre.

Encore une fois.

– Le code de l'alarme ?, je répète alors que ça bipe de plus en plus fort.

– Six huit neuf deux, répond Dex à contrecœur.

– La date de mon anniversaire, je note avec un sourire, tout en pianotant les chiffres sur le clavier. Qu'est-ce que tu es sentimental...

– Je ne suis pas d'humeur à rigoler, réplique-t-il. Qu'est-ce tu fais là-bas ? La tournée vient juste de commencer. Le groupe ne reviendra pas avant des mois maintenant.

– Je garde la maison pour toi...

Je traverse l'immense salon jusqu'à la baie vitrée panoramique, tout au bout. Un truc géant, qui couvre un pan de mur entier, du sol au plafond, pour une vue pleinement dégagée sur la baie. Je soulève le loquet et fais coulisser l'une des portes et quand je sors sur la terrasse de derrière, je reçois une claque d'iode et de vent. Il y a des transats et une table basse puis, en contrebas, c'est la piscine protégée d'une bâche bleu électrique. Enfin, au fond, un portail blanc qui mène droit à la plage. Souvent, je me dis qu'avoir une rock star pour frère n'a pas que des inconvénients.

– Je n'ai pas besoin que quelqu'un garde la maison, marmonne Dex.

– C'est criminel de laisser un endroit pareil inoccupé. Et puis, j'ajoute, presque en chuchotant, j'ai besoin de me retrouver un peu. Besoin de temps pour faire le point.

– Et tu ne pouvais pas faire ça plus près de la maison ?, lâche Dex, vraiment inquiet. Je n'aime pas te savoir toute seule, là-bas. Il pourrait t'arriver n'importe quoi…

Je réprime un éclat de rire, un rire nerveux. Le pire est déjà arrivé. Après l'année dernière, j'ai même l'impression d'évoluer dans le monde des Bisounours. Et aussi, comparé à L.A., je n'imagine pas endroit plus tranquille que la maison de la plage, dans cette petite bourgade de Caroline du Nord.

À des centaines de kilomètres de mon passé. Loin de ces souvenirs tapis à chaque coin de rue, toujours à l'affût pour me rappeler des choses que je voudrais oublier.

Je regarde l'océan qui scintille tout en bleu et vert sous le soleil crépusculaire et un étrange sentiment de paix m'envahit. C'est ici et nulle part ailleurs que je vais pouvoir faire table rase du passé. Ici que j'ai une chance de pouvoir prendre un nouveau départ.

– Je sais que tu cherches juste à veiller sur moi, dis-je à Dex, avec douceur. Mais fais-moi confiance, s'il te plaît. J'ai besoin d'être ici. J'ignore le pourquoi du comment, mais je le sens, ça va me faire du bien.

Un long silence s'ensuit et j'ai l'impression de l'entendre peser chacun de mes mots. Les gens imaginent toujours les rock stars comme des gens impulsifs et turbulents, mais Dex sait mieux que personne ce que j'ai traversé. Et pourquoi me faire confiance revêt une telle importance aujourd'hui.

– Je te donnerai des nouvelles tous les jours, je te le promets, j'ajoute, avec un petit pincement de culpabilité, car je ne peux pas lui reprocher de s'inquiéter pour moi, je leur ai à tous causé tellement de stress et de chagrin, cette année. Deux fois par jour. Entre toi, Ash et Blake, je ne serai jamais vraiment seule.

– Bien, soupire Dex. Mais prends soin de toi surtout, d'accord ? Et si tu ne te sens pas bien…

– J'appelle, promis. Mais je t'en prie, ne t'en fais pas. Tu dois te concentrer sur la tournée. Et t'occuper d'Alicia. Jure-moi juste que tu ne vas pas te marier sans nous à Vegas, j'ajoute, insistante.

Dex rigole.

– Quand on se mariera, vous serez tous de la fête, répond-il.

– Wow. On est dans le *quand*, pas dans le *si*… C'est du sérieux.

– Pas de commentaire, marmonne Dex. Bon, je te laisse, j'ai une répète. Tu es sûre que ça va aller ?

– Sûre de chez sûre. Allez, retourne répéter. Et bonne chance pour ce soir.

– Je t'aime…

Dex raccroche et je serre le téléphone contre mon cœur en m'interrogeant. Je ne sais pas à qui je mens, à lui ou à moi-même. Ces derniers mois, je n'ai pas arrêté, faisant mille choses pour surtout ne pas penser. Ne pas ressentir. J'avais peur de ce qui arriverait si jamais je baissais à fond le son du monde, alors j'ai passé mon temps à faire des va-et-vient, un tour chez ma meilleure amie, un autre chez mes différents frères, en me mêlant de leur vie à tous, comme ça, je n'étais pas obligée de me préoccuper de la mienne.

Mais maintenant, je suis là, seule enfin.

J'observe le manège des vagues qui se cassent, écoute le cri des oiseaux et le bruissement du vent dans les arbres. Pour la première fois depuis longtemps, je n'ai aucun plan en tête. Personne pour me tenir compagnie. C'est juste moi et moi.

Et je suis bien.

Un texto de Dex arrive. *Je rigole pas. APPELLE !*

Je souris, l'imagine se précipitant dans la salle de concert pour les derniers arrangements et faire en sorte que tout se passe bien. En principe, je devrais être à ses côtés. Pendant des années, ma place était en coulisse, j'étais là à monter la garde contre les groupies hystériques et les requins de l'industrie du disque. À les conseiller sur les titres à jouer, sur les costumes. Leur manager aux supers pouvoirs, voilà comme certains m'avaient baptisée, dans le milieu. Cette tournée est un événement. Elle marque les retrouvailles du groupe, après un an de séparation. Dex m'a invitée à les suivre bien sûr, mais j'ai décliné la proposition. Attention, j'ai toujours adoré la vie en tournée, être sur la route jour après jour, mais aujourd'hui, ça me rappelle trop de choses. Si je suis allée les applaudir à Vegas, c'est uniquement pour leur dire au revoir, c'est tout.

Vegas…

Une fraction de seconde, je repense à l'inconnu du *Bellagio*. Ces yeux noirs, ce sourire espiègle. Charmeur. Je me souviens de la douceur infinie de sa main sur ma joue. Et de ce feu dans son baiser. De l'incendie majeur qui a ravagé mon corps.

Un garçon comme lui, ce ne sont que des problèmes en perspective. Et c'est bien la dernière chose dont tu as besoin. Tu devrais avoir compris la leçon maintenant, non ?

Je le zappe de ma mémoire et vais chercher le reste de mes affaires dans la voiture. J'ai le choix entre une bonne dizaine de chambres, mais je prends celle qui surplombe l'océan. C'est la plus petite, pourtant je m'y sens comme dans un cocon, bien à l'abri, au sommet du monde. À l'intérieur, un lit tout simple avec des draps blancs, une commode années 1950 et une vue à en tomber par terre. Je défais en vitesse ma valise puis descends inspecter les autres pièces de la maison.

Je dois reconnaître ce talent à mon frère : il a du goût en matière de déco et d'aménagement. Tout est en perspective, les pièces sont ouvertes au vent. Rien pour distraire de la vue. Dans la cuisine, je trouve les placards et le réfrigérateur quasi vides, alors je dresse une liste des choses dont j'aurai besoin durant mon séjour. À manger, des affaires de toilette, quelques fringues et aussi de quoi me maquiller, puisque j'ai oublié ma trousse dans mon départ précipité. J'ai juste envie de me détendre après tout ce temps sur la route. Mais j'ignore à quelle heure ferment les magasins dans le coin, alors j'attrape mes clés et reprends le volant de ma précieuse Mustang 65.

Je mets le contact.

La voiture tousse, deux fois, puis crachote et démarre.

– Gentille fille, dis-je en m'engageant sur la route.

Depuis Albuquerque, elle émet de drôles de bruits, comme un grincement, mais au fond de moi je savais qu'elle ne me laisserait pas tomber.

Mon père a retapé cette Mustang de ses propres mains, de A à Z, dans le garage de la maison. Il a travaillé dessus des années, arpentant les salons de l'auto vintage et épluchant les petites annonces pour trouver les pièces. Il me l'avait promis, ce serait avec cette voiture qu'il m'apprendrait à conduire. Malheureusement il n'en a jamais eu l'occasion. Maman et lui sont morts dans un accident de la route, l'été de mes treize ans. C'est Blake, mon frère aîné, qui m'a appris à me servir d'un embrayage, en tournant en rond sur un parking désert.

Mais le jour où j'ai passé mon permis, j'ai senti que mon père était là, avec moi, m'encourageant avant chaque manœuvre.

Aujourd'hui, cette voiture, j'y tiens comme à la prunelle de mes yeux. Je l'ai baptisée Dolly, en l'honneur d'une autre vieille dame. Bien sûr, le cuir des sièges est craquelé et la radio ne capte que certaines fréquences, mais je ne l'échangerai pour rien au monde. Mes frères préfèrent les bagnoles actuelles, sportives, le genre de modèles au design épuré qui attirent le regard, et pas uniquement à cause des pots d'échappement qui pétaradent. Ils comprennent que je veuille garder ma bonne vieille Mustang, mais bon, ça ne les empêche pas de se moquer de ma consommation d'essence chaque fois qu'ils le peuvent.

Mais un soir comme celui-là, ce n'est que du bonheur. Je roule vitres baissées sur la route qui longe la côte, la brise fouette mes cheveux et je me laisse aller à la douceur de cette soirée d'été.

Je suis venue souvent voir Dex ici, par le passé, mais c'était toujours en coup de vent, une escale avant de me rendre je ne sais où. Aujourd'hui, je regarde autour de moi avec curiosité tout en me dirigeant vers la ville.

C'est plein de cottages au charme désuet sur le bord de mer, quelques résidences de vacances récemment construites se dressent près du port où sont amarrés des voiliers qui clapotent gentiment au gré des courants. Au bout de la rue principale, c'est l'église et tout le long des magasins destinés aux gens du coin, une quincaillerie et un snack qui côtoient des boutiques à touristes, pour certaines les rideaux déjà baissés en cette fin de saison estivale. Il y a du monde. Des familles qui se baladent et font leurs courses, quatre hommes d'un certain âge, assis sur un banc, devant le snack, sans doute en train d'évoquer des souvenirs du front, entre deux éclats de rires.

L'atmosphère est paisible. Tranquille, décalée. Je commence à comprendre pourquoi Dex a choisi cet endroit perdu au bout du monde.

Au moment où je me gare devant l'épicerie, un employé vient de retourner la pancarte sur laquelle je lis « Fermé », mais quand il me voit, il s'arrête.

– Faites vite, dit-il et il me tient la porte pour me laisser entrer.

– Merci !

Je suis crevée après ce trajet, mais je ne veux pas le faire attendre. Je parcours les rayons au pas de charge, prends ce que je peux. Il n'y a pas vraiment de choix, aussi je m'en tiens à l'essentiel. Céréales, lait, pâtes, sauce tomate. Je suis tellement habituée à me nourrir de barquettes traiteur et des plateaux-repas du room service dans les hôtels, je n'ai jamais vraiment appris à cuisiner. Je fais une halte devant les lessives, perplexe, avant d'attraper un bidon au hasard tout en me demandant si Dex a du produit vaisselle, chez lui. Sans doute.

J'arrive à la caisse essoufflée, pose mon panier sur le comptoir.

– Vous avez été rapide, remarque le caissier, un type âgé, et il commence à enregistrer mes achats. Vous venez d'arriver chez nous ?

– Comment avez-vous deviné ?, je réponds en sortant une poignée de billets froissés de ma poche.

– C'est une petite ville, explique-t-il avec un sourire. Après le 1er mai, on ne voit pas beaucoup de touristes. Et vous restez longtemps ?

– Peut-être…

En réalité, je n'en sais rien. Je ne me suis pas projetée aussi loin. Dex est en tournée pour deux mois, mais j'ignore si je resterai ici tout ce temps. Mes frères ont peut-être raison. Me retrouver toute seule si loin de tout pourrait me rendre les choses plus difficiles.

Ou au contraire, me donner envie de poser mes valises pour toujours à Beachwood Bay, qui sait ?

J'attrape mon sac de courses avec l'intention de rentrer à la maison de la plage pour m'installer. Mais soudain une immense fatigue s'abat sur moi. Je me sens vidée.

– Vous pouvez m'indiquer un endroit où grignoter quelque chose ?, je demande au caissier prêt à fermer la boutique.

– Hmmm…

Il réfléchit trois secondes.

– Tout est déjà fermé à cette heure, vous n'avez pas vraiment le choix à part le snack de *Mrs Olsen* ou *Chez Jimmy*. De toute façon, vous ne serez pas déçue.

– Merci.

Une fois sur le trottoir, j'hésite. Le snack a l'air désert, mais plus bas, près du port, l'enseigne *Chez*

Jimmy scintille et j'entends de la musique qui s'échappe du bar. Le parking est plein et j'imagine qu'à l'intérieur, il doit y avoir foule, toute une clientèle d'habitués. L'endroit idéal pour prendre une bière, un hamburger et se détendre, un vendredi soir.

Cependant je tourne le dos à la musique et choisis le snack de *Mrs Olsen*. Je m'apprête à traverser quand j'aperçois une voiture qui descend la rue à toute vitesse dans ma direction. Une Chevrolet Camaro bleu métallisé. Mon père aurait été fou de joie de voir un modèle comme ça en si bon état.

J'aperçois le type au volant. Cheveux noirs, Ray-Ban. Ça ne dure qu'une fraction de seconde, le temps que la voiture passe devant moi, mais c'est suffisant pour que je le reconnaisse et qu'aussitôt j'en ai la chair de poule.

Le mec de Vegas.

Non. Je secoue la tête pour chasser cette idée de mon esprit. *Voilà ce qui se passe quand on n'a rien mangé d'autre que des Big Mac depuis trois jours,* je me sermonne. *Tu as des visions maintenant.*

Oui, des visions super sexy.

Je traverse et pousse la porte du snack. Aussitôt, je suis comme happée par l'odeur de tarte aux pommes, parfum d'innocence et de tendresse et en un éclair, je reprends mes esprits. Ce garçon de Vegas est à des milliers de kilomètres. Loin, très loin. Là où est sa place. Comme notre petit flirt. Ma dernière erreur en date.

Car je me le suis promis et pas question que je revienne sur ma parole.

Fini les bad boys. Terminé.

3.

La première chose que j'ai apprise, en cure de désintox, c'est que personne ne prononce jamais le mot « désintox ».

Dans sa brochure, *Pinecrest* se présente comme un « centre de remise en forme ». Ça ressemble à une station thermale avec eau turquoise dans les piscines et massages relaxants, et on voit des gens tout sourires, des gens stables sur le plan émotionnel qui déambulent dans les allées d'un parc arboré.

La brochure vante une pratique holistique de la médecine, des consultations avec des thérapeutes renommés ainsi que des menus gastronomiques, concoctés par des chefs étoilés, le tout dans le cadre idyllique de la vallée de Sonoma.

Mes frères voulaient le meilleur pour moi. Ils l'ont trouvé. Hors de prix, discrétion assurée. J'ai été hospitalisée trois mois. Pas de barreaux aux fenêtres, mais une certitude. On ne s'échappait pas de *Pinecrest*.

Je n'ai d'ailleurs pas opposé la moindre résistance. À ce stade, j'étais incapable de prendre une initiative. Les mois qui ont suivi la mort de Connor, j'ai dérapé et sombré direct dans les ténèbres.

Je n'étais plus que désespoir, une plaie à vif. Et tout ce que je voulais, c'était que ça s'arrête, trouver de quoi anesthésier cette douleur horrible qui me déchirait le cœur, seconde après seconde.

J'ai plongé sans même m'en rendre compte. La nuit s'est abattue sur moi, m'étouffant un peu plus chaque jour, jusqu'à ce que me lever le matin ou me traîner à la salle de bains pour prendre ma douche devienne insurmontable.

Je me suis perdue, c'est la seule chose que je puisse dire. Comme si l'être que j'étais avait quitté mon corps et s'en éloignait toujours plus, et moi je le regardais, simple spectatrice, disparaître derrière l'horizon.

Je me suis abîmée dans le néant, la mélancolie paralysante du chagrin, mais aussi éprouvant que ce fut, je ne touchai pas le fond.

Jusqu'à ce jour où, à trois heures du mat', je me suis retrouvée écroulée sur le carrelage d'un copain, dans un appart tout en haut d'une tour à Hollywood, un flacon vide d'antalgiques dans une main, mon téléphone dans l'autre, en ligne avec les urgences.

Et dans ma tête résonnait une petite voix terrifiée qui me répétait encore et encore une sorte de mantra.

Et après, plus rien, le noir complet.

Espèce d'idiote. Mais qu'as-tu fait ?

4.

Impossible de dormir.

C'est toujours les mêmes cauchemars et quand je me réveille, à bout de souffle, en sueur, la lune se pavane dehors avec un éclat insoutenable, elle se reflète sur l'océan en milliers de fragments vernis argenté. Je m'enveloppe d'une couverture et attrape mon téléphone, traverse en silence la maison plongée dans l'obscurité et sors sur la terrasse. L'air est frais et je resserre la couverture autour de mes épaules tout en descendant les marches, je passe sans m'arrêter devant la piscine, pressée d'atteindre la plage, de sentir le sable froid sous mes pieds nus.

Il n'y a personne, les vagues vont et viennent à un rythme apaisant. Mon cœur se calme, puis les derniers chuchotements du sommeil se taisent et enfin, je respire mieux.

Il est huit heures à Paris, je décide d'appeler ma meilleure amie, Zoey. Elle décroche à la première sonnerie.

– Tu devrais être en train de dormir, dit-elle.

– Et toi, tu devrais déjà être au travail.

Zoey rigole.

– Le Dragon est absent aujourd'hui. À la seconde où elle a quitté le bureau hier, on a improvisé une petite fête. Alors, comment Dex a-t-il pris la nouvelle ?, enchaîne-t-elle, sans reprendre son souffle. Il ne t'a pas envoyé les forces spéciales pour te ramener à L.A., menottes aux poignets ?

– Presque… Je m'assieds en lotus sur le sable et regarde l'océan. Mais bon, je lui ai parlé.

– Et alors ?

– Et alors quoi ?

– Comment te sens-tu, maintenant que tu es là-bas ?

J'hésite. Zoey est la seule personne au monde à laquelle je ne raconte pas de mensonges. On se connaît depuis qu'on a seize ans, l'année où mes frères m'ont envoyée au pensionnat. On est devenue amies dès la première nuit, au dortoir, en se découvrant une passion commune pour les romans d'amour de la collection Harlequin et les groupes de rock anglais. Ses parents travaillent comme consultants pour des grosses boîtes et sont donc souvent par monts et par vaux. La plupart des vacances, elle les passait avec moi, à jouer des tours à mes frères, à me traîner sur la plage pour bronzer et draguer les surfeurs. Elle travaille dans un magazine de mode à Paris depuis l'année dernière. Je suis allée la voir, il y a deux mois. Un super séjour. Mais en même temps, ça n'a fait que me rappeler combien elle était loin, avec un océan et six heures de décalage horaire entre nous.

– En fait, je ne sais pas trop, j'avoue, tout en faisant glisser du sable entre mes doigts, le regard rivé sur l'horizon. Je croyais qu'en venant ici, tout s'éclaircirait dans ma tête. Que je finirais par savoir ce que je veux faire de ma vie, quelle décision prendre…

– Écoute, tu es là-bas depuis, allez, dix heures ?, remarque Zoey non sans une certaine ironie dans la voix. Peut-être que tu devrais te donner plus de temps, non ?

– Oui, je sais, je réponds en souriant. C'est juste que… Je suis à la dérive depuis si longtemps. C'est comme si ces douze derniers mois de ma vie n'avaient été que pour lui. Même aujourd'hui qu'il est parti, il continue de contrôler tout ce que je fais, tout ce que je ressens.

Quand nous étions ensemble, j'avais l'impression de me noyer. C'est le même sentiment qui m'étreint, la nuit. Submergée par les souvenirs, à suffoquer et cherchant à refaire surface.

– Ça finira par passer, dit Zoey avec fermeté. Tu en as tellement bavé. Tu ne peux pas te réveiller un matin comme ça et juste tourner la page.

– Je sais.

Je l'ai appris à mes dépens. Il n'y a pas de solution miracle pour s'en sortir. On ne guérit pas sans passer par la case douleur.

– Bon, raconte, je demande en m'allongeant sur le sable. Ce rendez-vous, avec Luc ?

– Oui, eh bien, en fait, finalement on a décidé de se passer de restau, marmonne Zoey, plutôt contente d'elle.

J'éclate de rire.

– Tu œuvres donc pour le réchauffement des relations internationales, c'est ça ?

– Absolument !

– Allez, je veux tout savoir, j'exige, j'ai tellement besoin de me changer les idées. Y compris les détails les plus croustillants.

– Eh bien, pour commencer, il m'a emmenée faire du shopping lingerie…

Nous bavardons jusqu'à l'aube puis Zoey doit aller travailler. On se dit au revoir et je me sens mieux, comme à chaque fois que je parle avec elle.

– Dis bonjour à Luc pour moi, je la taquine.

Elle éclate de rire.

– Et toi, prends soin de toi. Détends-toi, essaie de t'amuser un peu. Les réponses à tes questions finiront bien par venir.

– Je l'espère.

Je raccroche et regarde les nuages prendre des couleurs, alors que les rayons du soleil commencent à balayer la nuit, donnant au sable une couleur or.

Zoey a raison. Ne serait-ce que décider de venir ici a été un grand pas pour moi. Prendre mon envol, loin de la routine confortable et rassurante de L.A. Là-bas, il me suffit d'appeler n'importe qui parmi mes contacts et en cinq minutes, j'ai rendez-vous dans un restau ou pour aller à un concert ou au ciné. L'avantage d'avoir un méga réseau de presque amis et de connaissances diverses, des gens prêts à me servir de distraction, sur un simple claquement de doigts.

Mais ces distractions ne m'ont été d'aucune aide quand j'en ai eu vraiment besoin. Et cette fois, c'est seule que je dois y arriver.

Je rentre, mais au lieu d'aller prendre une douche et de m'habiller, je vais faire un tour dans la salle de musique, au fond de la maison. Le refuge de Dex, une salle décalée, comme greffée sur la maison, avec une baie vitrée qui court sur tout un pan de mur et un grand piano qui trône dans un coin de la pièce.

Je m'arrête sur le seuil. Je n'ai jamais vraiment passé beaucoup de temps ici. Je respecte trop son âme d'artiste, je sais combien la musique est quelque chose d'intime pour lui. Mais aujourd'hui, comme Dex est loin d'ici, je me sens moins intimidée.

J'entre dans la pièce. Aux murs, c'est plein de guitares, modèles électriques, colorés, d'autres acoustiques, plus vieilles, style vintage. Je m'empare de l'antique Gibson qu'il avait reçue, ado, et je vais m'asseoir devant la fenêtre, l'instrument sur les genoux.

Je pince deux ou trois cordes. Le son se répercute dans le silence matinal. Ensuite, les mots qui n'en finissent pas de résonner dans ma tête depuis mon réveil prennent forme.

L'été se meurt/renaît/et à chaque fois je tombe à la renverse…

Je m'interromps, gênée, même s'il n'y a personne ici pour m'entendre. Je chante mal, je suis la première à le reconnaître. J'ai l'oreille musicale, oui, mais pour ce qui est de chanter… Non, c'est horrible. Toute ma vie, mes frères se sont moqués de moi à cause de ça. On dirait un chat qui se fait marcher sur la queue, une vraie casserole, j'ai eu droit à tout. Et ça ne me faisait rien.

Dex était le musicien de la famille. Je n'ai jamais ressenti cette soif de projecteurs comme lui, ce besoin vital de la scène.

Mais il s'est passé quelque chose à *Pinecrest* qui m'a fait regretter de ne pas avoir ce talent, juste pour une fois.

En guise de thérapeute là-bas, j'étais suivie par une femme, Jeannie, genre hippie et cafetan, une âme d'enfant. Souvent il m'arrivait de ne pas pouvoir décrocher un mot lors de nos séances, alors un jour elle m'a dit d'écrire ce que j'avais sur le cœur dans un journal. Elle m'a donné un petit carnet bleu et un feutre, mais ce soir-là, au moment de rédiger mes premiers mots, j'ai réalisé que ce n'étaient pas des phrases ni des paragraphes qui me venaient, mais des paroles de chanson.

Couplet. Pont. Refrain.

Le chaos et l'indescriptible, capturés en quelques vers imparfaits. Ces sentiments que je peinais tant à communiquer se déversaient soudain tout naturellement, se répandaient sur des pages et des pages. Et une fois sur le papier – noir sur blanc, bien concrètes, mes émotions devenaient plus faciles à supporter d'une certaine façon. Ce n'étaient plus juste des ténèbres et de la souffrance, elles étaient là en pleine lumière. Nommées, formulées.

Choses tangibles que je pouvais mettre sous clé dans un tiroir, la nuit venue.

Ce carnet, je l'ai fini en une semaine, puis il y en a eu un autre et un autre encore. Et peu à peu, j'ai commencé à entrevoir la possibilité de m'extraire des sables mouvants, d'emprunter ce pont pour me relier à la personne que j'étais. Même après mon départ du centre, j'ai continué à écrire. Pensées, fragments de sensations. Parfois, j'avais l'impression de me comporter comme une adolescente cachée au dernier rang de la classe qui s'épanche sur son journal intime. Pourtant, je le sais, ça m'a permis de garder la tête hors de l'eau.

Je n'ai jamais montré mes carnets à Dex, peut-être ne le ferai-je jamais. En tout cas, dans l'immédiat, ces quelques accords me tiennent compagnie tandis que les lueurs de l'aube s'invitent par la fenêtre et que le monde se réveille.

Et pendant un moment, je ne me sens plus aussi seule.

5.

Ryland

La dernière fois que j'ai vu mon frère, on s'est engueulé.

À cette époque, on se prenait la tête en permanence. Parce que je séchais l'école et que j'avais de mauvaises fréquentations. Le week-end, je disparaissais avec des potes pour écumer la côte, de bar en bar. Une pensée émue pour le shérif du coin, c'est à lui que je dois d'avoir conservé un casier judiciaire vierge. J'avais dix-sept ans alors et une haine à fleur de peau, une rage qui me bouffait les entrailles. Ma junkie de mère nous avait abandonnés. Je n'ai jamais su le nom de mon père. C'est Emerson qui s'est battu pour préserver la cohésion de la famille. C'est lui qui s'est pris en pleine gueule ma colère, à chaque fois que je pétais les plombs.

Mais cette dernière engueulade a été la pire. Le principal du bahut l'avait appelé. J'étais en train de rater ma terminale. Avec mes notes de merde, sûr que je ne décrocherais pas mon diplôme de fin d'études, quant aux licences professionnelles... Même pas la peine d'y penser.

Emerson est devenu fou, jamais je ne l'avais vu dans cet état. Il s'est mis à gueuler comme quoi il se crevait à cumuler trois boulots pour nous garder un toit au-dessus de la tête. La seule chose qu'il me demandait, c'était d'avoir mon bac et je n'en étais même pas capable. Notre petite sœur, Brit, est allée se réfugier dans sa chambre et a mis la musique à fond pour couvrir nos cris. Je me souviens, elle avait préparé le dîner, mis le couvert. Trois assiettes de gratin de macaronis sur la table pliante de la cuisine. Vaisselle en porcelaine dépareillée, verres en plastique.

Tellement touchant. Tellement naïf. Comme si nous étions une vraie famille et pas des espèces de cas sociaux, des marginaux. Alors, d'un coup, j'en ai eu assez, quelque chose a craqué en moi, c'était trop. Emerson n'en finissait pas de hurler que tant que je vivrais sous son toit, il exigeait que j'aille visser mon cul de parasite sur les bancs de l'école, que je me trouve un job pour enfin commencer à me comporter comme un homme et pas comme un gamin sans cervelle. Je suis allé chercher mon sac, j'ai jeté quelques affaires dedans et je suis sorti.

Sur le pas de la porte, il m'a menacé. Si je partais, c'était fini. Terminé. Je ne devais plus compter sur lui.

Je me suis barré, sans un regard en arrière.

Aujourd'hui, je suis là, assis sous le porche de sa nouvelle baraque, un peu gêné, une tasse de café à la main. La peinture est fraîche sur les volets et des fleurs ont été plantées au fond de la cour qui longe la plage. On vient juste de terminer de déjeuner avec sa femme et sa belle-sœur. Celles-ci se prélassent au soleil, leurs rires montent jusqu'à nous alors qu'elles s'amusent à lancer un bâton au chien. La scène a quelque chose de si normal, de si domestique. Tout ce qui manque au tableau, c'est la petite clôture blanche autour de la maison.

Mon grand frère, cet adulte.

– Alors, comment vas-tu ?, demande Emerson en me rejoignant sous le porche.

Il s'assied et me dévisage, toujours avec le même regard scrutateur depuis mon arrivée, la nuit dernière.

– Bien, je crois, je réponds avec un haussement d'épaules.

– C'est juste une visite ou tu comptes rester un peu ?

Je pèse mes mots avec soin.

– Ça dépend.

– De quoi ?

– De si je suis le bienvenu ou pas…

Je baisse les yeux. Je suis parti depuis trop longtemps, je le sais. Sept ans sans rien que quelques coups de fil de temps à autre, pour qu'il sache que je n'étais pas mort ou en tôle. Je me sens comme un étranger. J'ai quasiment tout raté de leur vie, à lui et à Brit.

Et ils ne savent rien de la mienne.

– Évidemment que tu es le bienvenu, répond Emerson sur un ton bourru, les yeux rivés sur le large. On est une famille. Rien ne peut changer ça.

Je laisse échapper un soupir, que j'ignorais même retenir. Je m'enfonce sur mon siège, jambes sur la balustrade.

– On dirait que les choses ont bien tourné pour toi, je remarque en désignant la plage d'un coup de menton.

Maintenant, c'est au tour d'Emerson de sembler embarrassé.

– Je ne me plains pas. Le restaurant marche bien et Juliet... Eh bien, j'ai une sacrée chance, j'en suis conscient...

Et un sourire plein de fierté se dessine sur son visage.

Merde, il a l'air vraiment amoureux.

Je ris.

– Emerson Ray, le pilier de notre petite communauté. Qui l'aurait cru ?

– Bah, arrête avec ça...

Emerson me bouscule gentiment et j'en fais autant en retour. L'espace d'une minute, c'est comme si on retombait en enfance.

Puis son sourire s'estompe.

– T'as l'intention de me raconter où tu as été tout ce temps ?

J'hésite.

– Par-ci, par-là. Ce n'est pas important... Je suis de retour aujourd'hui.

Emerson semble vouloir dire quelque chose, mais il se ravise.

– Si ça te dit, tu peux rentrer avec nous, en ville. On est juste venu pour le week-end. La sœur de Juliet, Carina, vit ici avec son fiancé le temps de restaurer leur appart, au-dessus du bar.

– Merci, mais non...

J'hésite.

– En fait, je voulais te parler de quelque chose.

Je fouille dans ma poche et en sors un bout de papier tout froissé que je pose sur la table entre nous. Le titre de propriété de notre vieille maison, celle où nous avons grandi.

Emerson le prend et émet un long sifflement.

– Putain... J'aurais juré qu'elle l'avait vendue... Où as-tu trouvé ça ?

Nouveau silence. Cette fois, je le regarde dans les yeux.

– C'est maman qui me l'a donné.

Le visage d'Emerson se liquéfie. Puis une ombre passe dans son regard.

– Tu l'as vue ?

– Mouais, il y a un an environ.

Emerson laisse échapper un soupir. Puis c'est un long silence. Je peux presque voir les pièces du puzzle qui se déplacent dans sa tête, comme nous tous dès qu'il est question de notre mère. J'attends d'autres questions, mais au lieu de ça, il regarde le papier à nouveau.

– Tu es passé à la maison ?

Je secoue la tête.

– Je voulais te parler d'abord. À toi et à Brit. Je me disais que peut-être... Je pourrais la retaper, voir si on pourrait y vivre à nouveau...

C'est un rêve, mais c'est la seule chose qui m'a permis de tenir, cette année. L'idée d'avoir quelque chose à moi, un endroit que je pourrais appeler ma maison.

– Je ne voudrais pas jouer les rabat-joie, dit Emerson en me rendant le papier. Mais je suis allé y faire un tour, il y a deux ans. Déjà, ça tombait en ruine et en plus, depuis, on a eu de sacrées tempêtes.

– C'est pas grave, je peux m'occuper des travaux, j'insiste. Du moment que vous êtes d'accord.

– Moi, je n'y vois pas d'inconvénient, répond Emerson. Et je ne pense pas que Brit trouvera quelque chose à redire. Elle n'a plus une seconde à elle maintenant, entre sa marque de fringues et son mari.

– Son mari…

C'est plus fort que moi, je souris.

– La dernière fois que je l'ai vue, elle avait les cheveux roses et piquait une crise parce que tu voulais qu'elle rentre à vingt-deux heures.

Une nouvelle fois, Emerson me fixe avec ce regard.

– C'était il y a longtemps, Ryland. Beaucoup de choses ont changé.

Une bouffée de regrets me prend à la gorge quand je pense à toutes ces années perdues, gâchées.

– Je sais. Mais aujourd'hui, je suis de retour.

Il hoche la tête, comme s'il hésitait encore à me faire confiance, s'attendait à ce que je disparaisse à nouveau. Mais ce n'est pas un problème. J'ai du temps à revendre à présent. Du temps pour tenter de réparer ce lien entre nous. Du temps pour tenter de savoir ce qui reste de ma famille.

Pour essayer de retrouver ma place à Beachwood Bay.

Je finis mon café, puis je m'en vais jeter un coup d'œil à la maison. À rouler sur ces routes cabossées, à l'ombre des lourdes branches des cèdres, je sens les souvenirs amers et la colère brûler dans mes veines. Je m'empresse de chasser tout ça de mon esprit. *Rien que des fantômes*, me dis-je, *enterrés depuis longtemps. Je ne suis plus le gamin d'autrefois, j'en ai fini depuis un bail avec la crise d'adolescence.*

Après mon départ de Beachwood, j'ai roulé ma bosse de nombreuses années, travaillant ici et là sur la côte, commettant des erreurs et essayant de rattraper le coup. Cent fois, j'ai pensé rentrer à la maison, mais quelque chose me retenait toujours. Emerson avait raison. J'avais besoin de grandir, de devenir un homme. Et je savais que ce n'était pas ici que j'y arriverais, dans cette ville où tout le monde connaissait mon foutu passé, où mon grand frère volait à mon secours chaque fois que j'avais un problème.

J'avais besoin de m'affirmer en me débrouillant seul et j'ai fini par apprendre, avec le temps. Je n'ai jamais renoncé à rentrer à Beachwood, c'est juste que je n'imaginais pas que ça prendrait autant de temps.

À la périphérie de la ville, les jardins sont laissés à l'abandon et les vieilles bicoques disparaissent sous les mauvaises herbes, envahies par le lierre, à des kilomètres l'une de l'autre. Je pensais connaître le chemin par cœur, mais c'est tellement la jungle par ici que je passe une première fois devant la nôtre sans la reconnaître.

Puis, réalisant mon erreur, je fais demi-tour et vais me garer dans l'allée. Je coupe le contact et reste assis là un moment, bercé par le bruit du vent et le chant des criquets, à regarder cette maison abritant tant de mauvais souvenirs.

De retour, après sept ans d'errance.

Je descends de voiture. Emerson ne rigolait pas. C'est une ruine. Abandonnée, décrépite. Le toit est à moitié arraché, les poutres du porche pourries. Impossible de déceler une ligne de démarcation entre le jardin et la campagne sauvage juste derrière, l'un des murs disparaît sous le chiendent qui tente de se frayer un chemin par les vitres cassées d'une fenêtre poussiéreuse.

Je m'approche doucement. À l'époque, ce n'était déjà pas Versailles, rien qu'un assemblage basique de planches et de poutres. Aujourd'hui, après toutes ces années livrée à elle-même, la maison se décompose sous l'assaut répété des tempêtes. Je pousse la porte qui s'ouvre dans un grincement et j'entends un bruit. Un opossum qui s'enfuit quand j'entre. Je me prépare à une nouvelle déferlante de souvenirs, les disputes et la rage et tout ce qui a précédé. Maman rentrant ivre morte au beau milieu de la nuit, ses petits copains junkies affalés sur le canapé. La vaisselle qui vole, Brit qui pleure dans son berceau. Et moi en position fœtale dans un coin, attendant que ça passe.

Pourtant, à ce moment précis, alors que je me tiens dans ce qui nous servait de salon, il n'y a que le silence. Rien d'autre que du désordre et du verre brisé, de l'humidité et de la pourriture et des rayons de soleil qui s'invitent par les fissures du toit.

Je regarde autour de moi. Mais cette fois, j'ignore le chaos pour me concentrer sur ce qu'il est possible de faire. Une nouvelle toiture, de nouveaux murs. Les travaux de peinture, restaurer le porche…

Pour la première fois depuis une éternité, je me sens plein d'énergie. J'ai du pain sur la planche, c'est sûr, et pour payer tout ça, je vais devoir me trouver un boulot, mais j'imagine déjà le résultat. J'ai encaissé deux ou trois jetons de ma dernière partie à Vegas, ça devrait suffire pour commencer.

Oui, je peux y arriver.

Je commence à lister ce dont j'ai besoin, matériaux et outils, puis je décide de retourner en ville pour aller chez Eddie, à la quincaillerie, voir ce qu'il a en stock. Avec un peu de chance, la météo restera clémente quelque temps. Et puis, j'ai appris un ou deux trucs en matière de maçonnerie ces dernières années, je devrais pouvoir y arriver seul. Ça risque d'être un peu long, c'est sûr, mais je m'en moque. Je n'ai nulle part ailleurs où aller et du temps comme s'il en pleuvait.

Je réfléchis déjà aux réparations de la toiture quand, au détour d'un virage, j'aperçois une bagnole garée un peu plus loin, en travers de la route. J'en laisse échapper un sifflement admiratif. Une Mustang 65. On n'en voit pas tous les jours.

Le capot est levé, le conducteur penché sur le moteur et, de là où je suis, je vois que ça fume.

Je me range sur le bas-côté pour proposer mon aide.

– Besoin d'un coup de main ?, dis-je en m'approchant.

– Non, sauf si vous vous y connaissez assez pour changer un moteur en cinq minutes chrono, répond une voix au désespoir. Je crois que j'ai coulé une bielle…

Finalement, il ne s'agit pas d'un conducteur, mais d'une conductrice. Et lorsqu'elle fait un pas de côté, j'en reste scotché sur le bitume.

C'est elle. L'ange aux yeux noirs de ce bar, à Vegas. Vêtue d'un minishort en jean et d'un débardeur, du cambouis sur les joues. Si belle que je pourrais en mourir sur place.

Tegan.

6.

Tegan

C'est pas vrai.

Je regarde Ryland, sous le choc. Le temps d'un éclair, je crois halluciner. J'ai des visions, la faute aux gaz d'échappement qui désinhibent ma mémoire et libèrent les souvenirs de Vegas. Mais non. La terre est bien ferme sous mes pieds, la brise qui souffle de l'océan sur ma peau bien réelle. Il est là devant moi, en chair et en os.

Je le dévore des yeux et pendant ce temps-là, mon esprit tente de trouver des explications à l'inexplicable. Il est juste aussi beau qu'à Vegas. Mieux même. Sans ce costume foncé, il semble plus détendu, plus authentique. Ses cheveux noirs ont poussé, une barbe de trois jours ombre ses joues. Il est grand, athlétique, irrésistible en jean et chemise en flanelle. Quant à ses yeux… Oh, comme je me souviens de ce regard intense, brûlant, même s'il donne l'impression de pouvoir percer chacun de mes secrets. Ses yeux sont noirs et limpides comme une nuit d'hiver, ils étincellent de milliers d'étoiles.

Les souvenirs me submergent, la douceur de ses lèvres sur les miennes. Je frémis encore, secouée par ce séisme que fut son baiser. Un volcan. Une tornade.

Ta dernière erreur, que tu avais pourtant juré de ne plus commettre.

– Que fais-tu ici ?, je parviens finalement à articuler.

Pendant un moment, il est comme pétrifié, sans doute aussi surpris que moi de cette rencontre. Puis il éclate de rire, sur sa bouche se dessine un sourire à tomber à la renverse.

– Hello, bébé. Je t'ai manqué ?

Oui.

Je me garde bien de répondre et lui tourne le dos pour regarder la petite route de campagne. Pas âme qui vive, des champs et des bois à perte de vue, l'océan au loin. Personne à des kilomètres à la ronde et il a fallu que ma voiture rende l'âme ici. Exprès pour que M. Problème puisse m'y trouver.

– J'arrive pas à le croire, dis-je en secouant la tête.

– C'est peut-être le destin, répond Ryland en venant vers moi.

Il se penche et regarde sous le capot avec une grimace.

– Merde, qu'est-ce que tu lui as fait ? Une mécanique aussi raffinée, ça se traite avec respect.

– Et évidemment, toi seul sais y faire, je réplique, sur la défensive.

– Non, dit-il en riant. Oh, ta Mustang a de la classe, je le concède, mais je préfère les bagnoles plus énergiques. J'aime quand ça va vite, ajoute-t-il avec un clin d'œil.

– Il n'y a pas de quoi s'en vanter, je rétorque.

À nouveau, il rit, puis me dévisage. Son sourire s'estompe, devient plus grave. Plus vrai.

– Jamais je n'aurais pensé te revoir.

– Désolée, je réponds, sarcastique, en essayant de garder le cap dans ma tête, en me concentrant sur ici et maintenant, pas sur ce bref moment de faiblesse, un mois plus tôt.

Ce moment de faiblesse hyper torride…

– Alors ? Tu vis ici ou tu es juste venu me harceler ?, dis-je en croisant les bras.

Le regard de Ryland descend sur moi et je sens mes joues qui s'embrasent. Je suis habillée pour la plage, pas pour être matée ni jaugée par un bad boy tout en muscle.

– Hé, je me suis juste arrêté pour proposer mon aide, répond Ryland, mains levées en signe de reddition. Maintenant, si tu veux que je parte…

Et il me tourne le dos, s'éloigne sans se presser, il en fait des tonnes. *Merde.* À nouveau, je regarde la route, d'un côté, de l'autre. La dernière voiture que j'ai vue passer, c'était il y a une bonne demi-heure. Et elle n'a même pas ralenti.

– Non, attends !, je l'appelle à contrecœur et Ryland me fait face, un sourire suffisant aux lèvres.

Génial.

– Tu n'aurais pas le numéro d'un garage dans le coin ?, je demande, ramenant notre conversation à des choses concrètes.

– Eh bien, il y a Eddie, répond Ryland et j'attrape mon téléphone, attends. Mais on est dimanche et le dimanche, il sort en bateau et boit de la bière jusqu'à la nuit.

Mon cœur se serre.

– Et il n'y a personne d'autre ?

– Ah, le charme des petites villes, répond Ryland, sourire en coin. Tu n'aimes pas ?

– De moins en moins, je soupire en m'appuyant à la voiture, écœurée. Une chose est sûre, je sais qu'aucun garage dans un endroit pareil n'aura en stock les pièces nécessaires à ce genre de voiture. Une fois commandées, il faudra sans doute des semaines avant qu'elles n'arrivent. Question. Qu'est-ce que je vais pouvoir bien faire tout ce temps ?

– Ne fais pas cette tête, dit Ryland, apparemment amusé. Je suis là, non ? Ça fait au moins une bonne raison de te réjouir !

– Ou une bonne raison de me remettre au volant pour me casser loin d'ici, très loin, je marmonne.

– Désolé de te décevoir, mais tu n'iras nulle part avec elle, dit Ryland en refermant le capot. Je peux appeler Eddie pour qu'il vienne la remorquer demain matin, et d'ici là…

Il se tait et regarde autour de lui, comme pour bien me faire comprendre que je suis coincée.

– Allez, je t'emmène.

J'hésite le temps qu'il faut, mais je ne suis pas idiote.

– Merci, dis-je avec mauvaise grâce, puis j'attrape mon sac sur le siège avant et verrouille les portières.

Je le suis jusqu'à sa Camaro et m'apprête à ouvrir la portière côté passager quand il me devance.

– Veuillez prendre place à bord de mon carrosse, dit-il avec l'un de ces fameux sourires dont il a le secret, puis il m'ouvre la portière.

À ce moment-là, mon estomac exécute un saut périlleux, mais je fais en sorte d'éviter son regard et prends place sur le siège passager.

Il ferme la portière et contourne la voiture pour venir se mettre au volant.

– Je te dépose où ?, demande-t-il en mettant le contact.

Le moteur rugit, féroce.

– 22 Beach Lane.

Ryland hoche la tête et nous prenons la route, vitres ouvertes, radio en fond sonore. J'effleure l'intérieur de la portière. En parfait état, mon père aurait adoré.

– Une voiture pareille, on n'en trouve plus que dans les musées ou presque. On ne voit plus des Mustang 68 sur les routes.

– Tu t'y connais en bagnoles ?, demande-t-il, l'air surpris.

– Pas vraiment. Mais mon père était fan, j'explique. J'ai dû hériter un peu de sa passion, enfant.

– C'est le modèle standard, répond Ryland en caressant le tableau de bord. De toute façon, ils ne fabriquent même plus les sièges banquettes.

À nouveau, il me dégaine son sourire charmeur, puis il tapote le cuir à côté de lui.

– Tu peux t'approcher si tu veux. On pourrait finir ce que nous avons commencé…

Une nouvelle fois, le souvenir de notre baiser ressurgit dans ma tête et j'en ai le souffle coupé. S'il a le pouvoir de me faire tant d'effets dans un bar bondé, devant tout le monde, j'imagine sans mal les choses dont cette bouche serait capable, une fois seuls, garés sur un chemin de campagne, face au soleil couchant…

– Écoute, il faut que tu comprennes un truc, je m'empresse de répondre, avant que mes hormones ne partent en vrille. Vegas, c'était… Une bêtise, un coup de folie. Je ne croyais même pas te revoir un jour.

– Et pourtant, je suis là, répond Ryland en me souriant.

Le coude à la vitre, une main sur le volant, il me regarde, avec une drôle d'étincelle dans les yeux. C'est tout à fait le genre de garçon contre lequel mon père me mettrait en garde, s'il était encore parmi nous.

Un garçon synonyme de problèmes, avec un grand « P ». Beau, sympathique et totalement interdit.

– Qui sait, l'univers avait peut-être une raison de nous réunir, ajoute-t-il.

– Je ne crois pas au destin, je réponds, blasée. C'est juste une excuse que les gens s'inventent pour justifier leurs mauvaises décisions.

Après cette remarque amère, Ryland me regarde de travers, sans insister. Au lieu de ça, il prend l'allée menant chez Dex et s'arrête. Puis il regarde la maison et s'esclaffe.

– Et moi qui croyais que rien n'avait changé ici. C'était sans compter sur la venue des citadins pleins aux as.

– C'est la maison de mon frère, dis-je, piquée au vif. Et il a travaillé dur pour pouvoir se l'offrir.

– Oh, mais, je ne juge pas, répond Ryland avec un haussement d'épaules. Moi aussi, je me pavanerais bien dans une villa de luxe, si j'en avais la possibilité. J'embaucherais une jolie assistante pour me masser le dos et elle me ferait de petites gâteries, ajoute-t-il avec un clin d'œil.

Je lève les yeux au ciel et me détourne pour descendre de voiture. Ryland sort à toute vitesse et se précipite pour m'ouvrir la portière, mais je ne l'attends pas. Et je me retrouve nez à nez avec lui, coincée entre la voiture et son corps musclé.

Je retiens mon souffle. Il est si près de moi, mon cœur s'affole. J'ai l'habitude des beaux gosses. J'ai grandi entourée des copains rockers de Dex, des collègues acteurs de Blake, des amis futurs chefs d'entreprise d'Ash. Mais je n'ai jamais réellement prêté attention à un seul d'entre eux. Pour moi, il n'y a jamais eu que Connor. Visage pâle, grand et maigre. Intense, créatif. Quand il m'enlaçait, me soulevait de terre pour me plaquer contre un mur, j'avais peur qu'il ne se casse…

Non.

Je m'efforce d'endiguer le flot insidieux du désir dans mon corps, mais c'est plus fort que moi. Je reste là, figée, tandis que Ryland plonge ses yeux noirs dans les miens. Il ne rit plus. Son regard maintenant est on ne peut plus clair.

Il a envie de moi.

Je tressaille, troublée. Tout ça est en sommeil depuis si longtemps. Il approche sa main, me caresse la joue, et en une fraction de seconde, je sens mes jambes qui me lâchent. Je m'appuie contre la voiture. Il fait aller et venir son pouce rêche sur ma joue et à ce simple contact, un tourbillon de chaleur se répand dans mon corps.

Prise de vertiges, j'attends le prochain geste. Tout ce à quoi je pense, c'est à ses lèvres, à leur contact sur les miennes. Qui m'explorent doucement d'abord, puis sa langue qui plonge dans ma bouche…

– Tu avais un peu de cambouis sur la joue…

Ryland retire sa main et fait un pas en arrière, regarde autour de lui.

Je cligne des yeux, encore ivre de ses caresses.

– Oh… Oui…, je bafouille. Merci.

Je lui tourne le dos pour attraper mon sac sur le siège, me sermonnant déjà. *Mais qu'est-ce que c'était, ça ? D'abord tu lui dis que tu n'es pas intéressée et puis à la première occasion tu te laisses submerger par le désir ? Bravo pour le self-control !*

– Je vais demander à Eddie de remorquer la Mustang, ajoute Ryland.

Quand je me retourne, il est adossé à sa voiture, bras croisés, avec une désinvolture rare.

– Je peux t'emmener au garage, demain, tu verras ce qu'il en est, comme ça…

– Pas la peine, je réponds, la gorge serrée rien qu'à imaginer les effets sur ma pauvre libido d'une nouvelle virée en voiture avec Ryland James.

Non. À éviter, sûr.

– J'irai à pied, je réponds.

– C'est à huit bornes, me fait-il remarquer, sourire en coin.

– Et alors ? J'adore marcher, je réplique, menton fièrement relevé. Merci pour ton aide. Passe une bonne soirée.

– Oui, m'dame…

Ryland hoche la tête en guise d'au revoir, sans esquisser le moindre geste. Alors je tourne les talons et me dirige vers la maison. Et tout ce temps, pas après pas, je sens son regard sur moi. Mon cœur bat à toute vitesse, mais je m'interdis de me retourner. Ce n'est qu'une fois la porte refermée que je me laisse glisser doucement sur le carrelage avec un long soupir de soulagement…

Et de désir.

Je me dis et me répète : *Plus de bad boys*. Je croyais être en sécurité, ici, dans cette petite ville. Entourée de trucs rassurants, de messieurs friands de tartes aux pommes faites maison, de bons maris qui vont à l'église. Et voilà que le plus dangereux des hommes ressurgit, avec un regard noir qui affole mon cœur et un sourire qui me donne envie de me déshabiller là devant lui, sur la pelouse manucurée de mon frère.

J'ai un gros gros problème.

7.

En cure de désintox, c'est quelque chose que l'on vous apprend très vite : nous avons tous nos points faibles. Des idées fixes qui nous gouvernent encore et encore, et qui nous empêchent de voir la réalité. Impossible d'avancer, de tourner la page, à moins d'en prendre conscience pour avoir une chance de s'en libérer.

Mon problème n'a jamais été les médicaments ou la boisson. Non, mon problème a été de croire que mes sentiments pour Connor auraient le pouvoir de le changer. Qu'en essayant très fort, qu'en lui pardonnant juste une fois de plus, je parviendrais à l'éloigner du précipice.

Mais je me trompais. On ne peut pas sauver un homme comme ça.

Connor, c'était l'enfer. Dès le début, je l'ai su. Il était intense, bourré de contradictions, lunatique – et il dégageait un tel magnétisme, je n'avais pas la moindre chance. Il y avait quelque chose de sauvage en lui, de fou et de spontané, et dans un premier temps, ça n'a fait que rendre la vie plus passionnante. Je me souviens de ses regards, des mois et des mois avant qu'il ne se passe quelque chose entre nous, qui faisaient battre mon cœur plus vite, et m'ôtaient toutes forces. Le jour où il m'a finalement coincée derrière un ampli, en coulisses, après l'un de leurs concerts, j'ai cru fondre littéralement face à tant de ferveur.

Il m'a embrassée et j'ai compris que dès lors, rien ne serait plus jamais pareil.

On s'est d'abord vu en secret, en cachette de Dex et du groupe. Il ignorait comment mes frères réagiraient. Aux yeux de la loi, j'étais mineure, à quelques mois à peine de mes dix-huit ans. Et si je ressentais l'envie de crier au monde mon bonheur, j'aimais aussi cette clandestinité. Connor était en quelque sorte tout à moi, personne ne savait à part nous. Baisers volés dans les loges, étreintes fiévreuses dans les locaux techniques et les toilettes, au rythme des concerts. Je racontais n'importe quoi à mes frères, prétendais aller voir des copines, puis Connor venait me récupérer au bout de la rue. On allait chez lui, ou au bord de l'océan, et on s'aimait, ivres de caresses.

Je n'en avais jamais assez.

Même après avoir officialisé et tout avoué à Dex, restait un sentiment de danger, de grand frisson. La façon dont Connor me plaquait sur un lit en m'emprisonnant les mains, cette lueur farouche dans ses yeux quand je le provoquais, jusqu'à ce qu'il craque et vienne sur moi, prenant possession de mon corps avec une telle fougue... Je me sentais désirée. Vivante. Il était toujours dans l'excès et quand on s'envolait, c'était comme si jamais plus je ne devais revenir sur terre.

Jusqu'à ce que lui dégringole et que je découvre ce que veut vraiment dire toucher le fond.

Ça m'a pris du temps, mais il y a une chose que j'ai apprise concernant les gens comme Connor. Il y a une raison à cette quête incessante chez eux de l'extrême. Une raison qui fait que c'est toujours tout ou rien, que ça passe de zéro à cent en cinq secondes chrono.

Et ça n'a rien à voir avec moi.

Rien à voir non plus avec la passion ou le romantisme, de l'amour absolu sinon rien. Ces gens-là n'ont juste pas besoin de quelqu'un à aimer, de prouver qu'ils en valent la peine. Non. Il y a une voix dans leur tête qu'ils cherchent à étouffer, une angoisse désespérée enfouie derrière leur arrogance, leurs regards torrides. La normalité ne les satisfait pas. Le plaisir leur apporte un moment de répit, l'occasion aussi de prendre conscience de leurs problèmes, à l'affût dans les ténèbres de leur cerveau. Alors, ils partent en vrille, pire qu'une tornade, déchiquetant tout sur leur passage, ne laissant derrière eux que désolation.

Connor m'a brisée. Il fonçait tout droit vers le néant et moi, j'étais trop jeune, trop naïve, j'ai voulu embarquer avec lui.

Mais je me suis arrêtée en chemin. Et pas question de répéter la même erreur. Je dois faire les choses autrement maintenant, et protéger mon cœur. Ne plus laisser le désir altérer mon jugement, ne plus miser sur quelqu'un qui déclenche tous mes systèmes d'alarme. Le prochain garçon que je choisirai sera garanti sans danger, gentil, honnête. Et il me prendra avec douceur dans ses bras, saura me faire rire et jamais, jamais ne m'abandonnera seule en ce monde, en pleurs sur le carrelage de la salle de bains.

Le soir de notre rencontre, j'ai senti tout de suite le danger chez Ryland James et il n'arrivera pas à me faire changer d'avis.

8.

Le lendemain matin, il fait froid, le ciel est couvert. Pourtant, je transpire comme une malade après avoir marché six kilomètres et des poussières pour aller voir ma voiture au garage. Je pénètre dans la boutique climatisée et tente de reprendre mon souffle, en rêvant d'une boisson bien fraîche. Et d'un seau d'eau glacée pour y plonger la tête.

– Je parie que tu regrettes de ne pas avoir accepté ma proposition de t'emmener…

La voix de Ryland résonne dans le garage désert, me faisant sursauter.

Je fais demi-tour, à bout de souffle.

– Encore toi !

– En personne, répond-il tout gentil, en s'essuyant les mains.

Il porte un jean et un T-shirt bleu ciel qui donne un éclat incroyable à ses yeux noirs. Il me regarde de la tête aux pieds et sourit.

– J'aurais dû te mettre en garde. Dans le coin, le taux d'humidité en cette période de l'année est infernal.

– Mais je me sens parfaitement bien, je réplique, mon cœur battant un peu trop fort.

Je pense soudain à mon T-shirt trempé de sueur qui me colle à la peau, à mes cheveux tout raplapla qui me retombent sur le visage.

On se fout de quoi tu as l'air, me susurre une petite voix. *De toute façon, Ryland t'est interdit, tu te rappelles ?*

Mais ma détermination, le serment que je me suis fait durant la nuit, me semblent soudain très loin avec Ryland là, juste devant moi, un mètre quatre-vingts de muscles et une présence, un magnétisme d'une tonne.

– Le patron est ici ?, je demande, en feignant l'indifférence.

J'aperçois Dolly, sur cales, au fond du garage, capot béant.

– Comment s'appelle-t-il, déjà ? Eddie ?

– Eddie a été appelé en urgence, mais je me suis occupé de tout.

Je le regarde.

– Tu travailles ici ? Depuis quand ?

Je suis sûre que Ryland n'en a rien dit hier, même si je ne garde de nos retrouvailles qu'un souvenir confus, tant j'étais troublée. Mais mes soupçons se confirment quand il hausse les épaules avec nonchalance.

– Vingt minutes environ. Je suis venu faire un saut pour voir ta voiture. Comme Eddie a du boulot pardessus la tête, je lui ai proposé mon aide.

– Juste comme ça ?, je demande, sceptique.

– Eddie me connaît depuis des années, répond Ryland, hilare. Je lui piquais des pièces de moteur avant même de savoir conduire.

– Rassurant, je chuchote, mais mon estomac est noué.

Je me suis juré de ne plus jamais le revoir. Loin des yeux, loin du cœur… Même si ça n'a pas vraiment fonctionné, jusqu'ici. Mais là, il semble bien que je n'ai pas le choix. Je suis coincée.

– La bonne nouvelle, c'est que tu ne l'as pas trop abîmée, reprend Ryland qui change *illico* de sujet en me faisant signe de le suivre.

Ce que je fais en slalomant entre les machines et les câbles qui serpentent sur le sol maculé d'huile et de cambouis.

– La mauvaise nouvelle, c'est que tu avais raison. Tu as coulé une bielle et les pièces de rechange ne sont plus en stock, on doit les commander. J'ai fait mon enquête, mais le mieux qu'on a pu me proposer, c'est un délai d'attente entre deux et trois semaines.

– Je m'en doutais un peu, je réponds avec un soupir las.

– Alors, qu'est-ce que je fais ? Je donne l'accord pour la commande ?, demande Ryland, tout en consultant un bloc-notes.

– Fais ce que tu juges bon de faire, je réponds.

– Entendu, princesse, dit-il, en insistant sur le dernier mot.

– Tu veux dire quoi par là ?

– Oh, rien. Je me disais juste qu'une fille vivant dans une telle baraque n'a probablement aucun problème de fric.

Ryland gribouille quelque chose sur son bloc, mais sa réflexion m'agace.

– Tu ne sais rien de moi. Rien.

– Toutes mes excuses…

Il détache une feuille du bloc, me la tend.

– Je ne te connais pas. Mais on peut arranger ça, ajoute-t-il, avec un autre de ses sourires ravageurs. Voyons. Dînons ensemble. Ce soir. Vingt heures.

Et merde, le sourire de ce mec devrait être signalé par gyrophare. Attention, danger. Lorsque je prends la feuille, ses doigts effleurent les miens. Un frisson de désir aussi brut qu'inattendu me parcourt.

– Non, je réplique, en retirant vivement ma main, comme si je venais de me brûler.

Zoey m'encouragerait à accepter, mais je ne peux pas prendre ce risque.

– Je te l'ai déjà dit. Vegas a été une erreur.

Ryland hausse les épaules, sans se départir de son sourire.

– Tu vas pas me reprocher de vouloir tenter ma chance. Je t'appellerai.

– J'ai dit non, je répète avec fermeté, alors que tout en moi me pousse à dire oui.

À monter dans sa voiture et à le laisser m'emmener où il en aura envie. Un homme comme lui a sûrement des tonnes d'idées pour me distraire de cette culpabilité qui me hante.

Des tonnes d'idées sensuelles, érotiques, libertines.

– J'ai compris, princesse… Je voulais dire que je t'appellerai pour la Mustang, quand elle sera prête.

– Oh. Ah. D'accord. Désolée, je réponds et je sens mes joues qui s'embrasent.

Je recule, me prends les pieds dans un câble.

– Hé, attention…

Soudain, deux bras puissants se referment autour de moi pour m'empêcher de tomber. L'espace d'un moment aussi fugitif que délicieux, je me retrouve pressée contre son corps dont émane une chaleur intense, je sens ses muscles irradier sous son T-shirt. Puis il me lâche, s'assure avec douceur que je tiens bien sur mes jambes.

– Tu devrais passer au supermarché en sortant, j'ai vu des baskets en rayon.

– Des baskets ?, je répète, encore tout étourdie.

Ryland sourit.

– D'ici que ce bébé puisse reprendre la route, tu vas devoir te débrouiller à pied.

Ryland a raison. Alors que je sors du garage, je réalise que faire six kilomètres aller et retour chaque fois que me prendra l'envie d'aller en ville va poser problème. Je pourrais appeler l'un de mes frères pour qu'il me loue une voiture. Mais je suis sérieuse quand je parle de devenir plus indépendante. Comment pourrais-je exiger d'eux qu'ils me considèrent comme une adulte si je les appelle à la rescousse chaque fois que je rencontre un obstacle, en l'occurrence, aujourd'hui, un moteur en rade ?

Je ne suis pas encore décidée quand je passe devant une sorte de brocante, au bout de la rue principale. En vitrine, c'est un bazar indescriptible. Des vieux bouquins, du mobilier et des tas d'autres trucs. Mais quelque chose retient mon attention, au fond.

Un vieux vélo bien rétro.

Je n'ai pas fait de vélo depuis des années, mais je pousse la porte du magasin, déclenchant la clochette qui émet un « ding » comme on n'en fait plus. Personne en vue, juste des rayons pleins à ras bord d'articles divers et variés qui débordent jusque dans les allées, au point que c'est à peine si je peux avancer. Je me faufile sous une pagaie antique et trouve enfin le vélo, appuyé contre une vieille malle de voyage. Il est rouge cerise et doit avoir une bonne trentaine d'années. Je ne m'y connais pas particulièrement, mais le cuir de la selle me paraît en bon état et quand j'appuie sur les pédales, la chaîne tourne au ralenti, mais sans accroc.

Le type du magasin me le laisse pour vingt dollars et, grand seigneur, me refile en prime un casque d'une laideur à vomir. Je me mets aussitôt en route, direction la maison de la plage, hésitante, vacillante même, comme si c'était la première fois que je montais sur une bicyclette. Les voitures me doublent avec un coup de klaxon, mais je les ignore et pédale à fond, et chaque tour de roue me demande un grand effort. Ce n'est pas juste moi qui manque d'entraînement. Les pneus sont quasiment à plat et la chaîne peine à faire son job. J'aurais dû faire réparer le vélo avant de partir, mais je suis à mi-chemin maintenant et je ne me vois pas retourner sur mes pas, alors je donne tout ce que j'ai, à bout de souffle.

C'est Ryland qui rigolerait s'il me voyait.

Je me rappelle ses bras autour de moi, cette étincelle de désir dans ses yeux. Sous le coup de l'émotion, je manque basculer dans le fossé.

Du calme, jeune fille !

Avant de tomber tête la première sur le bitume, je laisse échapper un soupir de frustration et fais une halte.

J'inspire, expire et recommence. C'est clair, Ryland est une menace pour mon bien-être, et plutôt mille fois qu'une. J'en suis juste à commencer à me promettre de faire à l'avenir des choix sensés sur le plan émotionnel qu'il apparaît. Irrésistible, le danger incarné. Je le connais à peine, c'est vrai, mais un type qui m'aborde comme ça dans un casino et me donne un baiser aussi passionné ne peut pas être fiable, c'est clair.

Or, la confiance et la sécurité, c'est tout ce que je recherche dans l'immédiat. Et pourquoi pas un profil de comptable. Oui, un comptable bien normal, chiant, bénévole à la SPA et qui téléphone à sa maman tous les dimanches. Il m'emmènerait au restaurant, me prendrait gentiment la main et me raccompagnerait à la maison avant de s'en aller, après un chaste baiser sur la joue. Pas d'étreintes érotiques et torrides, pas cette espèce de désir ardent dans les yeux qui me donne la chair de poule et me fait tourner la tête…

Mon téléphone sonne dans mon sac. Sauvée par le gong, avant que mes pensées à propos de Ryland et de ses incroyables baisers ne dérapent, m'entraînent trop loin. J'éclate de rire en découvrant qui m'appelle.

– Vingt-quatre heures sans prendre de mes nouvelles ! Tu te ramollis, cher grand frère, je plaisante et je me mets à marcher sur le bord de la route, tout en poussant mon vélo, une main sur le guidon.

– J'essaie de faire preuve de modération, répond Dex, apparemment plus détendu aujourd'hui. On a passé la journée dans l'avion. Un moment j'ai failli demander au pilote de t'appeler, ajoute-t-il en rigolant. Et puis, je me suis dit que tu étais en sécurité, là-bas, à Beachwood Bay.

Si tu savais...

– Eh bien, rien de neuf ici en fait, je dis sur un ton enjoué. Comment se passe la tournée ?

– Bien. Le public est au rendez-vous et puis, c'est génial de retrouver le groupe. On a déjà composé de nouveaux titres pour le prochain album.

– C'est super, dis-je, avec une pointe d'envie, non pas pour la célébrité, ni l'adoration dont mon frère fait l'objet, ni pour le rythme de vie trépidant propre à une tournée.

Mais pour sa détermination. Du plus loin que je me souvienne, il a toujours voulu être une rock star. Après l'école, il se précipitait au garage pour gratter sa vieille guitare déglinguée. La musique, c'est sa vie, sa passion et même si aujourd'hui Alicia fait partie de son existence, tout se passe comme si ses chansons se nourrissaient de cet amour, au lieu de s'en trouver lésées.

Encore une fois, j'envie cette sorte de lumière, le sens qu'il a su donner à sa vie. Quelque chose pour le guider, jour après jour. Connor était mon étoile et maintenant, je suis comme l'aiguille d'une boussole à la dérive, qui cherche son nord.

– ... le label est avec nous. Ils ont même décidé d'organiser un concours. Les fans qui le souhaitent vont pouvoir nous écrire une chanson.

La voix de Dex m'arrache à mes pensées.

– Un concours ?, je répète, mon vélo de plus en plus lourd à pousser.

À tout instant, je pense me liquéfier tant j'ai chaud.

– Oui, c'est cool, non ?, répond Dex. On invite nos fans à nous soumettre une démo et la meilleure chanson fera partie de l'album. Tout le monde peut participer, pas juste les pros. Au début, j'étais sceptique, ajoute-t-il. Mais on vient juste de l'annoncer et on a déjà des tonnes de réponses, ça fait le buzz.

– C'est une super idée, je réponds et je déconnecte, m'imagine, passer de l'anonymat à la lumière, en signant une chanson qui pourrait être le tube de l'année. Le genre de truc dont tout le monde rêve.

– Et ça ne te dérange pas d'enregistrer la chanson de quelqu'un d'autre ? Tu as toujours composé tes propres morceaux.

– Tu sais, quand la musique est bonne, peu importe qui l'a composée, répond Dex, désinvolte. Bref, on a un mois devant nous avant de désigner le vainqueur, alors je m'en fais pas. Pour l'instant, je me concentre juste sur la tournée, en espérant ne pas m'écrouler, mort de fatigue, en chemin…

Je retiens mon souffle.

Un long silence. Lourd.

– Merde, pardon, se dépêche de s'excuser Dex.

– Hé, c'est bon…, je réponds en forçant le ton enjoué. Écoute, je dois te laisser. Embrasse Alicia et les garçons pour moi.

– Tegan…

– Ça va, Dex, je le rassure. Je sais que tu ne l'as pas fait exprès. Je t'aime !

Et je m'empresse de raccrocher, avant qu'il ne s'excuse encore une fois. J'en ai marre de les voir tous marcher sur des œufs autour de moi, comme si je risquais de craquer à la moindre allusion, comme si les ténèbres allaient m'engloutir à nouveau.

J'ai besoin de croire que je ne suis plus aussi fragile.

Je suis presque arrivée quand j'entends une voiture derrière moi. Un pick-up blanc tout dégueu, vitres baissées, d'où s'échappe à fond un vieux tube country. Je m'écarte sur le bas-côté de la route pour le laisser passer, mais une fois à ma hauteur, le pick-up ralentit.

– Où as-tu déniché cette antiquité... de 1952, au moins ?

Le conducteur se penche à la vitre en sifflant.

Un frisson me parcourt de bas en haut à cette voix sexy. Une voix que je ne devrais pas connaître si bien déjà, mais c'est comme ça.

Ryland.

– Qu'est-il arrivé à ta Camaro ?, je réplique en me remettant à pousser mon vélo.

Il roule au pas à côté de moi, dix à l'heure pas plus. Sur la portière du pick-up, on devine un logo et dans la benne s'entassent du bois et des sacs de ciment.

– On m'a juste prêté ce pick-up pour que je puisse transporter des trucs dont j'ai besoin.

– Ah, je réponds, lointaine, alors qu'en fait je me demande ce qu'il peut bien trafiquer.

Mais entamer une conversation ne me mènerait à rien de bon.

Ou au contraire à des choses trop bonnes.

– Eh bien, je m'en voudrais de te mettre en retard !, dis-je, les yeux rivés devant moi, sur la maison de la plage, de cette façon, je ne vois pas les muscles de son bras sous son T-shirt, ni ce sourire irrésistible sous ses Ray-Ban.

Tu les as déjà trop vus.

– Tu comptes vraiment te déplacer sur ce machin ?, demande Ryland, visiblement il n'est pas décidé à me lâcher.

Il continue de rouler à côté de moi, une main sur le volant.

– Arrête-toi deux secondes et laisse-moi jeter un œil. Tes pneus sont presque à plat et la chaîne me semble bien nase. Elle n'a pas dû être graissée depuis une décennie au moins.

– Ça me va très bien !, je proteste, même s'il a raison.

– Bien sûr. Et tu le pousses uniquement parce que ça t'amuse, rigole Ryland et sa voix déclenche quelque chose en moi.

C'est comme si j'avais déjà vécu ce moment, notre rencontre ici, en ville, son emprise sur moi, toujours désinvolte, toujours dragueur, comme si j'étais juste une autre fille à séduire dans une longue série de femmes.

Comme si notre baiser à Vegas n'était qu'une péripétie.

Je stoppe net et lui fais face.

– Qu'est-ce que tu veux de moi ?, je lui demande subitement, sans détour.

Ryland semble désarçonné.

– Sérieux, j'enchaîne, le cœur à toute vitesse, boostée par l'audace.

Je dis rarement ce que je pense, mais je suis fatiguée, en sueur, et le sourire torride et sensuel de Ryland me perturbe, me démange et je sais trop combien ça pourrait être bon de gratter.

– Comment tu imagines le scénario ? Tu veux balancer mon vélo dans ton pick-up et me prendre dans tes bras, et après ? Tu veux jouer à des petits jeux, me proposer une partie de jambes en l'air, deux inconnus qui tirent un coup comme ça, en passant ? Parce que je te l'ai déjà dit, je ne peux pas te donner ce genre de choses. Je ne peux rien te donner de ce que tu veux, j'ajoute avec calme, pleine de regrets.

Peut-être dans une autre vie, j'aurais pu, désinvolte et insouciante, être le genre de fille qui saute au cou d'un type croisé au hasard, insensible aux cicatrices. Mais non, c'est impossible, je reste moi, enveloppée de la même peau toute balafrée de mon passé, et j'en suis encore à essayer de me recoudre.

Le regard de Ryland s'assombrit. Il coupe le contact, descend du pick-up.

Et merde. En un éclair, ma belle détermination se désagrège. Lui aussi est en sueur. Sexy, athlétique, son corps irradie une puissance, une virilité brute tandis qu'il se dirige vers moi.

– Ne crois pas ça, répond Ryland d'une voix riche et profonde.

Il vient jusqu'à moi et je suis comme pétrifiée.

– Tu veux savoir ce que je veux de toi, mon ange ?

J'ose à peine respirer, hypnotisée par son regard. Je devrais le planter là. Fuir.

Au lieu de ça, je hoche la tête.

– Ça.

Il se penche sur moi doucement, approche son visage du mien, le frôle maintenant. Plus rien ne me sépare de sa chaleur, de son pouvoir, de son intensité. Puis ses lèvres effleurent les miennes, si douces, comme dans un rêve.

Oui.

Je peux me le répéter cent fois, non, je n'ai pas envie de lui. Je peux me faire toutes les promesses du monde. En un instant, mon corps, lui, s'abandonne contre le sien. Je suis fichue.

9.

Ryland

Ses lèvres sont aussi sucrées que dans mes souvenirs. Mélange de soleil et de miel, toutes ces choses qui n'ont cessé de me hanter. Toutes ces choses que je n'aurais jamais cru retrouver. Et peut-être est-ce que je ne les mérite pas, après tout, mais oh, là dans l'immédiat, mon passé n'a plus aucune importance.

Seule Tegan compte.

Une main sur sa joue, je donne un nouvel élan à notre baiser en nouant ma langue à la sienne. Elle gémit contre moi et juste comme ça, je suis perdu. J'oublie pourquoi ceci est une très mauvaise idée. Et qu'elle n'a pas cessé de me rejeter depuis notre rencontre. J'oublie que je ne peux rien offrir à une fille pareille et sans doute ne le pourrai-je jamais. Tout ce qui m'importe, c'est ce moment, sous ce ciel lumineux de septembre, la fusion de nos lèvres, tout le reste m'indiffère.

C'est comme revenir parmi les siens après une longue absence.

Le corps de Tegan ploie contre le mien, son souffle s'accélère. Je glisse mon autre bras autour de sa taille, verrouille son corps menu au mien, presse mon torse contre le sien. Elle répond à mon baiser avec une passion proche du désespoir. S'accroche à moi comme si elle était en train de se noyer, comme si j'étais la seule chose capable de la maintenir à flot.

Ivre de désir et de plaisir, de cette chaleur ardente, je me rappelle sa colère.

Que veux-tu ?

Ça. Elle. Tout de suite.

Je n'ai jamais voulu que ça et d'ores et déjà je le sais, jamais je n'en serai rassasié.

Tegan m'étreint et ça ne ressemble à rien d'autre en ce monde. Je la serre un peu plus fort contre moi, écrase mon corps contre le sien, la dévore. Je prends tout ce qu'elle a à me donner. Je me fiche que l'on soit au bord de la route, que quelqu'un puisse nous voir. J'ai envie de la plaquer contre le pick-up, de lui enlever son haut, de lécher sa peau salée et de lui montrer à quoi ressemble le plaisir, le vrai. J'ai envie d'assouvir un mois de fantasmes non-stop.

Attends.

Quelque chose me retient, en dépit du désir, en dépit du délire. Je revois dans ma tête la résignation, la tristesse de son regard lorsqu'elle m'a dit qu'il n'y aurait jamais rien entre nous. Que Vegas était une erreur. Qu'elle ne pouvait pas faire ça. Une fois de plus.

Quel secret cache-t-elle ? Qui lui a fait peur, au point qu'elle ne puisse prendre ce risque à nouveau ?

Avec un soupir de regret, je m'arrache à ses bras pourtant si chauds. Tout en moi s'insurge, tout mon corps se rebelle, mais je me force à ne plus bouger.

Elle va me haïr d'arrêter comme ça. Mais j'ai le sentiment qu'elle me haïrait plus encore si je continuais. Quelque chose la retient, la fait battre en retraite quand j'avance, et si j'adore m'amuser avec les filles, je sais que pour elle, tout ça n'est pas un jeu.

C'est sérieux. Important.

Du coup, c'est important pour moi aussi.

Je la lâche et tente de reprendre mon souffle, me traitant de tous les noms tandis que la réalité reprend ses droits. Tegan, les yeux mi-clos, chancelle quand j'écarte une mèche sur sa joue puis m'éloigne d'un pas.

Elle écarquille les yeux.

– Mais que… ?

Sa voix tremble alors qu'elle retrouve ses esprits. Elle regarde autour d'elle, confuse et désorientée, avant de ramener son regard sur moi. Lentement, son visage change, la couleur du désir sur ses joues se dilue, remplacée par de la mélancolie, du désarroi.

– J'ai recommencé, c'est ça ?

Cette tristesse dans sa voix me déchire.

– Tu veux dire, embrasser un homme jusqu'à le rendre fou de désir, au point qu'il tienne à peine sur ses jambes ?, je demande en essayant d'adopter un ton léger. Oui, m'dame. Et vous êtes plutôt douée pour ça.

Elle laisse échapper un soupir.

– Je suis désolée. Je ne cherche pas à te manipuler, je te le promets…

Tegan croise les bras et me regarde, l'air perdu.

– Je ne comprends pas ce qui s'est passé. Je ne veux *pas* t'embrasser.

– Tu as de la chance que je sois aussi maître de moi, je réponds, toujours en mode dérision, même si je m'inquiète de ces ombres dans ses yeux. Un mec plus fragile aurait déjà perdu ses moyens.

Elle lève les yeux au ciel.

– Je constate que tu n'as aucun problème d'ego.

– Je suis fait comme ça. Un bloc, bébé…

Je lui fais un clin d'œil et enfin, elle rit. Un étrange sentiment de soulagement m'envahit. Elle est encore là, elle n'a pas cherché à fuir. C'est un progrès par rapport à la dernière fois où je l'ai embrassée.

J'ignore ce qui se passe avec cette fille, mais j'ai envie – non, j'ai *besoin* – de la connaître. De la comprendre. Et même si cela va à l'encontre de mon instinct, quelque chose me dit que le mieux à faire, dans l'immédiat, c'est d'en rester là et de lui donner l'espace dont elle prétend avoir tant besoin.

Après tout, c'est une petite ville. Et avec sa voiture au garage, je sais qu'elle ne risque pas d'aller bien loin.

– Je te laisse tranquille maintenant, dis-je, avec désinvolture. Fais attention à toi. Je te tiendrai au courant, pour ta voiture…

Je vais pour monter dans le pick-up, quand elle s'exclame :

– Attends !

Je me retourne. Elle me dévisage, l'air intrigué.

– Pourquoi es-tu si gentil ? Je veux dire, j'ai été claire avec toi et pas très aimable, mais tu restes stoïque…

– Que veux-tu que je te dise, chérie ?, je réponds, les yeux rivés aux siens et je sens ma détermination qui flanche, juste un peu. Que je reconnaisse que j'ai envie de toi ? Nous savons tous les deux ce qu'il en est. J'ai eu envie de toi à la seconde même où je t'ai vue pour la première fois, dans ce bar. Tu es entrée dans cette salle et soudain, tout est devenu évident. C'était toi, toi que je voulais. Tes lèvres. Ton corps. Et ces yeux magnifiques, tellement vifs…

– Mais je… Je t'ai dit…, bredouille Tegan.

– Et je t'ai écoutée, je l'interromps. Je nous ai arrêtés, non ? J'aurais pu t'allonger à l'arrière de ce pick-up à l'heure qu'il est. Mais pas encore, tu n'es pas prête pour moi.

Ses yeux m'incendient.

– Tu es tellement sûr de toi, tu le réalises, ça ?

– Tu n'imagines pas à quel point ! Tu veux que je te confie un secret ?, j'ajoute en me rapprochant.

Tegan agrippe son guidon quand je me penche sur elle et colle ma bouche à son oreille.

– Tu seras à moi, princesse. J'apprendrai ce corps par cœur. Ces lèvres hurleront mon nom, bientôt. Mais pas avant que tu ne sois prête. La prochaine fois, je t'en fais le serment, c'est toi qui m'embrasseras, me supplieras. La prochaine fois, je te montrerai à côté de quoi tu es passée toutes ces années.

Je recule, la laisse là bouche bée, chancelante. Je remonte dans le pick-up et m'en vais, son visage défait, stupéfait, de plus en plus petit dans mon rétro. Puis un virage et elle disparaît.

Mais elle est encore là avec moi pourtant. L'odeur de ses cheveux, leur douceur. La chaleur de ses lèvres fiévreuses, impatientes…

Ce n'est que le début.

Je rentre, la tête ailleurs. Difficile encore de considérer cette maison comme mienne, même quand je me gare dans la cour et décharge mon matériel. Je pense à Tegan, à son regard noir, méfiant, quand mon téléphone sonne, m'arrachant à mes rêveries.

J'attrape l'appareil sur le siège avant et vais pour répondre quand je vois le nom du correspondant.

Driskell.

Mon sang ne fait qu'un tour. Pourquoi m'appelle-t-il ? J'ai été clair, c'est terminé. Notre petit arrangement a pris fin quand j'ai gagné ma liberté lors de cette partie de poker et que j'ai réglé ma dette.

Je n'ai rien à lui dire.

J'attends que la boîte vocale se déclenche, puis repose mon téléphone sur le siège. Je dépose les planches dans la maison, m'attaque ensuite à remplir d'autres sacs de poussière et de gravats que je transporte dans la benne à ordures. Impossible pourtant de me défaire d'un certain malaise. J'ai beau essayer de faire comme si le passé n'existait pas, impossible. Et apparemment, Driskell n'en a pas non plus l'intention.

Merde.

Je retourne au pick-up, reprends mon téléphone et écoute le message.

«Ryland, mon pote, je trouve que tes vacances ont assez duré… » Il est comme d'habitude, calme, froid, chaque mot claque comme une menace. « J'ai besoin de toi ici pour un boulot et tu le sais, je déteste attendre. Appelle-moi. »

J'en frissonne. Il ne sait pas où je suis, il ne peut pas le savoir. Je n'ai jamais laissé échapper la moindre info sur mon passé, rien sur l'endroit où j'ai grandi. Jamais je n'ai évoqué Emerson ou Brit, que dalle. La seule personne qui pourrait le conduire jusqu'à Beachwood, c'est ma mère, et elle vit à des centaines de kilomètres de là. Sur une autre planète.

Non, ici, je suis en sécurité. Cette vie-là est derrière moi, je me le suis juré le soir où j'ai quitté Vegas. La sale besogne que je faisais pour Driskell, les bagarres, les filles et les flingues. Un boulot qui vous pourrit l'âme, et tout ça pour de l'argent sale, un vrai nid de vipères.

Un lieu sans espoir.

Aujourd'hui, je peux croire à quelque chose. J'ai un avenir à me construire, une vie à moi. Je contemple notre vieille maison encore à l'état de ruine, mais je ressens une certaine fierté après ces quelques jours de travail. J'ai presque fini de dégager le toit effondré et les murs pourris. Prochaine étape, raser ce qui tient à peine debout et m'atteler aux fondations pour les fortifier, quelque chose de suffisamment costaud pour résister aux dix prochaines tempêtes.

Cette maison ne paie évidemment pas de mine comparée à celle où vit Tegan, mais c'est la mienne. Et bientôt, j'y habiterai et ce sera l'occasion pour moi de prendre un nouveau départ. De reconquérir ma famille et de me bâtir une vie dont je puisse être fier.

À condition que Driskell ne te trouve pas avant…

10.

Tegan

Et de deux ! Deux baisers impulsifs, passionnés, sublimes. C'est la deuxième fois que je dérape, mais cela ne se reproduira plus. Pas question.

Parce que si je m'effondre encore une fois, je le sais, le petit jeu est fini, terminé. Et merde, je suis plus forte que ça.

Tu seras à moi, princesse. J'apprendrai ce corps par cœur.

Les paroles de Ryland me hantent le reste de la semaine. Chaque fois que je me retrouve seule, je revois, revis la scène. Cette certitude dans ses yeux quand il approche son visage du mien. Ces papillons dans mon ventre quand sa bouche effleure mon oreille.

La prochaine fois, je t'en fais le serment, c'est toi qui m'embrasseras, me supplieras. La prochaine fois, je te montrerai à côté de quoi tu es passée toutes ces années.

Promesses, promesses, toujours des promesses…

Je pose la guitare en râlant.

Je suis restée sur la terrasse toute la matinée à essayer d'écrire quelque chose, mais je n'ai en tête que des chansons romantiques et sensuelles, tourmentées par le désir. Quand je pense à une mélodie, c'est le visage de Ryland que je vois. Et quand me viennent des paroles, ce sont des mots que je brûle de lui dire.

Prends-moi. Libère-moi.

Je suis à toi.

Je tourne nerveusement les pages de mon carnet et cherche l'inspiration, en espérant que ça ne me ramène pas au souvenir de notre baiser.

Depuis que Dex a parlé de ce concours, l'idée s'est logée dans un coin de ma tête et refuse d'en sortir. Ce n'est pourtant pas faute de me répéter que le projet est fou, le défi impossible à relever. Je me suis mise à composer des chansons il y a quelques mois à peine. C'est bien connu, il faut parfois des années avant qu'un artiste accepte la chanson d'un compositeur, même un pro. Alors, un groupe comme The Reckless. Rien qu'à la perspective de soumettre ma musique à quelqu'un, j'en suis malade, et en même temps, quelque part, j'en rêve. Coucher sur le papier tous ces airs, toutes ces mélodies que j'ai dans la tête pour enfin les partager avec quelqu'un, n'importe qui.

Leur dévoiler mon être profond.

Je réprime un sentiment acide de regret et me lève. C'est presque l'heure du déjeuner, alors je vais prendre une douche pour dessaler ma peau après ma baignade du matin, puis m'habille d'une petite robe d'été toute simple. J'attache mes cheveux en queue-de-cheval, attrape mon sac et enfourche ma bicyclette, cap sur la ville.

Après le désastre de mon premier trajet, je suis passée à la station-service pour gonfler les pneus. J'ai aussi graissé la chaîne et c'est nettement plus facile de pédaler maintenant. Je file sur la route. Le vent caresse mes épaules dénudées et s'engouffre sous ma robe.

J'ai adopté une certaine routine dorénavant, un emploi du temps qui rythme mes journées. Écrire des chansons, marcher sur la plage, déjeuner au snack.

La première fois que je suis repassée devant le garage en rentrant chez moi, j'ai aperçu Ryland en train de travailler sur un vieux camion. Il m'a fait signe et j'ai bien failli atterrir dans le fossé, le temps que je me décide si je devais lui répondre ou pas.

Le lendemain, j'ai pensé que ça serait sympa de ma part de juste aller lui dire un petit bonjour et voir où il en était avec Dolly. Puis je me suis dit que ça ne se faisait pas de se pointer comme ça, les mains vides, alors j'ai demandé à la serveuse de m'emballer un soda bien frais avant de m'y arrêter. La surprise de Ryland quand je lui ai tendu la bouteille, ça valait la peine.

À ce rythme, d'ici la fin de la semaine, je lui apporterai un panier pique-nique complet.

J'en suis consciente, je joue avec le feu, mais je me rassure comme je peux.

Il n'y a rien de mal, je veux juste me montrer amicale, c'est tout. Et m'assurer par la même occasion qu'il ne va pas gâcher tout le travail de mon père sur ma Mustang.

Et puis, depuis l'incident du baiser sur la route, Ryland s'est comporté en vrai gentleman. Pas de frôlements intempestifs quand il se penche pour attraper une clé à douille, plus d'invitation au restau ou de rendez-vous. Tout se passe comme s'il avait vraiment accepté que je ne laisserai plus ce genre de choses arriver entre nous. Exactement ce que j'attendais de lui.

Mais alors, pourquoi cette déception en moi, quand je rentre à la maison, seule ?

Et pourquoi est-ce que je prends la peine d'appliquer un peu de gloss sur mes lèvres, une touche de mascara sur mes cils, quand c'est lui et lui seul que je vais voir ?

Je chasse ces pensées de mon esprit, dévore en vitesse mon sandwich et commande deux parts de tarte à emporter. Ensuite, je traverse la rue pour me rendre au garage, mais une fois là-bas, je tombe sur un os. Enfin, plus exactement une fille, assise sur le comptoir, jambes croisées et qui rit à gorge déployée à une remarque de Ryland.

Instantanément, je suis prise d'un profond sentiment de jalousie.

Il est adossé au mur à côté d'elle, l'air détendu, et plus sexy que jamais. La fille porte une robe impression vintage et des bottines à lacets, coupe au carré déstructurée et tandis que je m'approche, je la vois ébouriffer les cheveux de Ryland dans un geste plein d'affection.

Tu vois, fanfaronne une petite voix triomphale. *Tu savais qu'il n'était pas pour toi. Il doit avoir une bonne centaine de filles dans ses contacts. Tu te crois donc si unique ?*

À ce moment-là, il m'aperçoit.

– Tegan !, m'appelle-t-il, tout sourire. Troisième visite en trois jours... Si ça continue, je vais finir par croire que tu ne me détestes pas autant que tu le prétends.

– Je n'ai jamais dit que je te détestais, je proteste.

La fille m'observe avec curiosité.

– C'est juste, acquiesce Ryland, rieur. Tu as uniquement dit que tu ne voulais plus jamais me revoir.

– Ah, tu vois, je réponds, sur un ton léger. C'est totalement différent.

Je me tourne face à la fille, attends les présentations. Ryland laisse passer un moment.

– Tegan, voici Brit, ma petite sœur.

– Sa petite sœur très sage et très stable et tellement talentueuse et intelligente, le corrige-t-elle, en lui envoyant un coup de coude dans les côtes.

Je ris, soulagée qu'elle ne soit pas la nouvelle petite copine de Ryland et tout de suite, je compatis.

– J'ai trois frères plus âgés et tu peux me croire, « petite sœur », c'est plutôt mignon. Dex m'a appelée la « gamine » pendant des années, devant ses amis. Il a fallu que je le menace de casser toutes ses précieuses guitares pour qu'il arrête.

Brit écarquille les yeux.

– Dex ? Dex Callahan ? Le chanteur de The Reckless ?, me demande-t-elle.

Aussitôt, je me raidis.

– Oui, je réponds, sur mes gardes, craignant qu'elle ne soit l'une de ces groupies prêtes à tout pour un autographe ou n'importe quoi.

– Mais je le connais, dit Brit, toute contente. Enfin, je connais Alicia. Ils étaient à mon mariage.

– C'est super, dis-je, rassurée. Je n'avais pas fait le rapprochement...

– Moi non plus, remarque Ryland qui m'observe, l'air intrigué.

Entre lui et les regards curieux de Brit, j'ai soudain l'impression de passer aux rayons X.

– Bon, bref, je voulais juste prendre des nouvelles de la voiture. C'est Ryland qui s'en occupe, j'explique à Brit. Je t'ai apporté de la tarte, au cas où, tu vois, tu aurais faim. Mais je, euh, je dois y aller…

Je pose le sac et m'éloigne aussitôt. *Mais ferme-la donc un peu, Tegan !*

– Attends, m'appelle Brit en sautant du comptoir. Tu fais quelle taille, en fringues ?

– Hmmm ?, j'interroge Ryland du regard.

Il se contente de hausser les épaules quand Brit m'attrape les bras et les lève, pour m'examiner.

– Tu mesures quoi, un mètre soixante-dix ? Et tu fais du 36-38, c'est ça… Oui, tu es parfaite ! Tu es occupée, cet après-midi ? Tu pourrais me donner un coup de main pour des essayages ? Je suis en train de créer une robe de mariée pour une cliente d'Atlanta, mais ça fait déjà deux fois qu'elle rate les essayages et je dois absolument savoir si la longueur est bonne, explique Brit sans me lâcher. Et tu as pile sa taille. Allez, s'il te plaît ? Pitié…

– Euh, oui, bien sûr, j'accepte sans rechigner, puisque apparemment je n'ai pas vraiment le choix.

– Wow, merci !, s'exclame Brit, radieuse. Tu me sauves la vie, sérieux. On pourrait y aller tout de suite, qu'en penses-tu ?

– Maintenant ? OK. Enfin, je veux dire…

Mon hésitation est vite balayée par sa fougue.

– Génial ! J'ai un atelier, au ranch. C'est pas loin. Je t'emmène. Ça ne prendra pas plus de deux heures et tu n'auras rien à faire. Et c'est garanti indolore, je te le jure. Sauf si tu bouges et que je te pique avec une aiguille, mais ça n'arrive quasiment jamais.

– Quasiment ?, je répète alors que Brit m'entraîne déjà à sa voiture.

– Oh, une fois, Juliet a failli me tuer, mais c'était sa faute, raconte Brit, toute guillerette. Elle n'arrêtait pas de se dandiner.

– Au moins, je suis prévenue, je réponds, absente et un peu désemparée, je jette un regard derrière moi à Ryland, mais il est déjà en train de dévorer son morceau de tarte.

– Moi je peux rien pour toi, dit-il, hilare, la bouche pleine. Ma sœur n'a jamais su ce que voulait dire « non ». C'est dans nos gènes, ajoute-t-il avec un clin d'œil.

Avant que je puisse comprendre ce qui m'arrive, je me retrouve ceinturée sur le siège passager, roulant plein pot sur une petite route. Brit conduit comme un pilote de formule 1, virages à fond, tout en me mitraillant de questions sur Alicia et Dex.

– Ils sont partis en tournée. L'Amérique du Sud, puis l'Europe, je crois, je réponds, en m'accrochant à la portière.

– Je suis vraiment heureuse pour eux, me dit-elle. Et maintenant, tu es là, toi. Juste quand Ryland refait son apparition. Alors, vous vous êtes rencontrés au garage ?

– Non, je réponds, en regardant avec effroi le prochain virage. À Vegas, le mois dernier.

– Vegas ?, s'exclame Brit en se tournant vers moi. Que faisait-il là-bas ?

Je retiens mon souffle. Si Ryland n'a pas jugé bon de dire à sa sœur qu'il était à Vegas ces derniers mois, ce n'est pas à moi de trahir son secret.

– Je n'en sais rien, je réponds, et c'est la vérité. On s'est juste croisé. Par hasard, j'ajoute, en restant vague.

Une rencontre de hasard, qui a fini en un baiser torride en à peine dix secondes chrono.

– Hmmm, marmonne Brit, mais elle n'insiste pas. En tout cas, tu arrives au bon moment pour m'aider. J'ai bien laissé une tonne de messages à ma cliente, mais je pense qu'elle a dû aller se reposer dans je ne sais quel centre thalasso pour le week-end en oubliant d'emporter son téléphone. Je lui dirais bien d'aller se faire voir avec sa robe de mariée, mais franchement, cette robe est trop belle, ça serait dommage de ne pas la finir.

Elle quitte la nationale pour prendre une petite route à travers les bois et les collines. On est en pleine campagne, tout près de la ville pourtant, et ici la nature est verdoyante, sereine.

Bientôt, au détour d'un virage, j'aperçois le ranch. Une maison immense, une grange peinte en rouge, des écuries et des enclos. Il y a des chevaux dans le pré et quand Brit se gare à côté de deux pick-up, je remarque un type d'un certain âge qui tente de faire tourner en rond un poulain tout fougueux au bout d'une longe.

– Hunter, mon mari, entraîne la plupart des chevaux, explique Brit. Mais il est en ville en ce moment, complètement surbooké. Alors j'ai décidé de venir ici pour terminer cette robe. Tu vas voir, c'est une véritable maison de couture…

Je la suis à l'intérieur et je comprends tout de suite ce qu'elle veut dire. Dans le salon, on dirait qu'une bombe de tissus et d'étoffes a explosé. Il y en a partout. Des petits bouts, des grands, des rubans et toutes sortes de matières, sans parler des croquis qui jonchent le sol.

– Bien, dit Brit, elle regarde autour d'elle et attrape deux ou trois trucs. Est-ce que tu peux juste enlever tes vêtements et venir te mettre là ?

Elle me montre une petite estrade, devant la cheminée.

– Oh, tu ne veux pas m'inviter au restaurant avant…, je plaisante en prenant une voix lubrique.

Elle écarquille les yeux, éclate de rire.

– Pardon. Oh, j'ai oublié que tu… Bref, je vais te chercher à boire et puis, je te montrerai le modèle. J'ai un esprit étriqué, pas plus d'une idée à la fois, mais j'ai presque terminé, me dit-elle en se dirigeant vers la cuisine.

– Ce n'est pas grave, je réponds, détendue, en lui emboîtant le pas.

La maison est de style rustique, chaleureuse, tout inondée de soleil.

Brit attrape deux sodas dans le réfrigérateur et je la rejoins à la grande table en chêne, encombrée de croquis et d'échantillons de tissus.

– Tu vois, elle souhaite quelque chose de classique. C'est le genre de réception ultramondaine, explique Brit, en désignant ses croquis. Mais c'est à la portée de tout le monde de réaliser une robe longue bustier. Alors, j'ai pensé à un truc style glamour, une robe comme en portaient les stars de ciné avant.

J'examine les détails du dessin, la fluidité, la coupe du modèle.

– C'est magnifique, dis-je, impressionnée.

– Je sais, répond Brit, elle n'est pas arrogante pour un sou, juste honnête. Tu comprends mieux pourquoi je la supporte malgré tous ces faux bonds. Je veux la finir malgré tout. Il faut que je l'imagine, quand elle marchera vers l'autel…

– Son mari va adorer, je l'interromps.

– Sans doute, répond-elle avec un haussement d'épaules. Mais surtout, toutes les fiancées vont vouloir la même après ça.

– C'est plutôt cool, non ?, je remarque en riant.

– Oh, oui, répond-elle avec un sourire espiègle. Mais bon, tu n'as pas idée de ce que coûte la soie d'importation. C'est loin d'être gratuit.

Brit s'empare de la robe en devenir sur la table et me montre où aller me changer, derrière un paravent de fortune.

Je retire ma petite robe d'été devant elle pour enfiler l'autre. Je porte mon maillot de bain sous mes vêtements et de toute façon, après deux ans de pensionnat, j'ai vite perdu mes complexes quand je dois me déshabiller devant des inconnus.

– Peux-tu juste redresser un peu les épaules… ? Oui, parfait !

Brit me fait me retourner et ajuste avec douceur la robe sur moi, autour de ma taille.

– Alors, qu'est-ce que ça donne ?, je demande en me contorsionnant pour essayer de me voir.

Le visage de Brit s'illumine. Elle joint les mains, aux anges.

– Je suis d'un génie inégalable, chantonne-t-elle et à nouveau, j'éclate de rire.

Il y a quelque chose de spontané, de cash chez elle, difficile de ne pas l'aimer.

– Mais j'avais raison, ajoute-t-elle. L'ourlet déconne. Peux-tu grimper sur ce tabouret pour que je le marque ?

– C'est là où tu vas me torturer avec tes épingles ?

Brit s'agenouille et commence à piquer le tissu.

– Ça dépend de ce qui se passe entre toi et mon frère, répond-elle, sur un ton détaché, mais je sursaute quand je réalise ce qu'elle vient de dire.

– Quoi ? Mais rien ! Aïe !

– Je t'avais dit de ne pas bouger !, râle Brit, en me remettant droite. Ça va ?

– Euh oui, je réponds, sur mes gardes, en la surveillant.

Elle continue de piquer le bas de la robe.

– Alors, mon frère… ?

Je ne sais que répondre, et je me rappelle qu'en guise de défense, rien ne vaut l'attaque.

– Il a l'air gentil, je réponds avec désinvolture. Et il s'y connaît, en mécanique. Il a toujours fait ça ?

Brit semble amusée, comme si elle n'était pas du tout dupe de mon esquive, mais cette fois, elle ne me pique pas.

– Je ne sais pas. Je ne l'ai jamais beaucoup vu, quand nous étions enfants. Il était toujours par monts et par vaux. Toujours à s'attirer des problèmes…

Elle attrape une autre épingle et fronce le tissu.

– Et puis, un jour, il a disparu et je n'ai plus entendu parler de lui pendant sept ans. Jusqu'à ce qu'il revienne en ville, la semaine dernière.

– C'est vrai ?, je m'exclame, surprise. Une si longue absence, sans la moindre nouvelle ?

– Oh, il appelait parfois pour savoir comment on allait. Un coup de fil par-ci par-là, à Emerson, principalement. Mais sinon, oui, rien. Il n'est même pas venu à mon mariage.

Elle tire d'un coup sec sur le tissu et je comprends qu'elle ne l'a toujours pas digéré.

– C'est triste, je chuchote. Mes frères me tapent sur les nerfs, mais je les aime. Je ne veux même pas imaginer si l'un d'eux prenait le large et m'excluait de sa vie. Tu dois être heureuse de le revoir.

Brit lève les yeux, sur la réserve.

– À condition qu'il reste, cette fois, dit-elle avec un haussement d'épaules. Mais Ray Jay est toujours si mystérieux. On ne sait jamais à quoi s'attendre avec lui.

Il plane en effet comme une énigme autour du garçon rieur, charmeur, que je connais, mais c'est la dernière partie de sa phrase qui retient mon attention.

– Ray Jay ?, je répète, incrédule.

– Oh, merde, dit-elle en voyant mon sourire. Il déteste qu'on l'appelle comme ça…

Elle éclate de rire.

– Tant pis. Ça lui apprendra à disparaître si longtemps. Sérieux, appelle-le Ray Jay et dis-lui que c'est cadeau de ma part.

– Le pauvre, je réponds en gloussant.

11.

Brit pique son ourlet avec méthode et minutie. À un moment, elle s'interrompt pour mettre un peu de musique et peu à peu, on finit par se détendre tout en discutant de la vie en tournée avec le groupe et de sa petite entreprise.

– Si tu m'avais vue au début, explique-t-elle. Je n'osais même pas montrer mon book. Je me rappelle mon premier entretien dans une grande enseigne de fringues, j'ai cru m'évanouir tellement j'étais nerveuse.

– Et ça s'est bien passé ?

– Une catastrophe, répond-elle en riant. Le type était un vrai connard. Il m'a dit que je n'avais aucun talent et que je n'arriverais jamais à rien.

– Wow, c'est dur !

– Oui, mais il faut savoir s'y préparer. Il y a toujours quelqu'un pour te dénigrer un jour ou l'autre, marmonne Brit. Le secret, c'est d'apprendre à avoir confiance en soi et à aller de l'avant.

Je pense à mon carnet plein de chansons, à ce super concours auquel j'ai trop peur de participer.

– Pour moi, c'est encore autre chose, je soupire. C'est pénible quand les autres épient le moindre de tes faits et gestes…

– Ah oui, répond Brit en me regardant. Ton frère… Les gens te harcèlent à cause de Dex ?

– Pas juste Dex, je soupire. La carrière de Blake est en train de décoller aussi. Son premier vrai film sort à Noël. Il ne peut pas aller boire un café sans être suivi par les paparazzi.

– Je ne supporterais pas de vivre comme ça, répond Brit avec une grimace. Toujours pimpante et tirée à quatre épingles. Le matin, je suis au radar, à peine si je suis capable de mettre mon T-shirt à l'endroit.

– Je vois ce que tu veux dire, je souris. Ils nous ont pris en photo, à L.A. J'avais l'air d'avoir couru un marathon, les joues en feu et dégoulinante de sueur.

– La ville, très peu pour moi, je reste fidèle à Beachwood Bay, merci bien.

– Ça doit être génial de grandir ici, je remarque, avec un soupçon d'envie.

– Ne te laisse pas impressionner par les jolies petites boutiques et tout le folklore, ricane Brit en me mettant en garde. Parfois c'est pénible, parce que tout le monde sait tout sur tout le monde. Ça m'exaspérait quand j'étais gamine, ajoute-t-elle, et son sourire se fane. Tu as vite fait de te retrouver avec une réputation ici et c'est compliqué de s'en débarrasser après.

– Tu crois que c'est pour ça que Ryland est parti ?, je l'interroge, curieuse. Pour prendre un nouveau départ ?

– Je suppose qu'il avait ses raisons, répond Brit, songeuse, toujours ses aiguilles à la main. J'étais trop jeune à l'époque pour vraiment savoir ce qu'il avait dans la tête. Je sais qu'Emerson et lui se disputaient souvent, mais en fait on n'était pas très proches, lui et moi. Pour te dire la vérité, c'est tout juste si je l'ai reconnu quand il a débarqué, la semaine dernière, ajoute-t-elle. Je veux dire, physiquement non, il n'a pas trop changé, sauf qu'il fait de la muscu et qu'il est plus baraqué, dit-elle non sans ironie. Mais ce n'est pas ça… Il y a autre chose. Il semble… Plus serein, aujourd'hui.

Je fronce les sourcils. Je ne trouve rien de serein au Ryland que je connais. Tout en lui est chaos, passion, puissance et désir à fleur de peau.

Brit a dû capter ma perplexité, car elle me regarde bizarrement.

– Mais j'ai l'impression que tu le connais mieux que moi…

– Non, on est juste amis. Et encore…

– Bien sûr, bien sûr, répond Brit, manifestement peu convaincue, puis elle se replonge dans son ourlet et finit de marquer les derniers centimètres. Voilà. Qu'en penses-tu ?

Je me retourne pour me regarder dans le miroir, calé contre le mur.

– Wow, je chuchote, impressionnée. Cette robe est splendide, une longue rivière de soie qui se répand sans le moindre faux pli sur mon corps, avec un magnifique décolleté plongeant.

– C'est parfait, dit Brit à voix basse. Complètement en accord avec ton teint.

Je regarde mon reflet. On dirait que je m'apprête à marcher vers l'autel pour dire oui. Bon, j'ai des cernes, c'est sûr, et les cheveux un peu en pétard, mais cette robe a suffi à me métamorphoser en quelque chose de pur, de beau.

Je m'interroge : aurais-je ressemblé à ça, le jour de mon mariage avec Connor ?

Il m'a demandé ma main une bonne dizaine de fois. Solennel, avec une bague en plastoc trouvée au fond de la boîte de céréales, l'anneau d'une tringle à rideau ou encore cette alliance en argent, dénichée au marché aux puces, au Mexique. C'était devenu une blague entre nous, n'empêche, j'en étais sûre, un jour, il me ferait sa demande pour de vrai.

La dernière fois que je l'ai vu, il m'a suppliée de rester. En me jurant que tout serait différent, à l'avenir.

– « Tu es toute ma vie, m'a-t-il dit ce jour-là, les yeux fous et désespérés. Bébé, je n'ai que toi… »

Mais c'était trop tard pour les promesses. Il m'avait brisé le cœur tant de fois. Même la bague ne me ferait pas changer d'avis, une pièce exceptionnelle, avec diamant taille princesse. Dans un accès de colère, il l'a balancée par terre au moment où je sortais, en hurlant que je le regretterais. Que nous le regretterions tous, un jour.

C'est ce qui s'est passé.

– Tegan ?

La voix de Brit m'arrache à mes pensées. Elle me regarde, l'air inquiet.

– Ça va ?

– Oh oui, désolée…

Je secoue la tête tout en remettant sous clé mes souvenirs de Connor dans une petite boîte bien enfouie dans un coin de ma tête.

– Tu es vraiment super, c'est un travail magnifique.

– Merci, sourit Brit. Et merci aussi pour ton aide. Je sais, je ne t'ai pas trop laissé le choix, mais j'apprécie, vraiment.

– C'était chouette…

Je lui fais face, déjà prête à retirer la robe, quand je le vois, lui, Ryland. Appuyé tranquillement à la porte, en train de nous observer, sans un mot.

Ce regard… Mon cœur dérape, s'affole. Regard noir et ardent, regard d'envie, de désir à l'état brut. Il me fixe, me dévore des yeux avec une admiration comme je n'en ai jamais vu avant. D'une intensité absolue, et j'ai le sentiment qu'une étincelle suffirait pour que l'électricité entre nous crépite et que tout s'embrase.

Je retiens mon souffle. En dépit de la robe, je me sens nue sous son regard.

Brit se retourne.

– Depuis quand es-tu là ?

– J'étais juste venu admirer ton talent, répond Ryland, avec un sourire désinvolte.

Il s'avance, et mon cœur n'en finit pas de caracoler, après ce regard entre nous. Puis il approche sa main et instinctivement, je recule, le corps toujours en feu.

Il me regarde alors avec perplexité et je comprends qu'il veut juste m'aider à descendre de l'estrade. Je prends sa main.

Et je sens la chaleur de sa peau qui me pénètre tout entière, jusque dans mes veines.

– Merci, je chuchote en détournant les yeux.

J'arrache ma main à la sienne, je suffoque, attrape mes vêtements sur le banc. Je me précipite dans le couloir jusqu'à la salle de bains, sans un mot, et claque la porte derrière moi.

Que s'est-il passé, là ?

Je tente de reprendre mon souffle, encore bouleversée, mais impossible d'oublier le regard de Ryland, comme marqué à l'encre rouge dans mon esprit. Jamais personne ne m'a regardée ainsi, comme si j'étais quelque chose de tellement précieux, tellement parfait.

Comme si j'étais tout.

Personne, jamais, ne m'a fait me sentir aussi consciente de mon corps, de l'énergie et de la chaleur en action dans chacune des molécules de mon organisme. Je ne me serais pas sentie plus vivante s'il m'avait bardée de sangles et envoyé cent mille volts dans le corps.

Tout ça en un simple regard.

Je fais en sorte de zapper ce qui vient de se passer. Je retire la robe de mariée avec précaution et la pose sur le dossier d'une chaise. Je remets ma petite robe d'été, ramasse plus ou moins bien mes cheveux en un petit chignon. Sors de la salle de bains, sur mes gardes, à peu près remise de mes émotions. Ça n'avait rien à voir avec moi, je me répète, c'était juste la robe. J'imagine des choses, les nerfs à fleur de peau, entre mes hormones et mes souvenirs.

Puis Ryland pose son regard sur moi quand je réapparais dans le salon, et je réalise avec angoisse que je n'ai rien imaginé du tout.

Il y a la même intensité dans ses yeux, la même pénétration qui fait voler en éclats toutes mes défenses et me met à nue. Comme écorchée vive.

– … et ça, je l'ai fait pour une cliente, l'année dernière…

Brit est en train de lui montrer son book, une série de photos et croquis. Ryland reporte son attention sur les créations de sa sœur.

– C'est dingue, dit-il, admiratif, tout en lui ébouriffant les cheveux. On dirait bien que les gens se bousculent pour travailler avec toi. Tu as réussi.

Brit hausse les épaules, l'air gêné.

– Bof. En fait, si j'ai autant de clientes, c'est bien grâce à Hunter. Elles croient toutes qu'en s'adressant à moi, il va les introduire dans le cercle très mondain où évoluent ses parents.

– Ne te dénigre pas comme ça, insiste Ryland. Tu as parcouru un sacré bout de chemin, depuis le temps où tu bricolais des fringues dénichées aux puces, là sur le tapis du salon. Je suis fier de toi, ajoute-t-il avec douceur.

Brit rougit, feint l'indifférence, tout en s'affairant à ranger son matériel. Mais je vois bien cette expression sur son visage. Elle n'est pas différente de moi, dès qu'il s'agit de nos frères. On peut les critiquer et râler contre eux à longueur de temps, au final, tout ce qu'on veut, c'est qu'ils soient fiers de nous, et ne pas leur faire de peine.

Brit m'aperçoit à cet instant.

– Oh, super, tu t'es changée…

Elle s'approche, prend la robe qu'elle déploie avec soin sur la table.

– Tu étais sublime dedans, dit-elle. Et je ne dis pas ça parce que c'est moi qui l'ai faite.

Je souris, sens encore la brûlure du regard de Ryland sur moi. Alors que je ne sais même pas s'il continue à me regarder. Ce regard, il va me hanter des jours entiers.

– On pourrait se revoir, quand je serai moins à la bourre, suggère Brit. Mais d'abord, je vais devoir travailler non-stop pour terminer dans les délais. Tu seras dans le coin, la semaine prochaine ?

– Oui, bien sûr.

– Super, répond Brit qui vient me faire la bise. Ryland va te raccompagner.

Mon cœur se rétracte. Je le regarde en tressaillant. Me retrouver seule avec lui, juste après ce qui vient de se passer, est un risque que j'hésite à prendre. La tentation est trop évidente, trop forte.

– Tu avais laissé ton vélo au garage, explique Ryland, sans détacher ses yeux des miens. Il est dans mon pick-up.

– Merci, je chuchote et je baisse la tête, je m'en veux d'être aussi mal à l'aise.

– Bon, eh bien, je ne vous retiens pas, déclare Brit en claquant les mains.

Si elle perçoit la tension entre Ryland et moi, elle n'en laisse rien paraître. Elle nous accompagne sur le pas de la porte.

– Toi, appelle-moi demain, dit-elle à son frère, je pourrais bien avoir besoin de certains trucs. Tu n'as pas le choix, tu dois te faire pardonner pour ces sept ans d'absence.

– Bien, m'dame, répond-il, sourire en coin.

Brit à nouveau me remercie pour mon aide, puis elle ferme la porte et on se retrouve seuls sous le porche.

Un ange passe. Je n'arrive pas à le regarder. Je n'arrive même pas à bouger.

– Bon, eh bien..., murmure-t-il et sa voix est comme du miel qui me dégoulinerait le long du dos. Je vais te ramener...

– Euh oui, je chuchote en croisant les bras.

Il fait quoi, 25 degrés, et le soleil brille, mais je ne peux pas m'empêcher de frissonner à le sentir si près. Je regarde droit devant moi et fais un premier pas en direction du pick-up, puis un second.

Tout va bien se passer, je me motive. *Tu montes dans son pick-up et tu le laisses te raccompagner à la maison. Cinq minutes, grand maximum. Tu vas pouvoir te retenir ce temps-là, non ?*

– Ou alors...

À la voix de Ryland, je me fige. Et me tourne vers lui. Il est là à attendre, tellement beau avec ce T-shirt blanc et ce jean.

– On pourrait aller ailleurs.

– Où ça ?, je demande en essayant de gagner du temps.

Comme si sa réponse était susceptible de faire une différence. Parce que de toute façon, je le suivrai là où il décidera de m'emmener, jusqu'au bout de la Terre si ça le chante. Tout ça, à cause de la façon qu'il a de voir en moi.

Tu es foutue, Tegan Callahan. Foutue et tu vas au-devant de graves ennuis.

– Quelle importance ?, me sourit-il et je sens mes dernières résistances qui cèdent, s'effilochent.

Mon cœur s'emballe devant lui et je le jure, je pourrais oublier jusqu'à mon nom, tant je suis envoûtée par les promesses qui scintillent dans ses yeux noirs.

– Partons à l'aventure…

12.

Ce que j'adorais par-dessus tout, c'était rouler au hasard des routes avec Connor au volant. J'adore conduire pourtant, mais je me sentais bien sur ce siège, tout près de lui, sa main posée sur ma cuisse, je me sentais prête à le suivre comme ça au bout du monde. Vitres baissées, musique à fond. J'en frémis encore de ces nuits d'été, du temps de mon adolescence. Le réservoir plein à craquer et rien que la route devant nous, à perte de vue. On allait au bord de l'océan et on faisait l'amour sur la banquette arrière. On se baladait sur Mulholland Drive, au-dessus des canyons, juste pour admirer les lumières de L.A.

Pour moi, le monde entier se résumait à ces instants, dans cette voiture. Connor, une main sur le volant, si sûr de lui, il était tout ce dont j'avais besoin.

Et c'est là, sur ce siège passager, que j'ai compris la toute première fois que quelque chose ne tournait pas rond. On rentrait d'un concert, un dimanche matin de bonne heure. Connor était encore électrisé, exalté. Après avoir joué devant son public, il était toujours fébrile mais là c'était différent, comme s'il était en ébullition, comme au bord de l'implosion.

– Tu as déjà vu quelque chose d'aussi beau ?, m'avait-il demandé, comme on arrivait au sommet d'une colline.

La route à cet endroit se rétrécissait et les virages en épingle frôlaient le vide. Un précipice à notre droite, tout le long de la route, plongeant droit sur la vallée en dessous.

– Jamais, avais-je répondu dans un bâillement tout en mêlant mes doigts aux siens.

– Les mecs qui perdent le contrôle ici, c'est direct en bas, avait remarqué Connor, le regard rivé sur l'horizon. Imagine, ce paysage, ça serait la dernière chose que tu vois...

J'ai senti la voiture prendre de la vitesse.

– Connor...

Je l'avais regardé, inquiète. Puis il avait pris un virage trop serré et là, je m'étais carrément accrochée au siège.

– Connor, ralentis !

– Détends-toi, bébé...

Connor avait encore accéléré, enchaînant les virages à toute vitesse. J'avais l'impression que mon cœur allait exploser, je sentais la panique monter en moi.

– Je t'en prie, tu me fais peur !

– Calme-toi !, avait-il ri. Tu le sens, là ?

Puis tête rejetée en arrière, il avait poussé un hurlement, le cri d'une bête sauvage. La voiture s'était déportée au milieu de la route.

– Connor !

Je lui avais remis les mains sur le volant, mais il n'avait pas redressé, il avait juste continué à rouler comme ça en plein milieu de cette route, dans la nuit, négociant à fond un autre virage en épingle à cheveux.

100... 110... 130... Le compteur n'en finissait pas de grimper. J'avais senti le picotement des sanglots dans ma gorge, alors que la terreur s'emparait peu à peu de moi.

Puis il y a eu l'éclat de ces phares, juste en face de nous.

– Connor !, j'ai hurlé, en me cachant le visage entre les mains.

Impossible de regarder, c'était au-delà de mes forces.

Et à la dernière seconde, il a donné un coup de volant et nous a ramenés sur notre voie. L'autre bagnole nous a croisés avec un coup de klaxon rageur.

Je n'arrivais plus à respirer, sous le choc.

– Mais putain ! Tu as pris quelque chose ?!, m'étais-je écriée, tremblante, en lui donnant une claque sur l'épaule. Tu aurais pu nous tuer !

– Quoi ? Mais non. Ne fais pas ta chochotte, avait-il éclaté de rire, indifférent à ma peur, à mes larmes. Je suis invulnérable, putain !

Et il s'était remis à hurler. À cet instant, je l'ai vu dans ses yeux, j'ai compris qu'il le croyait, qu'il le croyait vraiment.

Ce fut le début de la fin.

13.

Je m'éveille de ce souvenir, comme d'un rêve. Le cœur battant à toute allure, le temps que je reprenne mes esprits. C'est Ryland qui conduit, pas Connor. Et la route devant nous est large, toute droite, le soleil brille.

Le passé est derrière moi.

J'inspire doucement. Je me sens mal à l'aise à cause de mes émotions, comme si je devais faire mieux. Être plus forte.

– Je peux me débrouiller seule, tu sais, je déclame, sur la défensive.

Les mots s'échappent de ma bouche, sans que je puisse les retenir.

Ryland me regarde, hausse un sourcil perplexe.

Je rougis, craignant de passer pour une ingrate.

– Ce que je veux dire, tu as beau faire le taxi et m'emmener ici et là, ne va surtout pas te faire des idées. Je n'ai pas besoin que l'on vole à mon secours.

– Je n'en doute pas, rigole Ryland. À mon avis, si le prince charmant s'amenait, tu lui enverrais ton poing dans la figure. Non sans lui avoir donné un baiser au préalable, ajoute-t-il, avec un sourire espiègle.

Je me tourne vers la vitre. On suit la route nationale le long de l'océan, pour aller où, mystère. Et alors que les kilomètres défilent, je me demande si je n'ai pas commis une terrible erreur.

J'ai envie de lui et une chose est sûre, je ne devrais pas.

– Où va-t-on ?

– Je t'emmène dîner quelque part, répond Ryland avec calme.

– Mais… Il est à peine dix-sept heures.

– Je suis sûr que l'on va trouver un moyen de s'occuper d'ici là, dit-il en s'étirant, détendu – alors que moi, j'ai les nerfs à vif et je ressens tout à deux cents pour cent, le moindre geste, le moindre caillou sur la route.

Ressaisis-toi, Tegan. C'est juste un dîner. Même pas un rendez-vous.

J'en suis encore à tenter de respirer normalement. À me demander pourquoi je me sens aussi à cran comme ça, avec juste ce levier de vitesse qui nous sépare. J'ai grandi au milieu des garçons, j'ai passé la moitié de ma vie entourée des amis de mon frère. Des mecs canons, en toute objectivité, de l'avis même de Zoey. Je n'ai rien de la vierge effarouchée qui ne serait jamais sortie avec un garçon.

Sauf…

Connor, c'était Connor. Et à part lui, il n'y en a pas eu vraiment d'autres. Bien sûr, quand tout s'est cassé la gueule, je me suis réfugiée dans ma bulle, j'ai cherché du réconfort dans l'alcool, les cachets et les aventures sans lendemain. Avec des types dont je ne garde qu'un vague souvenir. Mon cœur n'a jamais connu qu'un seul homme, mon corps aussi et le contact de ses lèvres sur les miennes, le poids de son corps sur le mien, ses bras qui me tiennent dans la nuit.

Jusqu'à Ryland...

Ce baiser entre nous, à Vegas, ce n'était rien que de l'instinct, une sensation enivrante. Une façon de tout balayer, tout nettoyer pour remettre le compteur à zéro. Problème, ça a évolué en quelque chose de plus... De beaucoup plus.

En principe, ce genre de rencontre ne vous poursuit pas jusque dans votre sommeil des semaines après, la chaleur de ces baisers ne vous hante pas. Ce genre de garçon n'est pas censé vous embrasser sur le bord d'une route et vous faire fondre avec l'intensité de son regard.

Je me suis pourtant fait la leçon, pas touche. Mais me revoilà à mon point de départ. En route pour Dieu sait où, et ce sont les mains d'un autre sur le volant.

Cette fois, je prie pour qu'il ne nous envoie pas directement dans le précipice.

– Je donnerais tout ce que j'ai pour savoir ce qui se passe derrière ces yeux-là...

La voix de Ryland se glisse dans ma tête et je le regarde. Sur ses lèvres, un sourire à tomber par terre.

– Bon, je parle de vingt-cinq dollars, pas plus, ajoute-t-il.

– Oh, aurais-tu laissé ta chemise à Vegas ?, je demande, curieuse. Est-ce pour cette raison que tu es rentré ?

– Non, répond-il. En fait, j'ai même gagné. Le droit de prendre un nouveau départ.

– Un nouveau départ ? En revenant à ton point de départ ?, je réplique, narquoise, mais intriguée.

– Tout à fait. Ça fait trop longtemps que je fuis mes problèmes. Il n'est pas de meilleur endroit pour se poser que là où tout a commencé…

Il pianote un moment le volant.

– Et toi, princesse ? Tu as un chez-toi, un endroit originel ?

– Je ne sais pas… Lorsque Ash est entré à l'école de commerce, on a déménagé à L.A. et on y est resté. Mais L.A. n'est pas vraiment ce que l'on peut appeler un chez-soi, lui dis-je en me rappelant les centres commerciaux et les rocades embouteillées, les propriétés privées protégées de hautes murailles et les rues désertées, la nuit venue.

– Et tes parents, ils vivent où ?, m'interroge-t-il.

– Ils… J'étais enfant quand ils sont décédés. Il n'y a plus que mes frères et moi.

Il me regarde.

– Désolé, dit-il.

– C'était il y a longtemps, je réponds avec un haussement d'épaules.

Un silence s'ensuit, puis il se remet à parler, d'une voix posée, grave :

– On peut dire que j'ai grandi sans parents, moi aussi. C'était leur choix, pas le mien, mais bon, c'est comme ça. Alors je sais, c'est pas évident.

Je le regarde, surprise. M'apprête à lui demander ce qui s'est passé, mais quelque chose me retient. Aux ombres qui planent dans ses yeux, je comprends qu'il n'a pas très envie de se confier sur ça, pas encore.

Et je me prends à espérer qu'il le fasse, un jour.

Ryland continue de rouler. Et le silence s'éternise entre nous, avec les souvenirs, les cicatrices. Mes parents, Connor, tous les mauvais choix que j'ai pu faire s'abattent sur moi à ce moment. Ils bourdonnent autour de nous comme une nuée de mouches, comme une déferlante de culpabilité et de solitude qui menace de m'engloutir dans les abysses.

Et soudain, tout ça me révolte.

– Faisons un marché !, je déclare subitement. On ne parle plus du passé ni de ce qui a pu arriver avant aujourd'hui. Pour le reste de la soirée, on fait comme si rien n'avait existé, avant que l'on n'arrive à Beachwood Bay.

Ryland semble surpris, puis il sourit.

– Je suis d'accord, acquiesce-t-il. La page blanche.

– La page blanche, je répète en écho, déterminée, et ça suffit pour que les ténèbres se dissipent, s'évacuent par les vitres ouvertes, alors que nous filons sur la route, entre champs et bois à perte de vue.

J'inspire à fond, m'emplis les poumons de l'air vivifiant de l'océan. Un air tonique, pur. Juste pour ce soir, je vais lâcher prise. Pour voir ce que ça fait de laisser le passé derrière soi. Je m'y emploie depuis des mois, sans succès, et si je me suis fait le serment de ne pas utiliser Ryland pour me distraire de ma souffrance, aujourd'hui, ça semble différent. Lui et moi avons des choses à cacher, un passé tourmenté. Lui et moi aspirons à nous affranchir de la personne que nous avons été. Alors pourquoi ne pas tourner la page, juste pour quelques heures ? Pas de jugement. Pas de culpabilité.

Pas de regrets.

Ryland parcourt une soixantaine de kilomètres, plein sud, le long du littoral. Je me détends, cale mes pieds nus sur le tableau de bord et laisse le vent jouer avec mes cheveux. À la radio se succèdent vieux tubes rock et country et, de temps en temps, je fredonne tout en admirant le paysage.

Je surprends alors le regard amusé de Ryland sur moi. J'éclate de rire.

– Oui, je sais, je chante faux. C'est Dex qui a raflé tous les gènes de la musique.

– Je n'ai rien dit, proteste Ryland, hilare.

– Peut-être, mais tu l'as pensé très fort. Mais je m'en fiche, j'ai tant d'autres talents.

– Vraiment ?

Et le regard de Ryland se fait suggestif.

– Hé !, je m'exclame en lui envoyant une claque sur l'épaule. Je veux dire, conduire par exemple. Ou préparer des cheeseburgers.

– Je n'ai pas pensé un seul instant à autre chose, répond-il, tout sourire, un sourire qui se propage à ses yeux et leur donne cet éclat qui à chaque fois me bouleverse.

– Parlons de toi, un peu, j'enchaîne, presque à me liquéfier sur le siège tant il est beau. Un don, un talent quelconque ?

– Hmmm, réfléchit-il un moment. La mécanique. Les cartes. La bagarre.

– Oui, bon, le bad boy classique, je plaisante, mais ma gorge se serre tant cela me ramène à autre chose.

– Moi ? Nooon, pas du tout, se défend Ryland. Je te l'ai déjà dit, chérie, je suis un vrai nounours.

J'éclate de rire au souvenir de notre conversation, à Vegas.

– Un nounours avec un poing américain dans la poche et trois as planqués dans sa manche.

Ryland quitte la nationale et s'engage sur une route poussiéreuse.

– Même un nounours doit savoir se défendre.

– Contre qui ? Une girafe en peluche ?, je réponds, avant de réaliser. Quelle conversation débile.

– Pas du tout, remarque-t-il. Je la trouve intéressante, moi.

Je souris, secoue la tête.

– Bref, où va-t-on ?, je demande en apercevant un bâtiment de briques un peu plus loin, avec des voitures garées devant.

– Je me suis dit qu'une fille comme toi avait sûrement besoin de se défouler un peu, répond Ryland, énigmatique, en pénétrant sur le parking.

J'ai un moment de flottement, puis j'aperçois l'enseigne au-dessus de la porte.

Paintball.

– Du paintball ?, je m'exclame, aux anges. Je n'en ai pas fait depuis que j'étais gamine !

Je descends vite du pick-up, avec l'impression de retomber en enfance.

– Pour mon anniversaire, c'était toujours mon premier cadeau sur la liste, je raconte à Ryland qui se dirige vers l'entrée. Ils avaient ouvert un site, à la périphérie de la ville. On pouvait s'amuser des heures et après, on allait se gaver de hot dogs et de soda. Et c'est là que tu m'as emmenée, j'y crois pas !

Ryland me sourit.

– Tu es super adorable, tu le sais ça ?

Je le regarde, troublée quand je le frôle alors qu'il me tient la porte. Ces étincelles dans ses yeux, le soleil en arrière-plan qui forme comme un halo de lumière autour de ses cheveux noirs.

Et hop, voilà mon estomac qui refait un salto arrière.

Cette impression fugitive me quitte aussi vite qu'elle est arrivée, et j'entre.

– Bien, dit Ryland en se tournant vers le comptoir. Tu veux quoi, un gros lanceur, ou tu préfères les très gros ?

– Ne sois pas obscène, je ne peux m'empêcher de plaisanter et il rit.

– Ah, princesse, à ce propos…

– Mais bien sûr, je soupire et je ris moi aussi tout en levant les yeux au ciel. On ne te l'a jamais dit ? Ce n'est pas la taille qui compte.

– Oh si, ça compte, insiste Ryland. Mais c'est surtout ce que tu fais avec qui est important.

C'est plus fort que moi, je baisse les yeux sur son jean taille basse qui tombe à la perfection sur son petit cul. Vite, je m'empresse de détourner les yeux. Pas assez rapidement néanmoins. Il éclate de rire.

Prise en flagrant délit.

Les joues en feu, je me précipite pour examiner les lanceurs alignés au-dessus du comptoir. J'y crois pas, il m'a surprise en train de le mater. Et alors que je voudrais que la terre s'entrouvre pour m'avaler tout entière, je sens son corps tout près derrière moi, son souffle chaud sur ma nuque quand il se penche pour me chuchoter à l'oreille.

– Si tu as envie d'une démo en privé, tu n'as qu'à me sonner.

– Merci, mais dans l'immédiat, j'ai d'autres projets, je réplique sur un ton que j'espère désinvolte. Comme de te mettre une raclée au paintball, par exemple.

– Ah, ah, mademoiselle aime la bagarre ?, répond Ryland et je l'entends rigoler. Nous allons voir ça, bébé. Nous allons voir ça.

On enfile nos combinaisons, coudières et masque, puis on nous lâche sur un immense terrain hérissé d'obstacles avec nos lanceurs et un stock de billes. Il y a foule autour de nous… Une bande d'ados qui hurlent et plein de mecs, la vingtaine, crâne rasé et arme de poing en guise de lanceur, un matériel de pro. C'est à peine s'ils nous regardent quand ils passent devant nous en beuglant et se jettent derrière des bottes de foin, avant de courir se planquer dans les bois.

– Je vais être bon prince. Je te laisse partir devant, me dit Ryland avec condescendance.

Je remonte mon sac de munitions sur mes épaules et souris.

– Comme c'est gentil de ta part, je roucoule. Bon, alors ferme les yeux et compte jusqu'à cinquante.

Il s'exécute. Je dégaine mon lanceur et lui tire dessus, trois fois, droit dans la région du cœur.

– Mais putain… !, s'exclame-t-il en faisant un bond en arrière, puis il me voit sourire et secoue la tête. Oh, ça, tu vas le regretter.

Quand il porte la main à son flingue, je m'enfuis en courant sans demander mon reste sur le terrain à découvert. Jusqu'à une botte de foin derrière laquelle je me cache juste au moment où une bille me frôle le crâne, avant d'aller se crasher sur une palissade derrière. Je regarde vite fait pour analyser la situation. Il est à une quinzaine de mètres, accroupi derrière une pile de cageots. Quand il me voit, il tire une nouvelle rafale. Je me baisse, rampe quelques mètres derrière la botte de foin puis je me relève, tire deux ou trois fois dans sa direction, avant de me précipiter vers le bois.

Discrétion, rapidité et surtout, ne jamais les laisser trop s'approcher pour tirer le coup fatal. Tout en slalomant entre les arbres, je me récite les commandements du paintball, en quête de la cachette idéale. L'effort physique est si soudain que mes poumons me brûlent, mais dans mes veines, c'est de l'adrénaline. Un sentiment de liberté, de joie. Je ne me suis pas amusée comme ça depuis des mois, des années. Et je sens un grand sourire se dessiner sur mes lèvres tandis que je recharge mon arme et attends, le cœur battant, que Ryland se montre.

Silence.

Je regarde, méfiante, mais pas l'ombre d'une silhouette…

Soudain, une branche craque derrière moi, je me retourne, surprise, juste à temps pour le voir surgir de derrière un buisson, arme au poing.

– Tu me cherchais ?, s'écrie-t-il, avant de me mitrailler et j'entends les billes qui sifflent autour de moi.

– Pas assez rapide, Ray Jay !, je hurle et je réplique avec une rafale, puis m'enfuis à toutes jambes.

Je sens l'impact d'une bille sur ma cuisse, mais je ne m'arrête pas, il est juste derrière moi. Je m'élance à travers champ vers le bois, mais Ryland me rattrape. Il me plaque par-derrière et nous tombons. Son corps amortit ma chute et nous roulons par terre dans une mêlée de bras et de jambes avant de nous arrêter, à bout de souffle dans la poussière.

– Comment tu m'as appelé ?

Il se redresse sur les coudes au-dessus de moi, sourit derrière sa visière. Son front est taché de peinture bleue et c'est alors plus fort que moi, je lui en étale sur la joue.

– Par ton prénom, je réponds en souriant. Je le trouve tellement mignon.

Il rit, m'attrape les poignets et exécute une roulade, si bien que je me retrouve à le chevaucher. La combinaison recouvre entièrement son corps, mais je peux sentir sa chaleur, la puissance de ses muscles entre mes jambes.

Mon cœur se met à battre plus vite.

Couché sur le dos, Ryland a les mains sur mes cuisses. Il ne bouge pas, n'esquisse pas un geste, mais je sens le flux magnétique qui émane de son corps, qui m'attire, plus puissant que s'il pesait sur moi de tout son poids.

Oh, j'ai envie de lui.

Ma gorge se noue. Mon cœur dérape alors que je me penche doucement, doucement, sur lui. Je place les mains de chaque côté de sa tête, mes cheveux se déploient autour de nous, rideau de mèches folles et maculé de peinture. Une bulle, un univers rien qu'à nous, à l'abri du monde.

Le regard de Ryland se fait plus noir. Je sens son cœur qui s'accélère tandis que j'approche encore mon visage du sien, je l'entends retenir son souffle.

Plus près...

À ce moment, une petite voix vient me rappeler que c'est une très, très mauvaise idée. Petite voix réduite au silence par les battements assourdissants de mon cœur.

Plus près...

Les derniers centimètres qui me séparent de lui, je ferme les yeux, puis je l'embrasse d'un baiser léger sur ses lèvres.

Oh.

Ses lèvres sont chaudes contre les miennes, mais Ryland ne frémit même pas. Nous restons là comme en sursis, avec nos lèvres qui s'effleurent à peine et mon corps qui chante à tue-tête. Je le sens, je le sens partout, chaque seconde, chaque pulsation. Le monde se réduit à cette réalité, la saveur de ses lèvres, leur douceur sous les miennes.

Puis lentement, je m'écarte.

– Que fais-tu ?, murmure-t-il et je sens le souffle de ses mots sur ma bouche.

Je plonge alors mes yeux dans les siens, noir abysse, et me noie en eux.

– Je ne sais pas, je chuchote, toujours en souriant, le corps encore parcouru de frissons, tellement vivant.

Sur le visage de Ryland se dessine un sourire. Il prend mon visage entre ses mains, puis approche sa bouche de la mienne. Il m'embrasse, avec douceur, sans hâte, avec une tendresse telle que j'en ai le vertige. Ses lèvres ont un goût de miel. Il prend son temps. Je m'abandonne contre lui, dans ses bras, me perds dans ce moment pur de soie et de lumière.

Ryland m'étreint, puis il bascule en douceur et nous nous retrouvons côte à côte dans la poussière. Son corps étendu contre le mien, me touchant à peine, ses mains si légères sur ma peau. Il m'embrasse comme si j'étais en cristal, comme si j'étais la chose la plus précieuse, la plus délicate en ce monde.

Rien ne me retient. Rien ne me presse, ne me tourmente.

Je flotte dans une brume de baisers et de soleil et pour la première fois, je pressens quelque chose. Je pourrais bien me tromper sur lui depuis le début.

Il ne ressemble en rien à Connor.

14.

Notre partie terminée, nous retournons nous changer. Je me sens bizarre, comme ivre, et le regarde à la dérobée pendant le court trajet censé nous mener, selon Ryland, à l'endroit où l'on trouve les meilleurs hot dogs de toute la côte.

Que suis-je en train de faire ?

Je n'en ai aucune idée, je sais juste que j'éprouve un étrange sentiment de liberté avec lui aujourd'hui, un renouveau, une réincarnation presque. C'est comme si, l'espace d'un après-midi, j'avais changé de peau et résultat, j'ai la sensation que tout ça me manquait depuis trop longtemps. Cette innocence, en dépit de la chaleur qui m'envahit à chacun de ses regards. Chacun de ses gestes.

De ses baisers.

– Tu vois, je sais être généreux avec les dames, plaisante Ryland en déposant un plateau sur notre table, dans ce snack qui ne paie pas de mine, en bord de route.

Je ris. Il a pris une bonne demi-douzaine de hot dogs, plus une barquette géante de frites et deux milk-shakes.

– Si je mange tout ça, je vais être malade, je le préviens en piquant une frite.

– T'inquiète, je m'en charge, répond Ryland et il engloutit un hot dog en trois bouchées, avant de s'essuyer la bouche du revers de la main.

Je comprends alors qu'il ne plaisante pas et me dépêche de me servir avant qu'il ne dévore tout.

Je le regarde avaler deux hot dogs à la suite sans même prendre le temps de respirer.

– Tu es insatiable.

– Et tu n'as encore rien vu, répond-il avec un sourire.

Il a les cheveux trop longs, ils lui tombent devant les yeux et soudain, je brûle de lui écarter cette mèche sur le front.

Je m'empare de mon soda et en bois une gorgée, trop vite, je manque de m'étouffer.

– Brit est super gentille, je remarque bêtement, en quête d'un sujet de conversation neutre.

La sensation de bien-être de tout à l'heure a disparu et à présent, je me sens nerveuse, oppressée, à fleur de peau.

– « Gentille » n'est peut-être pas le terme exact pour décrire ma sœur, rétorque Ryland avec un sourire narquois. « Garce » me semble plus approprié.

– Vraiment ?, je réponds, perplexe, en repensant à notre après-midi ensemble.

– Oh, mais elle se bonifie avec l'âge, remarque Ryland en gobant une frite. Qu'est-ce que tu veux, c'est comme ça quand tu rencontres le grand amour…

– Dex, c'est pareil, je note avec un sourire. Si tu les voyais lui et Alicia, y a de quoi te rendre malade.

– Et toi ?, demande-t-il, désinvolte, en regardant derrière moi les gens sur les bancs et autour de tables de pique-nique. C'est qui, l'amour de ta vie ?

Je retiens mon souffle.

– En ce moment ?, je plaisante, esquivant la question, avant de passer à autre chose. Ce milk-shake est génial.

Ryland plonge ses yeux dans les miens, visiblement il n'est pas dupe.

– Et toi ?, je lui retourne la politesse. Je suis sûre qu'elles sont des dizaines, le cœur brisé, entre ici et Vegas.

– Oh, ce n'est pas mon genre, princesse, dit-il dans un éclat de rire. Je vais être franc avec toi, en fait, je n'ai jamais été amoureux.

Il dit ça avec détachement, comme s'il parlait de la météo ou du dernier *reality show* à la télé, cette confidence me prend tout de même par surprise. J'aurais cru qu'un garçon comme lui avait dû tomber amoureux une bonne dizaine de fois. Pendant un moment, je l'envie.

– Tu n'as donc jamais eu le cœur brisé, dis-je doucement. Tant mieux pour toi.

Je sens à nouveau son regard sur moi, perplexe.

– Comment s'appelle-t-il ?

Je n'ai aucun besoin de lui demander d'explications. Il veut parler de celui qui me fait souffrir. Qui m'a rendue si méfiante.

Je secoue la tête avec détermination.

– On a conclu un marché, non ? Les compteurs à zéro. Avant cette semaine, pas de passé.

– D'accord, soupire-t-il avec un sourire contrit. Dis-moi une chose quand même, si tu le pouvais, remettrais-tu vraiment les compteurs à zéro ?

J'hésite, essaie de réfléchir de manière objective. Effacerais-je toute cette partie de ma vie, si c'était possible ? Est-ce que je choisirais d'oublier toutes ces nuits avec Connor, les bonnes comme les mauvaises ? Depuis si longtemps maintenant je cherche à tout oublier. Se souvenir était trop douloureux, les moments les plus doux entre nous entachés par ce qui est arrivé après.

Mais en même temps, où en serais-je sans tout ça ? Qui serais-je si je n'avais jamais été avec lui ?

– Non, je chuchote en enfonçant mes ongles dans mon gobelet en carton. Je n'effacerais rien, sauf quelques moments, j'ajoute. À la fin…

Ryland acquiesce d'un hochement de tête. J'essaie d'effacer tout ça de mon esprit, de refouler mes souvenirs dans le puits sans fond des ténèbres, là où est leur place, en vain, ils sont là à me tourmenter à nouveau, chape d'amertume et de regret.

Le soleil à ce moment se faufile derrière un nuage. Je frissonne.

– Tu as fini ?, demande Ryland en désignant ma nourriture.

– Vas-y, je réponds, l'appétit coupé.

Il dévore ce qui reste et fait passer le tout avec une gorgée de soda.

– Prête ?

Je hoche la tête et le suis jusqu'au pick-up, mais au lieu de m'ouvrir la portière, Ryland s'arrête côté passager. Il me regarde, me caresse la joue avec douceur.

– Pardon, murmure-t-il, son regard noir dans le mien. On s'amusait bien et j'ai tout gâché.

– Oh, ça va, je réponds avec un haussement d'épaules. Je pense que c'est ça le problème, avec le passé. Tu ne peux pas faire comme s'il n'avait jamais existé très longtemps.

– Je te le promets, un jour, la douleur s'atténuera.

Je ravale des paroles cinglantes. Que sait-il, lui, des souffrances d'un cœur en mille morceaux ? Ne l'a-t-il pas reconnu, il n'a jamais été amoureux. Comment pourrait-il même imaginer ce que Connor m'a infligé, dans quel état de désespoir j'ai pu sombrer encore et encore à cause de lui.

Comme s'il sentait ma perplexité, Ryland me sourit.

– Le fait que je n'ai jamais été amoureux ne signifie pas que mon cœur n'a jamais été brisé. Nul besoin d'un être aimé pour te faire souffrir le martyre. Parfois même, c'est pire quand il n'y a pas d'amour.

Je me demande de qui il parle. Aux ombres soudaines qui ternissent son regard, j'en ai la certitude, il dit la vérité.

– Parfois, je me demande comment les gens y arrivent, dis-je avec calme. Après avoir souffert, comment font-ils pour continuer à pouvoir ouvrir leur cœur, à pouvoir aimer ? Si je devais mettre mon âme à nue à nouveau pour quelqu'un…

Je me tais. La perspective me remplit de peur, d'une sourde résignation.

– Comment peut-on trouver la force d'aimer à nouveau quand on sait combien ça fait mal au final ? Il faut être fou. Fou ou naïf.

Je réalise soudain ce que je viens de dire, l'aveu que je viens de faire à Ryland, mais il ne relève pas. À ma grande surprise, il se penche sur moi et dépose un tendre baiser sur mon front. Une caresse qui me donne la chair de poule.

– Parfois, c'est simple, murmure-t-il après un moment et c'est plus fort que moi, je me laisse aller contre lui. Si tu souffres autant, c'est peut-être parce qu'il n'était pas fait pour toi.

Ses paroles finissent par me faire craquer, je sens les larmes qui s'amassent dans mes yeux, me brûlent. Si ça a été si compliqué, c'est à cause de la culpabilité, par rapport à cette foi malsaine en nous, cette certitude que nous étions destinés l'un à l'autre. Si seulement j'avais pu le retenir avant la chute.

Si seulement j'avais suffisamment aimé Connor pour le sauver.

Je le sais aujourd'hui, c'était de l'utopie pure. Il n'y a pas de salut pour les hommes de son espèce.

Mais j'aurais pu me sauver moi-même, cent fois au moins, si seulement j'avais été plus lucide, plus courageuse, plus forte.

J'aurais pu m'épargner tant de souffrances.

– Hé, murmure Ryland et il noue ses bras autour de moi, me serre contre lui. Tout va bien, dit-il avec douceur en me caressant les cheveux. C'est fini maintenant.

Fini.

Je me blottis contre lui, mais ce n'est pas de la tristesse que je ressens à présent, je suis apaisée, soulagée. D'être là avec le bruit de la circulation juste à côté, le soleil qui tape sur mes épaules, l'odeur de frites qui sature l'air autour de nous.

Je me sens vivante. Heureuse. Est-ce que cela fait de moi quelqu'un de mauvais ? Je l'ignore. Tout ce que je sais, ici et maintenant, c'est que ce chapitre obscur et douloureux de mon existence est clos. Et que j'ai une chance d'y arriver cette fois. De choisir un homme qui saura me faire me sentir mieux, pas pire. Un homme qui saura me rassurer et m'aimer, qui ne risque pas à tout instant de devenir un autre.

Oui, aujourd'hui, j'ai une seconde chance. Et Connor ?

Connor, lui, avait épuisé toutes ses chances depuis bien longtemps.

Je reprends doucement mon souffle, m'écarte de Ryland. Ses bras m'étreignent toujours. Ça semble déjà tellement évident qu'il me tienne ainsi contre lui, c'est incroyable. Des mois que je me sens cassée, que je repousse toute tendresse, que je fuis toute marque d'affection tel un animal blessé.

Pourtant Ryland m'enlace comme si c'était la chose la plus naturelle au monde.

– Ça va mieux ?

L'écho de sa voix me fait vibrer, je hoche la tête en esquissant un sourire.

– Je suis désolée, je ne comprends pas ce qui s'est passé, je réponds, embarrassée soudain après ce moment de faiblesse.

Passer comme ça d'au bord des larmes à une étrange euphorie en moins de dix secondes chrono. Il doit me prendre pour une cinglée. Mais Ryland hoche simplement la tête.

– Parfois, tout ce que tu peux faire, c'est attendre que la tempête s'éloigne.

Je lui souris, espiègle.

– Tu parles comme ma psy. Ils nous serinaient tous de grandes théories de ce genre, en cure de désintox.

Ryland se fige contre moi. Je sens tous ses muscles se crisper.

– Cure de désintox ?

Merde.

La gorge nouée, je le regarde. J'hésite, tremblante, puis je chuchote :

– J'y ai passé un petit moment, un peu plus tôt, cette année.

Je cherche son regard, espérant trouver dans ses yeux de la compréhension, mais soudain, c'est comme s'il avait tombé le masque. Disparu le sourire réconfortant, complice. Ryland me dévisage avec froideur.

– Pourquoi ne pas me l'avoir dit avant ?

– Ce n'est pas quelque chose dont je suis particulièrement fière, dis-je en baissant les yeux.

Il me repousse, s'éloigne et je tressaille, privée de la chaleur de son corps.

– C'était juste une cure de quelques mois, je m'empresse d'expliquer. J'avais besoin de temps, de prendre du recul par rapport à certaines choses...

– Tu n'as pas à te justifier, répond sèchement Ryland en détournant les yeux. On devrait rentrer maintenant. Tu es prête ?

Il n'attend même pas ma réponse, il contourne le pick-up pour se mettre au volant et claque la portière derrière lui.

Je sens mon cœur qui se rétracte.

Le message est on ne peut plus clair. Tourner la page ? Tu parles. Le passé pèse une tonne sur nous, impossible de s'en défaire.

J'ai tout gâché.

15.

Ryland

Les mots n'en finissent pas de se télescoper dans ma tête, avec l'énergie d'une tornade, balayant tout, nos fous rires, ce baiser d'une tendresse infinie. Souvenirs réduits à néant, ne reste plus que ces trois mots.

Cure de désintox.

Merde.

Je tiens le volant si fort que mes doigts virent au blanc, je dois prendre sur moi pour garder mon sang-froid. Le sentiment de trahison est écrasant. Tout l'après-midi, j'ai nagé dans une espèce de béatitude face à sa joie, sa légèreté, tirant déjà des plans sur la comète, voilà à quoi ça ressemblerait, nous deux. J'avais le pouvoir d'effacer cette noirceur dans ses yeux couleur de nuit. J'avais gagné sa confiance, je pouvais savourer chacun de ses baisers. Je lui ferais oublier celui qui l'avait blessée.

Je lui montrerais ce que ça signifiait d'être touché par quelqu'un qui vénérait chaque parcelle de votre corps, à quoi ça ressemblait de s'affranchir de ses ultimes peurs pour enfin se retrouver en vie, entier et libre.

Mais ça ? Ça, c'est autre chose et c'est comme un raz de marée qui m'a submergé, noyant le désir sous une déferlante de doutes. Pourquoi ne me l'a-t-elle pas dit plus tôt ? A-t-elle cherché à me le cacher tout ce temps ?

Je sens le regard de Tegan sur moi, mais je garde les yeux rivés sur la route, roule comme un fou pour la ramener le plus vite possible chez elle. Avant de la regarder à nouveau et d'être aspiré une fois de plus dans l'immensité de ses yeux. Impuissant. Avant d'oublier qu'il n'y a aucun espoir pour nous, maintenant.

C'était fini avant même de commencer.

Je freine à fond, prends l'allée et me gare devant sa maison, face à l'océan.

Silence.

– Merci de m'avoir ramenée, dit Tegan avec calme. Et pour la séance de paintball aussi. Je me suis bien amusée.

Je hoche la tête, toujours sans la regarder.

– Oui. Avec plaisir.

Mais elle n'a pas l'air de vouloir bouger, puis je réalise. Le vélo. Il attend sagement à l'arrière du pick-up, là où je l'ai balancé un peu plus tôt.

Merde. J'étais tellement heureux de ce rendez-vous surprise avec elle, d'avoir enfin une chance de pouvoir percer ses défenses. Je voulais lui offrir une parenthèse, un répit, effacer ces ombres de son regard, juste quelques heures.

Je n'aurais jamais dû m'emballer comme ça. Si je n'avais pas vu cette joie innocente illuminer son visage, si je n'avais pas goûté au miel de son baiser, à la douceur de son corps sur le mien, alors peut-être que je ne ressentirais pas cette douleur, cette colère en moi, acide, lancinante.

Entrevoir le paradis comme ça, juste avant qu'il ne s'effondre la seconde suivante, c'est pire que tout.

Je descends du pick-up, attrape sa bécane que je pose sans ménagement devant elle.

– C'est bon, tu as tout ce qu'il te faut ?, je demande, agressif, toujours en fuyant son regard.

– Ryland…

La voix de Tegan vacille. Je lève les yeux.

Merde.

La douleur sur son visage me fait l'effet d'un coup de poignard en plein cœur. Elle est là à me regarder, désemparée, vulnérable. Elle serre les dents, sans doute pour ne pas pleurer.

J'ai envie d'aller vers elle. De nouer mes bras autour d'elle et de lui promettre que tout va bien se passer. Mais ce serait mentir et mon cœur ravagé ne peut supporter une autre souffrance comme celle-là.

– À un de ces jours, je marmonne, je lui tourne le dos et remonte dans le pick-up, démarre puis je m'en vais, pied au plancher, si vite qu'un nuage de poussière s'élève derrière moi, effaçant son visage dans mon rétro, et j'accélère encore, jusqu'à ce que je sois en sécurité.

Loin.

Je rentre à la maison. Ma colère est tombée, ne reste plus que les regrets.

Une journée de rêve, et voilà comment ça se termine. Je suis un salaud de lui avoir fait mal comme ça, mais que pouvais-je faire d'autre ? Quand elle m'a parlé de cure de désintox, c'est une bombe qui m'a explosé en pleine gueule, réveillant un tas de souvenirs que je pensais enfouis, inertes, me forçant à repenser aux pages les plus sombres, les plus douloureuses de mon existence.

Il est hors de question que je revive ça.

J'arrive à la maison, mais j'aperçois une voiture garée à côté du stock de planches et des sacs de ciment. Une fraction de seconde, j'ai la nausée. Driskell. Comment a-t-il pu retrouver ma trace aussi vite ?

Puis je reconnais la silhouette gracile de Brit qui attend au pied du porche à moitié en ruines, bras croisés, l'air perdu dans ses pensées.

– Hé !, je l'appelle en descendant de bagnole, puis mon soulagement laisse place à l'inquiétude. Tout va bien ?

– Alors, ce rendez-vous du siècle ?, me demande-t-elle en guise de réponse. Je pensais que tu ne rentrerais pas de la nuit.

– Quelle idée, je réponds sèchement en la rejoignant. Ça ne risque pas !

Brit me dévisage avec insistance, mais ne fait aucun commentaire.

– Je ne suis pas revenue ici depuis des années, dit-elle en regardant la maison. Je ne sais pas à quoi je m'attendais. Mais elle est restée comme dans mes souvenirs. Comme si rien n'avait changé.

– C'est tout le contraire, je réponds en l'observant.

Elle semble sur la défensive et a une façon de fixer la porte d'entrée, comme si à tout moment risquaient de surgir les fantômes du passé. Je me rappelle mes premières impressions à mon retour. Les souvenirs sont toujours pires que la réalité.

– Viens…

Je lui tends la main pour l'aider à gravir les marches défoncées.

– Je vais te faire visiter.

Brit semble réticente, mais finit par me suivre à l'intérieur. Elle regarde autour d'elle pendant que je vais nous chercher deux bières dans la glacière que j'ai planquée dans la cuisine. J'ai dégagé les gravats, abattu les parties pourries du toit. La place est nette, je n'ai plus qu'à reconstruire maintenant.

Brit inspecte l'avancée des travaux et se dirige vers la pièce qui était autrefois sa chambre.

– Mais qu'est-ce que tu as fait ?, s'exclame-t-elle, surprise.

– Je sais, je réponds en riant. Mais les murs ne tenaient plus debout, alors j'en ai abattu deux. Je vois bien un espace ouvert, décloisonné, salon, salle à manger et cuisine…, je lui explique, en faisant de grands gestes. Bon, c'est un projet, parce que je n'ai pas commencé encore, mais un jour…

Je me tais, prie pour qu'elle ne se fâche pas. C'est une chose de revenir ici et de défoncer cette maison de fond en comble, mais Brit a son mot à dire, elle aussi. Merde, elle a vécu ici plus longtemps que moi, juste Emerson et elle, après mon départ.

– Un projet ambitieux…

La voix de Brit garde quelque chose de méfiant, mais elle prend la bière que je lui tends et me suit dans l'arrière-cour. Elle stoppe net quand elle découvre la tente que je me suis installée sous l'arbre du fond.

– Tu dors là ?, s'exclame-t-elle.

– La météo est plutôt clémente, je réponds avec un haussement d'épaules.

– Pas question, dit Brit en secouant la tête. Tu vas venir vivre au ranch avec moi.

– Mais ce…, je tente de protester, mais elle me fusille du regard.

– La discussion est close.

J'avale une gorgée de bière.

– Tu es devenue bien autoritaire, je remarque, amusé.

– Et toi bizarroïde, répond Brit du tac au tac.

– Bizarroïde ?, je répète, perplexe.

– C'est quoi ce délire de dormir sous la tente au milieu des bois ?

Elle me dévisage, comme si elle essayait de me percer à jour.

– D'ici peu, tu me diras que tu renonces à tout bien matériel et tu partiras en pèlerinage à travers le pays les pieds nus.

J'éclate de rire. On dirait la description d'un hippie.

– Pas du tout, je la rassure. Les deux derniers endroits où j'ai vécu étaient super bruyants. J'apprécie le silence ici, rien de plus.

– Tu veux dire, après Vegas ?

Un moment, je me demande comment elle peut savoir. Puis je comprends. Tegan.

– Ne t'inquiète pas, elle ne m'a rien dit d'autre, ajoute Brit, intriguée. Que faisais-tu, là-bas ?

– Un job à la con, je réponds en restant exprès dans le vague. Mais je détestais ça. Tout ce bruit, la foule, les bagnoles, ça n'arrête jamais. Les néons qui clignotent de jour comme de nuit, sept jours sur sept. Je ne m'entendais même plus penser.

– Pour ce que tu as dans la tête, ironise Brit.

Je la bouscule gentiment.

– Attention à toi… Je te revois en train de gambader dans cette cour en couche-culotte.

Le rire de Brit se fane. Elle me tourne le dos pour contempler la maison, je la sens nerveuse.

– Emerson m'a dit que tu l'avais vue…

Je n'ai pas besoin de lui demander de préciser de qui elle parle. J'acquiesce d'un signe de tête.

– Est-ce qu'elle… ?

Brit s'interrompt.

– Je veux dire…

Elle se tait.

– Elle est clean, je dis alors avec calme.

Brit laisse échapper un long soupir.

– Elle est clean depuis deux ans en fait, je poursuis.

– Comment ça se fait ?, demande Brit.

– Elle a suivi une cure de désintox et visiblement, ça a marché. Elle vit à Tulsa et travaille comme secrétaire ou un truc du genre dans un hôpital, là-bas.

Brit avale une gorgée de bière.

– Elle ne m'a jamais appelée, dit-elle après un long silence. Pas une fois depuis son départ. Ni pour Noël ni pour les anniversaires, rien. Alors un jour j'ai décidé de ne plus attendre de ses nouvelles, mais je suppose… Je suppose qu'on ne cesse jamais vraiment d'espérer, non ?

Je pose la main sur son épaule.

– Parfois, je me demande si ce n'est pas pour ça que je suis parti.

Elle se retourne, l'air surpris.

– C'est plus facile pour celui qui part, je tente d'expliquer, avec un sentiment de culpabilité. De ne pas rester là à attendre quelqu'un qui ne revient jamais.

Brit sourit avec tristesse.

– Moi, je t'ai attendu, dit-elle avec douceur.

Merde.

J'étreins doucement son épaule, de façon un peu maladroite. Les mots ne suffisent pas pour m'excuser, mais j'essaie quand même.

– Je suis désolé.

Elle hoche doucement la tête. Le soleil sombre à l'horizon, s'attarde un moment sur les bois, avant de plonger dans l'inconnu. Nous nous asseyons sur les marches, sirotons notre bière tout en regardant la nuit prendre ses quartiers.

Je pense à Tegan, un peu plus loin, dans cette grande maison sur la plage. Seule. Mon cœur se serre tant je ressens de la haine envers moi-même, de la colère aussi. À la seconde où je l'ai vue, je me suis forgé d'elle une image qui ne correspondait en rien à la réalité. Je savais qu'elle avait des secrets, c'est juste que je n'imaginais pas qu'ils étaient aussi noirs, aussi douloureux.

Je ne la juge pas, seulement je ne me sens pas la force de prendre ce risque.

– Que voulait-elle ?

Je ne comprends pas tout de suite, trop absorbé dans mes pensées.

– Qui ?

– Maman. Elle devait vouloir quelque chose. Et puis, comment s'y est-elle prise pour te retrouver ?

J'hésite, pèse mes mots. Je n'ai pas envie de lui mentir, mais en même temps la vérité est trop dégueulasse, elle n'a pas besoin de le savoir.

– Je suppose qu'elle se sentait mal dans sa peau à cause de tout ce qui s'était passé. Elle voulait nous donner cette maison, elle se disait que ça pourrait nous servir.

– Moi, elle ne va pas m'acheter avec ça, répond Brit avec amertume.

– Ce n'est pas ce qu'elle cherche à faire.

– Tu la défends maintenant ?, réplique Brit.

– Non, c'est juste…

Je soupire.

– Cette maison représente quelque chose pour moi… La chance d'un nouveau départ. C'est plus que je n'aurais osé en espérer de la part de cette femme.

– Je me demande pourquoi elle t'a contacté, toi.

J'avale une autre gorgée de bière tout en haussant les épaules.

– Sans doute savait-elle que vous ne vouliez plus entendre parler d'elle.

– Là, elle avait raison.

Brit semble si déterminée, si catégorique, mais je le sais, elle n'est pas aussi dure qu'elle veut le laisser croire. On a tous souffert de notre putain d'enfance. Elle a ses cicatrices, j'ai les miennes.

– Hunter est au courant ?, je demande avec curiosité.

– Pour maman ? Il sait tout, oui.

Elle dit ça avec calme, mais je note cette certitude, dans son regard. Pas de honte ni de regret. Pour la première fois, je l'envie d'avoir quelqu'un pour l'aider à porter ce fardeau. Emerson aussi. Tous deux sont en couple maintenant pour supporter le poids du passé et tout de suite, la croix pèse moins lourd.

Pendant un moment, j'ai cru comme un idiot que Tegan pourrait être celle que j'attendais. Maintenant je le sais, rien n'était plus faux.

– Il a bien de la chance, je dis en lui donnant un petit coup de coude dans les côtes.

Brit lève les yeux au ciel, mais sur ses lèvres un sourire finit par se dessiner.

– Ça, tu peux le dire.

Je rigole.

– Ma petite sœur, un exemple de modestie.

Elle hausse les épaules, gênée.

– Je me suis trop dénigrée. Je suppose que j'essaie de rattraper le temps perdu…

Elle finit sa bière puis se lève.

– Allez, zou. J'ai le réfrigérateur rempli de bouffe et une chambre d'amis qui t'attend.

– Rentre, toi, je réponds en me levant à mon tour. Je vais bosser un moment.

– D'accord. Mais je suis sérieuse, pas question de dormir ici comme un sauvage, me dit Brit avec un regard menaçant. Cette tente tient à peine debout.

– Oh, si tu savais, dis-je en riant. J'ai dormi dans des endroits bien pires.

Je la suis des yeux quand elle monte en voiture et s'en va, puis je rentre et m'attaque aux poutres bouffées par les vers. Mais notre petite conversation continue de me hanter et l'écho de mes mensonges de se répéter dans ma tête.

En réalité, ce n'était pas la première fois que notre mère me contactait. Loin de là. À partir du moment où je suis parti de Beachwood Bay, elle n'a jamais perdu ma trace. Chaque fois qu'elle avait un problème, besoin de fric ou d'un endroit où crécher, elle surgissait de nulle part, toujours pathétique. « C'est juste pour quelques nuits », me suppliait-elle, les yeux cernés de mascara, l'empreinte toute fraîche d'un poing sur la pommette. « Juste deux cents dollars, c'est tout ce dont j'ai besoin. Tu vas aider maman, pas vrai, mon petit chéri ? »

Et à chaque fois je cédais.

J'aurais dû être plus fort. Parfois, je pensais que ça permettrait de changer les choses, parfois je voulais juste qu'elle disparaisse. Je n'imaginais pas en parler à Emerson et à Brit. De toute façon, c'était à peine si je leur adressais la parole et puis, je n'avais pas envie de les embêter avec les conneries de notre mère. Ils n'en auraient souffert que plus.

Non, c'était le prix à payer pour être parti loin d'eux. Un moyen pour moi de me racheter, sans qu'ils le sachent. Je pouvais l'empêcher d'aller frapper à leur porte, de faire voler en éclats leur petite tranquillité si durement gagnée. Ici, les gens parlent tout le temps de ce qui ne les concerne pas, ils n'en auraient tiré que du malheur. Je ne savais pas grand-chose de l'existence qui était la leur dans cette ville, mais dans ma tête, c'était clair, notre mère toxico était une menace pour eux.

D'autant, qu'elle allait de plus en plus mal.

Vous ne savez pas ce que c'est que de toucher le fond, avant d'avoir découvert votre mère secouée de spasmes sur le carrelage de la salle de bains, en train de se lacérer la peau, à vous supplier de prendre son fric pour aller lui chercher sa dose. C'était insupportable de la voir dans cet état, pas juste une fois, mais des dizaines, et c'était de pire en pire, de plus en plus dégradant.

Brit n'a pas la moindre idée de la déchéance dans laquelle elle avait sombré. Emerson et moi, quand on était plus jeunes, on faisait de notre mieux pour la préserver, même si à l'époque, en y repensant, maman arrivait le plus souvent à donner le change. Bon, il y avait bien les petits copains minables et les bagarres dans les bars, mais au moins Brit ne l'avait-elle jamais vue défoncée ou dans un de ses délires, suite à un mauvais shoot. Elle ne l'avait jamais vue implorer son dealer. Elle n'avait jamais piqué son stock de cachets planqué sous le matelas. Ni reçu ensuite une raclée pour les avoir tous balancés dans les chiottes.

Après une enfance comme celle-là, j'aurais dû être capable de lui claquer la porte au nez. Mais quelque chose m'en a toujours empêché, à chacune de ses visites, quand elle me jurait toujours que cette fois, ce serait différent. Que cette fois, elle était bien décidée à arrêter.

J'avais tellement envie de la croire. C'est aussi simple, aussi faible que ça. Je voulais que tout s'arrange. Elle restait malgré tout ma mère et au fond de moi, je ne pouvais pas m'empêcher d'espérer que cette fois, elle saurait réagir. En finir définitivement avec cette sale manie. Devenir une mère clean, proche de nous.

Oui, je sais, c'est bête.

Il m'a fallu un bout de temps pour comprendre, mais j'y suis arrivé. Les toxicos ne changent jamais. Pas sans des mesures drastiques, une sorte de prise de conscience brutale qui montre qu'il n'y a pas d'issue à cette vie-là, excepté un billet pour un voyage sans retour à la morgue.

Je devrais être reconnaissant à ma mère de l'avoir compris en fin de compte. Je regrette juste qu'elle ait dû en passer par une overdose dans une ruelle mal famée de la Nouvelle-Orléans pour en arriver là. Je bossais à

Miami quand j'ai reçu le coup de fil. Elle était à l'hôpital, un bon samaritain l'avait ramassée juste à temps.

Il était urgent qu'elle soit soignée. C'était une question de vie ou de mort.

Je n'avais pas le choix si je voulais la sauver. Aucune autre option à ma disposition, et je savais très précisément ce qu'il me restait à faire.

Je suis là, assis dans le noir, quand mon téléphone sonne. Une semaine que j'ignore les textos, mais ils continuent à arriver, à me harceler. Implacables, comme lui.

Driskell.

Tu as une dette envers moi. Ne crois pas que je vais laisser tomber.

Je balance mon téléphone dans un sac et emballe le reste de mes affaires pour me rendre chez Brit. Je croyais que mes gains au poker suffiraient à effacer mon ardoise, mais apparemment, non. Il faut que je trouve un moyen de l'obliger à me lâcher, avant que le passé ne me rattrape.

Soixante-quinze mille dollars. Le prix de mon âme.

Le coût de la cure de désintox de ma mère.

16.

Tegan

Ça ne devrait pas faire aussi mal.

Voilà ce que je ne cesse de me répéter chaque fois que j'émerge de cette bulle de douceur au souvenir des baisers de Ryland. Lorsque me revient en mémoire son regard glacial, impitoyable, quand il a su la vérité.

Que je revenais de l'enfer. Cassée. Sale.

Non.

Toute la semaine, je me suis battue contre cette chape de doute. Je suis plus forte maintenant. Ce chapitre de ma vie est clos. J'ai traversé les pires ténèbres, alors ça, c'est rien du tout à côté. Voilà ce dont je tente de me convaincre. En me rappelant que je connais à peine Ryland, on n'a eu qu'un seul rendez-vous, on a échangé quelques baisers, oui et alors ? Quelle importance si ce mec me rejette à cause de mon passé ? C'est son problème, pas le mien.

Sauf qu'il y avait quelque chose d'énorme dans ces baisers. Quelque chose de totalement nouveau.

J'évite d'aller au garage et Ryland n'appelle pas de son côté. Les jours passent et pour me changer les idées, je me jette dans l'écriture de ma chanson, remplis tout un carnet de paroles gribouillées, d'idées de mélodies. J'ai un morceau en tête, et je veux que ce soit parfait. Je pense au concours organisé par le label de Dex, j'ai le temps encore, mais je suis loin d'être prête. Je suis allée sur le site du groupe, j'ai vu les premières chansons postées par les gens. De bonnes chansons en fait. Très bonnes même. Mais au lieu de me décourager, les morceaux des autres concurrents me boostent d'une détermination nouvelle.

Je n'ai rien à proposer pour l'instant, mais ce n'est qu'une question de temps.

Le travail finit par effacer Ryland de mes pensées, mais chaque fois que je vais en ville, j'ai peur de tomber sur lui. Quand mon téléphone s'éclaire à l'arrivée d'un texto, quand l'un de mes frères appelle – il y a toujours une nanoseconde d'espoir qui m'envahit. Mon cœur, le traître, bondit à l'idée que peut-être, oui peut-être que c'est lui.

Mais ça n'est jamais lui.

Je joue quelques accords, sur la terrasse de derrière. Le temps s'est rafraîchi cette semaine, et c'est vêtue d'un jean et d'un sweat à capuche que je regarde le vent faire mousser les vagues. La plage est déserte, quelques centaines de mètres de sable gris, comme le ciel, en harmonie avec mon humeur ce matin.

Il me manque.

C'est un sentiment étrange que quelqu'un que je connais à peine me manque comme ça, mais c'est ainsi. Il émane de Ryland une sorte de chaleur, quelque chose de charmeur qui au tout début m'a laissée complètement froide. Mais depuis ce jour où, sur le bord de la route, il m'a prise dans ses bras quand j'étais au bord des larmes... J'ai senti alors en lui cette force, cette sincérité. Le genre d'homme, j'ai pensé, sur lequel je pourrais me reposer. Il m'a embrassée sur le front, m'a promis que tout se passerait bien. Et je l'ai cru. Je me souviens de cette détermination, dans ses yeux. D'une sorte de sagesse chèrement acquise. Je me suis sentie en sécurité, comme s'il savait tout ce que j'avais traversé, parce que lui-même avait vécu quelque chose d'identique.

Jusqu'à l'instant où il a su la vérité...

Je sursaute quand un coup de sonnette retentit. Depuis mon arrivée, je n'ai reçu aucune visite. Je ne connais personne en ville susceptible de passer me dire bonjour.

À part Ryland.

Je pose la guitare et me rue à l'intérieur, le cœur à cent à l'heure. Je fais une brève halte devant la glace dans le couloir, retire ma capuche et me recoiffe en quelques gestes précipités, mais difficile de donner le change. J'ai la tête de quelqu'un qui est resté cloîtré une semaine entière, à l'écart du monde.

Nouveau coup de sonnette, impatient celui-là.

– J'arrive !

J'inspire un grand coup et ouvre.

– Surprise !

Je recule en trébuchant, assaillie par un mètre quatre-vingts d'enthousiasme, fouettée par une cascade de cheveux blonds.

– Zoey ?, je m'exclame, stupéfaite, en essayant de me libérer de ses bras.

Une fraction de seconde, je ressens une pointe de déception que ce ne soit pas Ryland là, sur le pas de la porte, mais très vite, je suis folle de joie.

– Mais que fais-tu ici ? Je te croyais encore à Paris jusqu'à l'automne !

– C'est juste une visite éclair !, répond Zoey, radieuse.

Elle recule, sans me lâcher, et une ride alors se dessine sur son front.

– Et visiblement, j'aurais dû venir plus tôt. Ils n'ont donc pas de shampoing, dans le coin ? Peu importe, j'ai apporté le ravitaillement. Ils m'ont interceptée, à l'embarquement, soi-disant que je dépassais le poids autorisé en bagages, ajoute-t-elle en montrant une énorme valise derrière elle. Mais j'ai fait semblant de pleurer jusqu'à ce qu'ils cèdent. J'ai rapporté plein de cadeaux !

– Tu as dévalisé le duty free ou quoi ?, je réponds en riant tout en l'aidant à rentrer ses affaires dans le hall. Oh, c'est tellement bon de te voir !, je m'exclame en la serrant dans mes bras.

Je n'avais pas réalisé combien elle me manquait. Rien qu'à la voir, je me sens mieux comme si, toutes les deux, nous étions les reines du monde.

– Oh, moi aussi je suis heureuse de te voir, dit Zoey en m'étreignant à m'en étouffer. Et wow, c'est le grand luxe !

Elle regarde autour d'elle avec un sifflement admiratif.

– Si j'avais su que tu te morfondais dans un endroit pareil, j'aurais rappliqué bien plus tôt.

– Je ne me morfonds pas ! J'essaie de décompresser. Et je me sens bien, en jean et sweat-shirt. Que veux-tu, tout le monde n'a pas la chance d'être une frenchie fashionista, j'ajoute, espiègle.

Zoey éclate de rire. On la dirait tout droit sortie d'un magazine de mode, chevelure de star et lèvres rouge sang. Elle a beau porter un simple jean et un T-shirt à rayures, il émane d'elle une élégance naturelle digne d'une authentique Parisienne.

– C'est vrai, ils ont dû te faire boire leur potion magique spécial glamour, là-bas, j'ajoute en la taquinant.

– Les choses n'ont pourtant pas été roses, soupire Zoey en levant les yeux au ciel. Le Dragon exige que l'on soit toujours tiré à quatre épingles. Elle m'a passé un savon, un jour, devant tout le monde pour avoir osé venir au bureau en ballerines. Avec elle, tout talon en dessous de sept centimètres est une hérésie !

– Aïe !, je m'exclame en souriant. Bon, mais tu es libre ici. En zone « no-talon ». Rien que des baskets et des tongs. Ou des bottes si ça te fait plaisir !

– Super, répond Zoey, radieuse. Allez, fais-moi visiter. Je veux tout voir. J'espère que Dex a un jacuzzi !

Je montre la maison à Zoey, puis elle insiste pour aller faire un tour à Beachwood Bay, histoire de s'imprégner de l'ambiance d'une petite ville, alors je décide de l'emmener prendre le petit déjeuner chez *Mrs Olsen*. Elle dévore une pleine assiette de pancakes et de bacon, comme si elle était en manque de glucides.

– Oh, mon Dieu, gémit-elle en glissant deux tranches de bacon d'un coup dans sa bouche. Tu n'imagines pas comme la vraie nourriture m'a manqué. Tu ne trouves que du fromage et des petits-fours à te mettre sous la dent, là-bas. J'aurais fait n'importe quoi pour un maxi-hamburger.

– Trop dur, j'ironise. J'imagine que tu as dû en baver...

– Oh, c'est bon, répond Zoey en riant. Mais c'est vrai, j'avais le mal du pays. C'est tellement loin là-bas.

– Et combien de temps tu comptes rester ?, je l'interroge, tasse de café entre les mains.

– Deux jours, pas plus, répond Zoey en arrosant de miel ses pancakes et en se léchant consciencieusement les doigts juste après.

– Mais pourquoi... ? Attention, je suis heureuse de te voir, j'ajoute, confuse. Mais bon, un vol de dix heures au bas mot, plus le trajet en bagnole...

Zoey me regarde, avec un sourire débordant d'affection.

– Bon, d'accord. Je sais, tu as dit que tu avais besoin de prendre du recul, de te retrouver, mais je n'allais quand même pas te laisser seule... Surtout un jour comme aujourd'hui.

Je la dévisage sans comprendre. Zoey fronce les sourcils.

– On est le 22, ajoute-t-elle, sur ses gardes.

Ses mots me transpercent. Mon sang se glace.

– J'avais zappé, je chuchote, horrifiée. C'est pas vrai, comment ai-je pu oublier ?

L'anniversaire de Connor.

Consciente de ma détresse, Zoey me prend la main.

– Hé, ça va. C'est plutôt une bonne chose.

– Non, je réponds en secouant la tête. Je suis nulle ! J'arrive pas à le croire... J'ai oublié !

Un sentiment de culpabilité me submerge. Aujourd'hui, il aurait eu vingt-cinq ans. Comment cela a-t-il pu me sortir de la tête ? Cette date devrait être gravée dans ma mémoire. Au lieu de ça, j'agis comme s'il n'avait jamais compté pour moi. Trop obsédée que je suis par Ryland et nos baisers, pour penser à cet homme que j'aimais, autrefois.

L'homme que j'ai perdu.

Zoey me dévisage, l'air inquiet.

– Je n'aurais peut-être pas dû venir... ? Pardon, je ne fais que te rendre les choses plus difficiles en te rappelant cette date.

– Non, ce n'est pas ta faute, je réponds.

C'est la mienne.

Je regarde par la fenêtre, l'esprit ailleurs. L'anniversaire de Connor était toujours un événement. J'adorais lui préparer des surprises. Comme l'année où j'avais réussi à convaincre son batteur préféré de lui signer un autographe sur un vinyle. Ou quand on avait pris la route de la côte jusqu'à San Francisco, dormant dans des bed & breakfast super kitsch.

L'année dernière, ce n'était déjà plus pareil. La fin était proche, on était déjà foutus, sans que je sache dire pourquoi. J'avais pensé à toutes sortes d'activités pour cette journée, voulant encore une fois que tout soit parfait, mais Connor ne s'est pas montré. Toute la journée, j'avais essayé de le joindre, de plus en plus paniquée, jusqu'à ce que je le retrouve, dans une de ces supers villas de luxe à Beverly Hills, en train de se prélasser au bord de la piscine, entouré d'un essaim de groupies, déjà ivre mort. J'aurais dû m'en aller à ce moment-là, mais Connor était tellement désolé, il s'était confondu en excuses. Il ne s'était pas rendu compte de l'heure. Il avait juste besoin de se détendre. Il voulait simplement se réconcilier avec moi.

Je sais, je n'aurais pas dû le croire. À cette époque, je n'étais déjà plus dupe, néanmoins quelque chose en moi continuait à s'accrocher, en souvenir du bon vieux temps. J'avais besoin de croire en lui, de croire qu'il m'aimait encore, malgré tout. Parce que la pensée de le perdre était pire que n'importe quelle dispute entre nous. Il était devenu mon univers, mon centre de gravité, mon étoile Polaire. Sans lui, je ne pouvais imaginer quelle vie serait la mienne, alors j'étais prête à me contenter de ces miettes d'affection, de ces moments fugitifs de normalité et à m'y accrocher de toutes mes forces.

Connor était un charmeur, capable de me faire oublier nos séismes, juste comme ça.

Jusqu'à ce qu'il n'y ait plus d'échappatoire à la vérité.

– Bon, en tout cas je suis là maintenant, dit Zoey et sa voix m'arrache à mes souvenirs, une voix enjouée et dynamique.

Le snack est quasi désert, seuls quelques habitués sont là à siroter un café, ou à dévorer le plat du jour. Zoey appelle la serveuse pour l'addition.

– Nous avons quarante-huit heures devant nous avant mon vol retour. Qu'est-ce que tu veux faire ?

Je hausse les épaules, avec encore cet étau autour du cœur. Chagrin et culpabilité, un mélange amer.

– Ça m'est égal.

– Allez, soupire Zoey en levant les yeux au ciel. Je veux que cette journée soit à nous. Piscine, plage, séance jacuzzi maison, films débiles…

Elle sourit, pleine de vie.

– Comme quand on était au lycée !

J'esquisse un sourire. Zoey a toujours su trouver les mots pour me motiver.

– Comme la fois où Mrs Wilkins nous a surprises en train de regarder *Sex and the City* et nous a privées de sortie pendant un mois ?

– Oh oui, répond Zoey en riant. Tu te souviens de ses paroles, ce jour-là ? « Ceci ne fait que vous encourager à attendre beaucoup trop des relations sexuelles », ajoute-t-elle en imitant la voix snob de notre vieille prof.

– Oh, elle n'avait pas tort, je réponds en gloussant au souvenir de son expression quand elle avait fait irruption dans la chambre, en pleine scène de sexe.

– Parle pour toi, marmonne Zoey.

Je lui jette à la figure un reste de muffin qu'elle esquive dans un éclat de rire.

– Ce n'est pas la peine de la ramener, avec tes étalons français ! Tout le monde n'a pas la chance d'avoir des hommes qui vous tombent à genoux comme s'il en pleuvait.

– Pourtant, je suis sûre que cet endroit a du potentiel, remarque Zoey en regardant autour d'elle. Je parie qu'un beau ténébreux traîne dans le coin, un type fait pour toi. Qui porte des chemises écossaises et capable de te bâtir une maison à la seule force de ses mains.

Je pense à Ryland avec ses bottes et son T-shirt, à sa peau mate, à sa barbe de trois jours…

– Wow..., rigole Zoey. C'était quoi, ça ?

– C'était quoi quoi ?

– Ce sourire, insiste-t-elle, tout excitée soudain. Toi, tu me caches quelque chose ! Allez, avoue !

– Rien du tout, je réponds en secouant la tête. Absolument rien...

Mais elle attend, fait mine de s'impatienter, alors je soupire.

– Bon, il a failli y avoir quelque chose, mais c'était fini avant même de commencer.

– Hmm...

Zoey me dévisage avec insistance et je sais déjà comment ça va tourner.

– Et cet homme mystérieux, il a un nom ?

– Ryland, je chuchote. Ryland James Ray.

– Sexy, répond Zoey avec un sourire salace. On dirait le nom d'un braqueur de banque du temps de la conquête de l'Ouest.

– N'importe quoi, je réponds en riant. Tu es complètement barrée, j'ajoute puis je règle l'addition et me lève.

– C'est pour ça que tu m'aimes, dit Zoey et elle me prend le bras, m'entraîne vers la sortie.

Dehors, les nuages se sont dissipés et c'est un soleil radieux qui domine dans un ciel limpide.

– Super !, s'exclame Zoey alors que nous marchons vers sa voiture de location. Direction la plage et tu me raconteras tout sur ton braqueur sexy.

– Il n'y a rien à raconter, je réponds, mais je ne peux pas m'empêcher de regarder de l'autre côté de la rue, vers le garage.

Ryland est là, penché sur le capot d'un vieux pick-up. Je ne le vois pas très bien à cette distance, mais sa seule présence suffit à lancer mon cœur dans une course éperdue.

Zoey suit mon regard.

– Ah, d'accord, dit-elle en joignant les mains. Joli spécimen. C'est le type qui répare ta voiture ? Allons voir comment il va !

– Zoey !, je m'écrie quand elle me prend par la main et se dirige droit vers lui. Zoey, non !, je proteste en essayant de la retenir. S'il te plaît, je ne rigole pas, j'insiste, en espérant que Ryland ne nous a pas vues. Je te raconterai tout, mais je ne peux pas aller là-bas. Il a été clair, il ne veut plus me revoir.

Zoey s'arrête, me dévisage. Et elle doit deviner ma peine, car elle me lâche la main.

– D'accord, j'ai compris. Un connard.

Puis elle observe Ryland, le regard mauvais, et c'est plus fort que moi, j'éclate de rire.

– Tu m'as manqué, tu sais, je lui avoue, submergée par un sentiment d'affection.

– J'espère bien, répond Zoey en me serrant dans ses bras. Allez, rentrons maintenant. J'ai envie de poser mes fesses sur l'un de tes transats.

On retourne à la voiture, mais comme nous nous éloignons, c'est plus fort que moi, je tourne la tête pour regarder.

Ryland a émergé de son capot et nous suit des yeux. Une décharge électrique me parcourt quand je croise son regard. Puis il se détourne et la mémoire me revient.

Il ne veut pas de moi.

Alors je continue mon chemin avec Zoey.

17.

Toute la journée, Zoey m'aide à me changer les idées. Nous nous dorons au soleil des heures durant, nous baignons dans la piscine, avant de nous gaver de chips et de glaces. Plus tard, elle propose de sortir dîner dans le coin, mais je n'ai pas très envie de voir des gens, alors nous restons à la maison. Nous nous installons devant l'écran ciné de Dex, dans le salon, pour regarder de vieux films pour ados tout en nous vernissant les ongles, comme quand nous avions seize ans. Je m'assoupis sur le canapé à côté d'elle, enveloppée d'une couverture, réchauffée par notre amitié.

Je me réveille en sursaut, tremblante, en sueur.

Connor, blême, immobile. Marbre blanc et roses rouges.

La fin.

Non.

Je suffoque, terrifiée, mon sang se glace. J'agrippe un coussin et attends que la panique régresse. En vain. La peur ne me lâche pas, douleur et culpabilité pèsent sur ma poitrine et c'est à peine si je peux respirer.

Mes poumons me brûlent. Mon cœur dérape, frénétique, hors de contrôle. Je me lève, chancelante, me précipite vers la porte, enjambant Zoey, paisiblement endormie, en faisant attention de ne pas la réveiller.

Respire, je m'ordonne, désemparée, perdue. *Respire, tout va bien.*

Je parcours les couloirs en titubant et je dois m'appuyer au mur pour ne pas tomber. La voix de Connor résonne dans ma tête.

– Un jour, tu le regretteras, tu verras. Tout ça, c'est de ta faute...

Ce sont ses dernières paroles.

La dernière fois où je l'ai vu en vie.

Respire !

L'étau autour de mon cœur finit par se relâcher. Je tousse, remplis mes poumons d'oxygène, enfin. Je respire vite, à bout de souffle, mais finis par me ressaisir. La pièce s'arrête de tourner, le monde se recale sur son axe.

Dans la maison, il fait noir, pas un bruit. Zoey dort.

Je suis seule.

Soudain une envie de pleurer me submerge, on dirait qu'un torrent furieux de sanglots me déchire les entrailles. C'est son anniversaire. Le premier d'une longue série d'anniversaires que Connor ne verra pas.

Est-ce vraiment ma faute ? Aurais-je pu le sauver ?

Les petites voix que j'ai réduites au silence depuis un mois recommencent à chuchoter, perverses, sournoises, chargées de reproches.

Tu savais que quelque chose n'allait pas. Tu refusais de voir la vérité depuis si longtemps. Si seulement tu avais dit quelque chose plus tôt. Si seulement tu avais été assez forte pour le faire changer.

Si seulement il m'avait aimée assez pour essayer.

Dans la maison baignée du clair de lune, il n'y a rien pour étouffer ces voix. À nouveau, j'inspire, expire, puis me rends dans le hall. Là, j'enfile mes baskets, attrape mon sac et les clés de Zoey avant de sortir en prenant bien garde à ne faire aucun bruit.

La voiture de location de Zoey est garée dans l'allée. J'ouvre la portière, me mets au volant et démarre, en direction de la ville. Mes mains tremblent encore sur le volant. La peur liée à mon cauchemar est en train de s'estomper, mais la douleur, elle, demeure vivace. Elle forme une sorte de magma de souffrance que je connais trop bien. Une profonde tristesse, premières vagues d'un courant qui, je le sais, risquent de m'aspirer dans des fosses obscures où je finirai par me noyer.

La route est déserte, il est plus de minuit maintenant. Je porte un pantalon de jogging et un vieux T-shirt, vestige de la première tournée de Reckless, mais je m'en fiche. J'éprouve le besoin de faire un break, dans un endroit de préférence plein de monde et de bruit. Un endroit où je pourrais mettre en sourdine la douleur qui me cisaille la poitrine à chaque battement de cœur, cette fidèle compagne toujours prête à me rappeler ce que j'ai perdu.

Les erreurs que j'ai commises.

Je me gare sur le parking du bar, *Chez Jimmy*, le seul lieu où il y a de la lumière en ville à cette heure. À l'intérieur, c'est retour dans le passé, un juke-box qui beugle du rock classique et une table de billard, au fond, mais je me moque des gens réunis ici, tout ce que je veux, c'est débrancher. Fuir les démons qui me traquent au plus profond de la nuit.

Je m'installe au comptoir, me tourne vers le serveur, un mec grand aux cheveux châtains, un regard plutôt amical.

– Jack Daniels, je commande. Un double. Sec.

Il hausse les sourcils.

– J'ai vingt et un ans, je soupire en cherchant ma carte d'identité, dans mon sac, mais il secoue la tête.

– C'est bon, c'est juste que vous ne ressemblez pas à une fille qui aime le whisky, dit-il tout en regardant l'étagère derrière lui. Pourquoi pas un verre de vin ? Ou un mojito, un truc léger… ?

– Whisky. S'il vous plaît, je répète.

– Bien… Tout de suite, marmonne-t-il avec un haussement d'épaules.

Il pose un verre devant moi. Je vais pour le prendre quand…

– Je croyais que tu ne buvais pas.

Ryland.

Sa voix me submerge et je dois fermer les yeux. Je n'arrive pas à croire qu'il soit là, au pire moment.

Je ne veux pas qu'il me voie comme ça.

– Que fais-tu ici ?, je parviens à articuler entre mes dents.

Je ne me retourne pas, et Ryland s'assied sur le tabouret voisin. Je continue à regarder droit devant moi.

– Je suis juste passé prendre une bière, dit-il d'une voix traînante, mais dans laquelle je perçois une certaine tension. Je ne te vois plus, en ce moment.

– Je pensais que c'était ce que tu voulais, non ?, je réponds, et je sens mon cœur saigner.

Je m'apprête à prendre mon verre, mais Ryland attrape ma main pour m'en empêcher.

Son contact a un effet immédiat sur moi. Je tressaille.

– Tegan. Regarde-moi, dit-il et sa voix s'adoucit.

La gorge serrée, je ferme brièvement les yeux puis lui fais face. Mais rien ne peut me préparer à sa présence, là, à quelques centimètres de moi. L'éclat noir de ses yeux met mes défenses à nu. Ce visage buriné, ces lèvres sensuelles.

– Qu'est-ce qui ne va pas ?, demande-t-il en plongeant son regard dans le mien.

– Tu n'es pas obligé de faire comme si tu t'inquiétais, dis-je en secouant la tête. Car tu as été très clair, tu ne veux rien avoir à faire avec moi.

– Arrête, dit-il, avec calme et autorité. Oublie ça, tu veux, et dis-moi plutôt ce que tu fais là.

– Comme toi, je réponds sur un ton faussement désinvolte. Je suis juste venue prendre un verre un vendredi soir. À la tienne !

Je repousse sa main et lève mon verre avant de le porter à mes lèvres. Mais je me fige, incapable d'avaler une seule gorgée.

J'ai juré de ne jamais lui ressembler. De ne plus fermer la porte à la réalité du monde à grand renfort d'alcool, de sensations bon marché. Ou de chercher des réponses dans un tube plein de cachets.

Encore un shoot. Encore un fix.

Ma main tremble. Je repose mon verre.

Je sens les yeux de Ryland sur moi, qui m'observent. Me jugent. Et c'est trop.

– Laisse-moi tranquille, je soupire et je me déteste pour ces larmes qui enflent, brûlantes, acides au coin de mes yeux.

Je descends de mon tabouret, sors un peu de cash de ma poche, jette mes pièces sur le comptoir.

– Je déconne pas, laisse-moi tranquille !

Et je lui tourne le dos, m'enfuis sous les regards curieux et sors du bar pour me retrouver sur le parking. Il fait sombre, juste deux lampadaires diffusent un vague halo sur le bitume. Je tourne sur moi-même, désorientée, en tentant de me souvenir à quoi ressemble la voiture de Zoey.

Un bruit de pas. Et Ryland qui m'appelle dans la nuit.

– Tegan, attends !

– Non !, je réponds dans un cri, en essayant de garder mon sang-froid.

Tout ce que je voulais, c'était penser à autre chose, mais Ryland ne me laissera pas en paix. Il va juste continuer à me renvoyer à mon passé, me rappeler que l'on n'en échappe jamais.

– C'est bien toi qui as décidé que c'était terminé entre nous, non ? Que tu ne voulais plus me voir ! Alors laisse-moi maintenant !

Il s'approche. Je recule, cherchant des yeux la voiture.

– Arrête ça, Tegan, demande Ryland. Écoute-moi !

Il m'attrape par le bras, m'attire contre lui.

– Chhhuut, il m'ordonne. Calme-toi. Dis-moi ce qui ne va pas. Je peux t'aider, Tegan. Dis-moi juste de quoi il s'agit.

Ses bras se referment autour de moi, mais au lieu de serrer, il me berce, doucement, comme si j'étais en verre.

– Tout va bien, murmure-t-il en me caressant les cheveux. Je suis là, tout va bien.

Oh. Je sanglote, et je voudrais le repousser, mais sa douceur l'emporte. Cette fois, ce n'est pas le désir qui me retient, qui me fait m'abandonner contre lui, me blottir contre lui, c'est l'envie, le besoin.

Besoin de croire à la tendresse de ses paroles. Besoin désespéré de m'ancrer à quelque chose de vrai, de sincère.

– Qu'est-ce que tu veux à la fin ?, je chuchote, tremblante dans ses bras.

Je suis si désemparée, je ne comprends pas. D'abord il me rejette pour ensuite mieux courir après moi. Il se comporte comme s'il ne voulait plus me voir, mais me tient dans ses bras, là, comme si j'étais la chose la plus précieuse au monde.

– Je sais ce que tu penses de moi, je sanglote. Je l'ai vu dans tes yeux, quand tu as appris la vérité.

– Ce n'est pas à cause de toi, répond Ryland, d'une voix blanche.

Je m'écarte pour le regarder. Ses yeux sont noirs dans la pénombre, ton sur ton, mais je vois sur son visage qu'il est torturé. Par une douleur secrète, quelque chose qui le hante, sans doute bien avant que j'entre dans sa vie.

– D'abord, il faut que tu le saches, je n'ai jamais été aussi loin avec une fille, dit-il entre ses dents, livrant une bataille intérieure. Je ne peux rien te promettre, Tegan, mais je peux t'écouter. Si tu veux me parler, je suis là. Je ne te jugerai pas, je te le promets. Je n'en ai pas le droit.

Je ressens une vive douleur dans ma poitrine. Ce serait tellement simple. Me décharger du fardeau de mon passé, confesser mes secrets les plus noirs. Je n'ai plus envie de les lui cacher, mais en même temps, je me rappelle son regard quand il a su, pour *Pinecrest*. Je ne supporterais pas de revoir cette expression sur son visage, peut-être pire même, quand il saura la vérité, toute la vérité.

Je veux connaître ses secrets, mais j'ai trop peur moi-même de m'ouvrir à lui. Certaines choses ne se rattrapent jamais.

On ne peut pas revenir sur certains choix.

– C'est une longue histoire, je commence, méfiante.

Ryland plonge ses yeux dans les miens.

– J'ai toute la nuit devant moi.

Un groupe de gens émerge du bar, bruyants, un peu éméchés. Leurs rires résonnent sur le parking. Je regarde autour de moi, frissonne sous mon sweat.

– Pas ici.

– Je connais un endroit où nous pourrons parler, acquiesce-t-il.

J'hésite, mais à ce moment il me tend la main. Je sens alors l'espoir m'envahir, une lumière ténue dans les ténèbres. À la seconde même où nous nous sommes rencontrés, Ryland m'a fait me sentir comme régénérée. Comme si les souffrances de mon passé pouvaient être dépassées, comme si ses baisers avaient le pouvoir d'effacer les cicatrices dans mon cœur mutilé, encore sanguinolent.

J'ai besoin d'y croire, je peux le faire. J'ai besoin de croire qu'un homme comme lui peut me pardonner mes erreurs.

Alors je lui prends la main et prie en silence. Puis je le suis dans la nuit.

Il sort de la ville et emprunte des petites routes seulement éclairées par le clair de lune. L'océan au loin derrière les bois scintille par intermittence. Bientôt, il se gare devant une vieille maison à moitié en ruines. À la lueur des phares, je distingue une jungle d'herbes folles, un porche délabré. Et des sacs de ciment, tout un tas de matériaux de construction, sagement rangés sur la pelouse.

– J'ai grandi ici, dit Ryland avec calme, avant de couper le contact.

Nous restons un moment assis là dans l'obscurité.

– Ma maman était une junkie, mon père n'est pas resté bien longtemps. On était juste Brit, moi et notre frère Emerson. Jusqu'à ce que je parte.

Ses mots sont comme une claque. Soudain, tout s'éclaircit.

Sa mère. Ma cure de désintox.

Pas étonnant qu'il se soit enfui.

– Oh…, je chuchote, le cœur serré, puis je veux prendre sa main. Ryland…

Il m'arrête. Et commence à parler et je vois bien combien c'est difficile pour lui, comme s'il n'avait jamais rien dit de tout ça à personne.

– Je ne demande qu'à te comprendre, Tegan, vraiment. Mais j'ai déjà vu ça tant de fois. Les rechutes, encore et encore…

Sa voix se brise, c'est trop d'émotion.

– Ça m'a foutu en l'air. Et je ne veux plus revivre un tel cauchemar. Voilà pourquoi j'ai dit stop l'autre jour. Je refuse de prendre ce risque avec toi. Mais je peux être ton ami, si tu veux.

– Ça n'a rien à voir, je dis, bouleversée.

Ryland secoue la tête, regarde droit devant lui.

– Tous les toxicos disent ça, mais au final, c'est toujours la même chose.

Il ouvre la portière et descend de voiture, comme si respirer le même air que moi une seconde de plus était au-delà de ses forces.

Je le regarde s'avancer sur la pelouse, puis il s'arrête. Ne bouge plus. D'ici, je vois ses bras ballants, ses poings serrés, toute cette crispation dans son corps, épaules rigides, tête baissée.

Il ne m'a pas abandonnée. Pas encore.

Je sors de la voiture et me dirige vers lui. Nous sommes seuls dans le noir complet, pas de circulation ni de voisins à des kilomètres à la ronde. Juste le chant entêtant des criquets et la brise fraîche sur ma peau.

– Ryland, je chuchote et je pose une main sur son épaule.

À mon contact, il se contracte.

– Ray Jay, regarde-moi. S'il te plaît.

Il se retourne et je vois l'angoisse qui palpite dans la profondeur de ses yeux noirs. Alors je comprends, il culpabilise. Pas juste pour sa mère, mais pour moi aussi. Il veut être là pour moi. Il le veut vraiment, mais il a trop souffert pour franchir le pas. Tout comme moi, son passé l'entrave, pèse de tout son poids sur lui et l'emprisonne de chaînes qui semblent impossibles à briser.

Mais ni lui ni moi n'arriverons à nous débarrasser de nos fers tant que nous n'aurons pas regardé la vérité en face. Tant que nous n'aurons pas rouvert les vieilles cicatrices et mis à nu nos plaies, même si ça nous semble trop compliqué, trop abject.

– Je ne suis pas une toxico, Ryland, dis-je avec douceur. Quand je suis entrée en cure de désintox, ce n'était pas pour des raisons de drogue ou d'alcool. C'était pour autre chose.

Quelque chose de pire.

– Je ne comprends pas, marmonne Ryland.

J'inspire, expire. Le risque, c'est que pour lui cela ne fasse aucune différence. Car la vérité ne vaut pas mieux que l'addiction. Mais quelque chose de nouveau, d'urgent me pousse à parler, à tout dire.

Je veux qu'il sache qui je suis. Qu'il connaisse tout de moi, le bien comme le mal. Je ne veux rien lui cacher.

– Il s'appelait Connor, je commence et j'ai l'impression de raconter une histoire, sauf que cette histoire-là n'a rien d'un conte de fées, elle ne finit pas bien et le prince charmant laisse tomber la jeune fille à la fin. Je l'aimais et il… Il m'aimait. Mais pas suffisamment. Moins que sa dose, j'ajoute avec calme.

L'expression de Ryland change. Il laisse échapper un soupir et se détend, juste un peu.

– Viens, murmure-t-il. Tu vas tout me raconter. Si tu en as envie.

Il m'entraîne vers le porche. Une lanterne électrique se balance à une poutre. Ryland l'allume, puis il s'assied sur les marches en bois maculées de poussière. Je prends place à côté de lui, sans le toucher, mais assez près pour sentir la chaleur qui émane de son corps.

Quelque part, cela me donne du courage. Suffisamment en tout cas pour lui parler, lui raconter mon pitoyable conte de fées.

– Je me souviens quand Dex m'a appelée, dis-je en fixant la nuit devant nous. Ils étaient en tournée, en

Europe. Connor avait plusieurs fois déconné en plein concert, il faisait trop la fête, était à cran, agressif. Alors ils sont allés lui parler entre quatre yeux et c'est là qu'ils ont découvert qu'il prenait de l'héroïne, j'ajoute, la gorge serrée. Le péché mignon des rock stars.

Ryland trouve ma main sur le plancher et ses doigts enveloppent les miens. Je ferme les yeux un moment, son contact me donne la force de poursuivre.

– Ils voulaient interrompre la tournée et l'envoyer se faire soigner. Mais Connor a usé de son charme habituel pour les embobiner, comme il le faisait avec moi. « Pas de problème, j'arrête », voilà ce qu'il leur a dit… Je me souviens de ses excuses, je les avais toutes entendues à la fin. Il leur a expliqué que jouer était vital pour lui, il les a suppliés de le laisser finir leurs concerts et puis après, il ferait ce qu'ils voulaient. Le label leur faisait subir une telle pression, je suppose que pour eux, c'était plus simple de le croire que d'admettre la vérité. Connor avait le chic pour vous convaincre de sa bonne foi et se montrer sous son meilleur jour.

Je me tais. Ryland serre ma main avec tendresse.

Alors je reprends, en dépit des larmes qui menacent de me submerger.

– Dex m'a appelée et j'ai pris tout de suite l'avion pour les rejoindre. C'était une délivrance pour moi, c'est ça le plus étrange. Comme si une partie de moi était soulagée d'avoir une réponse. Je savais enfin pourquoi il agissait comme ça, à toujours me repousser.

C'était devenu invivable à cette époque. J'étais complètement désespérée, désarmée face à lui, à le voir comme ça se refermer sur lui-même, à dériver toujours plus loin.

– C'est fou, non ?, je dis avec amertume. Car oui, j'étais heureuse quand j'ai su que c'était ça, la raison de son attitude, et pas parce qu'il ne m'aimait plus.

Ryland ne pipe mot, il m'écoute. Alors je reprends, oblige les mots à sortir, ces mots qui décrivent si bien l'horreur de cette terrible nuit.

– J'ai essayé de l'encourager, mais je ne savais que lui dire. Je ne comprenais pas pourquoi il faisait ça, ce besoin qu'il avait de se défoncer. Il avait tout ce qu'il voulait, le groupe, la célébrité, le fric…

Je m'interromps, ressens dans ma chair à nouveau ce rejet.

– Et moi aussi…

Ryland secoue la tête.

– Il ne s'agit pas de nous, Tegan. Parfois, tu as beau chercher, il n'y a rien, aucune raison, c'est juste un choix de merde qu'ils font et refont.

– Je le sais maintenant, je chuchote. Mais à ce moment-là… Je croyais pouvoir le guérir. Le sauver, si seulement il voulait bien m'aimer assez pour essayer.

– J'ai souvent cru la même chose avec ma mère, avoue-t-il d'une voix posée. Mille fois peut-être j'y ai cru. Mais ça ne suffisait pas.

– On se disputait, des disputes atroces qui pouvaient durer des heures. C'était des cris et des larmes et je le suppliais… C'est devenu l'enfer. Je voulais partir, mais ça m'était impossible. Il disait que j'étais la seule qui lui permettait de tenir encore debout. Je ne voulais pas le laisser tomber, malgré tout. Puis nous sommes arrivés à Londres…

J'hésite. Cette partie-là de l'histoire, je ne l'ai racontée à personne, même pas à Dex, ni à ma psy. J'ai gardé ce secret, cette culpabilité en moi tout ce temps, mais aujourd'hui, j'en suis consciente, je ne peux plus le taire.

J'ai besoin de dire la vérité.

– On logeait dans un super hôtel. Tout avait été arrangé par le label. C'était sublime, tellement romantique. Mais tout ce que je pouvais faire, c'était de surveiller Connor, de me demander s'il me disait tout, s'il était vraiment clean. Il me semblait que le pire était derrière nous, comme s'il redevenait lui-même, mais quelque chose m'empêchait d'y croire, un pressentiment… Alors j'ai fouillé dans ses affaires, j'explique en me souvenant de mes soupçons, et je me revois en train de chercher dans les tiroirs pendant qu'il était en répète. J'ai trouvé une seringue et un sachet de dope planqués dans une chaussette. Il continuait à en prendre. Tout ce qu'il nous avait dit, nous avait promis, tout ça n'était que mensonges.

Ma voix tremble, se brise et Ryland glisse son bras autour de mes épaules, m'attire contre lui.

– Il est arrivé juste à ce moment. Alors je lui ai dit que j'en avais assez. Il m'a suppliée, promis d'aller suivre une cure de désintox dès que la tournée serait terminée, il m'a juré ses grands dieux que tout serait différent, mais j'avais entendu ça trop souvent. J'avais le cœur en miettes. Je l'aimais, mais j'étais tellement en colère, je lui en voulais tant de se mettre en danger comme ça et pour quoi ?

Je regarde Ryland, des larmes plein les yeux.

– J'ai essayé, vraiment, je lui ai tout donné, mais ça n'a pas suffi. Il a tout foutu en l'air.

Je me force à respirer et je l'entends me supplier, m'implorer, la bague qui roule sur le parquet ciré.

La porte qui claque derrière moi alors que je m'en vais.

– Alors, je suis partie…

– Tu as fait ce qu'il fallait faire, me réconforte Ryland en me serrant contre lui, si rassurant, si vrai. Tu ne pouvais rien pour lui, tu le sais Tegan. Il faut que tu en sois consciente.

Un frisson me parcourt.

– Tu ne comprends pas. Quand je suis sortie de la chambre, j'ai laissé la drogue, je chuchote et à nouveau la honte et la culpabilité me broient le cœur.

Je ne veux pas lui dire, mais c'est plus fort que moi.

– Cet après-midi-là, il a fait une overdose, je reprends, anéantie. C'est Dex qui l'a trouvé. Il a appelé les urgences, mais c'était déjà trop tard. Il était mort.

18.

Ryland garde le silence, mais il ne s'écarte pas. Il reste assis à côté de moi, me serre fort contre lui et attend la suite, tout ce qu'il reste à dire.

Un étrange sentiment de soulagement me submerge. Il est encore là. Il n'est pas parti.

– Après ça, je… C'était trop, j'ai craqué, je reprends, avec un besoin de tout déballer, tant que j'en ai encore le courage, tant que je sens son corps chaud contre le mien, et c'est comme si ma parole était libérée. Je ne garde aucun souvenir des mois qui ont suivi. J'ai joué la comédie à mes frères, mes amis, mais à l'intérieur de moi j'étais perdue, effondrée. La culpabilité me tenaillait, m'étranglait, à peine si je pouvais respirer. Et puis…

J'hésite, parce que cette partie est peut-être la pire de toutes.

– Et puis je n'ai plus eu envie de respirer.

Un silence.

J'ai appris à *Pinecrest* que la dépression était pareille à des sables mouvants. Tout paraît normal, tellement normal que vous ne réalisez même pas que vous vous enfoncez jusqu'à ce que ça se referme au-dessus de votre tête et qu'il semble alors qu'il n'y ait plus moyen d'en sortir. J'aurais fait n'importe quoi pour arrêter la souffrance, pour mettre un terme à ce sentiment de néant qui m'imprégnait.

Un tube de cachets. Un verre de whisky. En y repensant, j'ai du mal à croire que j'ai voulu en finir. Mais à cette époque, rien n'avait de sens. J'étais dévorée par un désespoir plus grand que moi, dépassée par l'ampleur des ténèbres qui m'enveloppaient. Ça paraissait si simple à ce moment-là, tellement j'étais mal. Au moins, comme ça, tout s'arrêterait net.

– J'ai réalisé trop tard, je chuchote, avant de corriger, non, trop tard aurait été une demi-heure après. Mais dès que j'ai avalé ces cachets, j'ai senti que j'avais tout faux. Comme si pendant des mois j'avais vécu en somnambule et que soudain, j'ouvrais les yeux et y voyais clair. J'ai appelé les urgences, en leur expliquant ce que je venais de faire. Je me suis réveillée à l'hôpital… Ils m'ont fait un lavage d'estomac. Ils m'ont trouvée à temps.

Ryland garde le silence un moment.

– Tu as vraiment voulu mourir ?

– Je voulais que la douleur s'arrête, je répète, la gorge nouée. Je n'ai pas réfléchi plus loin que ça. Ça peut paraître fou, je sais, mais je n'ai pas réalisé que faire cesser la douleur mettrait aussi un point final à tout le reste. Et quand j'en ai pris conscience…

Je me tais, au souvenir de ma terreur, de ma honte, de cette panique. À attendre l'arrivée des médecins, alors que la nuit peu à peu m'enveloppait et m'aspirait dans ses entrailles.

Je n'ai jamais eu aussi peur de toute mon existence.

Ryland laisse échapper un soupir. Il incline la tête pour me regarder tout en gardant son bras autour de mes épaules. Difficile de savoir ce qu'il pense, dans le noir, mais je sens une immense tendresse en lui.

Il m'écoute, il n'a pas fui au récit des pires moments de ma vie.

– Et la cure de désintox ?

– Mes frères ont eu très peur, je réponds, honteuse. Ils ont décidé que j'avais besoin d'aide. Et c'était vrai. C'était essentiel, j'admets avec calme. J'avais besoin de faire le point avec tout ça, de me libérer de cette culpabilité et de cette colère envers Connor. De comprendre où ses choix s'arrêtaient, où commençaient les miens. De tourner la page.

– Peut-on vraiment tourner la page quand quelqu'un vous a quittés comme ça ?, soupire Ryland.

À sa voix, je comprends que cette question s'adresse à lui autant qu'à moi.

Mon cœur a mal pour lui. Connor a failli m'anéantir, mais il y a une différence entre un amour fou et votre propre mère.

Quels souvenirs douloureux renferme cette maison, pour lui ? Combien de fois a-t-il prié pour que sa mère le choisisse lui, au lieu de la drogue ?

Il n'était qu'un petit garçon. Et aujourd'hui, il en est encore à s'accabler de reproches pour quelque chose qu'il n'aurait jamais pu changer. Je le vois dans ses yeux, l'éclat désabusé de cette déception quand tous vos espoirs ont fini en cendres l'un après l'autre.

Il méritait plus de la part de sa mère. Il mérite d'être heureux.

– Tu peux oublier. Tu oublieras, dis-je, avec une détermination nouvelle dans la voix.

Cette fois, c'est moi qui lui prends la main et la presse contre mon cœur.

– Je suis passée par là, Ryland. Et pas question de faire marche arrière, de replonger dans les ténèbres. Jour après jour, j'apprends à me pardonner et je progresse, vraiment. Je ne laisserai pas Connor foutre ma vie en l'air comme lui l'a fait avec la sienne. Je suis plus forte que ça aujourd'hui…

Je me tais, nerveuse, mais quelque chose me pousse à ajouter.

– Et toi aussi.

Ryland me regarde, la douleur dans ses yeux se meut en espoir. En une fraction de seconde, je réalise ma chance. J'ai mes frères, Zoey, les psys du centre. Tous ces gens qui me disent que je vaux mille fois plus que tout ça, que ma vie vaut plus que les choix de Connor.

Mais Ryland ? Il s'est battu seul toutes ces années. Seul avec sa culpabilité, et sa honte, et sa solitude.

Mais à présent, il n'est plus seul.

J'approche la main de son visage, sa peau est rêche. Je plonge mes yeux dans les siens et mets toute mon âme à essayer de le convaincre.

– Quels que soient les choix de ta mère, ce n'est pas à toi de porter ce fardeau, je chuchote tout en ravalant mes larmes. La seule chose que tu peux faire, c'est vivre ta vie et apprendre de ses erreurs. Écoute-moi bien, Ryland. Ce n'est pas de ta faute. Tu as fait tout ce que tu pouvais pour elle… Tu dois penser à toi, et tourner la page.

19.

Ryland

Tandis que Tegan me regarde, ses yeux brillent, passionnés, une lumière dans la pénombre.

Alors quelque chose en moi vole en éclats. La gangue de glace qui depuis tant d'années me compressait le cœur fond instantanément. La chaleur de Tegan en est venue à bout. Cette fille rayonne, ange d'espérance et de force, malgré tout ce qu'elle a enduré.

Je réalise soudain qu'il ne s'agit pas de faire table rase du passé. Ce n'est pas la question, ça ne l'a jamais été.

Je m'accroche à l'idée d'un nouveau départ depuis si longtemps. Un moyen d'oublier tous mes mauvais souvenirs pour me construire une vie entièrement neuve. Et je me suis accroché à Tegan dans cet esprit, pensant qu'elle effacerait mon passé. Pour me donner quelque chose de pur, de vrai. Une nouvelle chance qui serait comme un soleil, un bonheur entier lavé de tous mes fantômes, de tous mes cauchemars.

Mais la vérité, c'est qu'il ne sert à rien d'ignorer nos démons. Nous sommes tous cassés, désenchantés, estropiés par un amour déçu. Nous portons tous les stigmates de mille batailles, des erreurs que nous avons commises, des regrets avec lesquels nous vivons, jour après jour.

Tout ça fait partie de notre histoire. Tout ça nous a construit tels que nous sommes.

Je ne peux pas oublier mon passé, mais peut-être puis-je me pardonner. Je ne peux pas effacer chaque souvenir amer de ma mémoire, mais je peux en revanche construire quelque chose par-dessus. Strate après strate, jour après jour, jusqu'à ce que quelque chose de plus fort s'élève à leur place. Quelque chose de mieux. Un avenir dont je sois fier, à conjuguer au présent, sur les ruines d'hier.

Ne plus se cacher. Ne plus avoir honte.

Rien que la vérité.

Sous le choc de cette prise de conscience, je regarde Tegan. Elle ne sait pas qu'elle vient de me libérer. Elle n'imagine pas ce que je lui dois.

Mais avant même que je puisse articuler un mot, elle approche sa bouche de la mienne, hésitante, timide.

Et à cette seconde, c'est une certitude pour moi. Ma vie commence aujourd'hui.

20.

Tegan

Mes lèvres effleurent celles de Ryland un moment. Hésitent. Soudain mon cœur se fige, en proie à la pire des terreurs. Et si je venais de le perdre, à jamais ?

Je lui ai tout dit. Trop dit. Comment pourrait-il m'aimer après tout ce que j'ai fait ?

Puis sa bouche vient sur la mienne et les pièces du puzzle de ce monde fragmenté retrouvent leur place.

Oui.

Je m'abandonne à ce baiser en chute libre, comme on se jette du haut d'une falaise dans le vide, avec la foi seule en guise de parachute. Il referme ses bras autour de moi, enfouit les doigts dans mes cheveux. Et ses lèvres… Ses lèvres prennent les miennes avec une voracité nouvelle, baiser avide et plein d'espoir qui a pour effet d'effacer le reste de l'univers de ma mémoire et d'éclairer jusqu'aux recoins les plus sombres de mon cœur.

Je laisse échapper un soupir, submergée soudain par le besoin, l'envie de le toucher, partout. Les bras de Ryland m'étreignent avec force, il m'attire sur ses genoux et à présent assise sur ses cuisses, je m'enroule autour de lui et fais courir mes mains sur son dos musclé, apprends son corps par cœur. Je l'embrasse sans retenue, avec passion et sensualité et fougue, tombe à chaque caresse dans un brasier de plaisir.

Je pensais tout savoir de la passion. En fait, je n'en sais rien. Nos baisers avant étaient chastes comparés à cette fournaise. Ryland me serre contre lui, d'une main agrippe mon T-shirt, de l'autre me presse sur ses genoux. Je me cambre, la fièvre monte en moi, le monde se réduit à ce désir. C'est du feu dans mes veines qui attise les flammes qui nous consument, tandis que je noue ma langue à la sienne, le savoure, le provoque, nos corps bougeant l'un contre l'autre, et vont rouler sur les planches cabossées du vieux porche.

Ryland s'allonge sur moi, m'emprisonne de ses jambes. *Oui.* Je me délecte du poids de son corps, glisse mes mains sous son T-shirt pour toucher sa peau, si douce, si brûlante. Il se fige au-dessus de moi, m'immobilise tout en ralentissant le rythme de nos baisers. Je me tords sous lui, ardente, mais il prend son temps, plonge avec douceur sa langue dans ma bouche, prenant tout ce que j'ai à lui donner avec une indolence qui me fait fondre de l'intérieur.

J'ai l'impression qu'il m'embrasse jusqu'à l'âme.

Je suffoque, en apesanteur, ivre de son baiser. De nous. Plus rien ne nous sépare, plus de mensonges ni de secrets, plus de culpabilité ni de honte. Je lui ai tout montré et j'ai vu sa propre douleur se refléter dans ses yeux.

Je le connais, comme je n'ai jamais connu personne avant.

N'en pouvant plus, je me presse contre lui, m'imprègne de son corps lourd et dur sur le mien. Déjà, je le veux avec une intensité qui devrait me choquer, mais que je ressens pourtant comme la chose la plus naturelle au monde.

J'ai besoin d'air pour respirer. D'eau pour étancher ma soif. Et j'ai besoin de Ryland en moi pour me sentir entière.

J'arrache ma bouche à la sienne et me mets à lécher sa gorge râpeuse. Ryland gémit, puis il s'empare de mes poignets et me cloue au plancher, tout en faisant glisser une main sur mon corps, avec une lenteur insoutenable. Ses doigts m'effleurent, s'attardent en bas de mon T-shirt et partout où il me touche, ma peau crépite. Puis sa main se faufile sous le tissu et je retiens un cri, grisée par ses caresses qui me liquéfient, me désintègrent.

Et quand ses doigts s'arrêtent sur mes seins, c'en est fini de moi.

Je gémis, corps bandé à la recherche du sien, mais Ryland m'oblige avec fermeté à me rallonger. Il pèse sur moi avec force et assurance, ses yeux scintillent, regard noir et affamé, regard tellement possessif que j'en ai le souffle coupé.

Il recommence à me caresser, sans détacher ses yeux de mon visage. Je me sens rougir, mais impossible de détourner le regard alors que son pouce va et vient sur le bout de mes seins et je le supplie de continuer.

Un sourire dévastateur se dessine sur les lèvres de Ryland. Sa bouche trouve la mienne pour un baiser aussi bref qu'intense, puis il fait remonter mon T-shirt sur mon ventre et plonge tête la première pour me lécher, me martyriser, laissant une traînée humide et tiède autour de mon nombril et plus haut sur mes côtes, centimètre après centimètre.

Je laisse retomber ma tête en arrière. Je regarde le ciel, émerveillée, bouleversée. Les étoiles m'éblouissent, à moins que ce ne soit cette faim qu'il libère en moi. Ce désir brûlant, ce besoin désespéré qui se niche entre mes cuisses.

Sa bouche se referme autour de mon téton et je laisse échapper un cri, tant le plaisir est absolu. Sa langue rêche se déplace sur mon autre sein, puis ce sont ses mains qui viennent en renfort et jouent avec le bout de mes seins et me mettent au supplice, tandis que sa bouche me suce, me tète, avide.

Je me tords en proie aux affres du désir, en plein délire. Je pourrais rester comme ça des heures, mais déjà je veux plus. Je le veux lui, tout entier.

Maintenant.

J'enroule mes jambes autour de ses reins et sens la friction incandescente de son érection entre mes cuisses. Ryland émet une sorte de râle contre ma peau, alors je me mets à bouger contre lui, encore et encore, savoure la tension dans son corps, chacun de ses muscles bandé par l'effort et une puissance tout en retenue, alors que sa bouche multiplie les prodiges sur ma peau.

Je me sens si libre. Libre de m'abandonner et d'accepter sa passion. De me perdre dans ses bras, pas parce que j'ai besoin d'une diversion ou d'une échappatoire, mais parce que, ensemble, nous sommes plus que ce que nous pourrons jamais être seul.

Ryland délaisse ma poitrine et fait courir sa bouche de plus en plus bas, sur mon ventre, mettant le feu à tout mon corps. Arrivé à la taille de mon pantalon, il s'interrompt, suffisamment longtemps pour que je redresse la tête et croise son regard.

Un regard qui m'interroge, et le temps s'arrête alors que nos cœurs s'emballent. Je laisse échapper un souffle et hoche la tête.

Ryland déboutonne mon jean. Je me relève sur les coudes et l'observe. Le monde autour de nous s'est figé. Il n'y a que nous, nous dans la nuit, le halo de l'ampoule nue qui tangue doucement au-dessus de nos têtes, éclairant son corps, ses boucles brunes d'une lumière mordorée.

J'en oublie presque de respirer.

Avec délicatesse, Ryland fait glisser mon jean sur mes hanches, mes jambes et bientôt je me retrouve en petite culotte. Je frémis. Il me décoche l'un de ses sourires ravageurs.

– J'ai tellement rêvé de toi, murmure-t-il, la voix chargée de désir. De ça. De goûter chaque centimètre carré de ta peau. De sentir ton corps me répondre…

Ses doigts effleurent l'intérieur de mes cuisses.

– S'abandonner…, poursuit-il en baissant la tête pour déposer un baiser sur le coton humide de ma petite culotte.

Je gémis, retombe en arrière les bras en croix, avide de ses caresses.

– Abdiquer…

Le souffle de ses paroles me fait vibrer au point le plus sensible de mon corps. Le plaisir me transporte, doux et lumineux.

Oh, je pourrais jouir maintenant, seulement avec ça. À sentir ses mains sur mes hanches, lourdes. Au contact de sa langue qui va et qui vient sur le tissu. À la sensation de ses joues rugueuses sur l'intérieur de mes cuisses.

Je m'entends gémir, le supplier, puis Ryland arrache ma petite culotte et me lèche dans un coup de langue torride.

– Oh...

Mon corps se fige. Je cherche à l'aveugle quelque chose à quoi m'accrocher, mais il n'y a rien que la bouche de Ryland sur moi, son indécente, son irrésistible, sa merveilleuse bouche. Il me lèche le clito à un rythme lent, affolant, s'abreuve à moi, couvre l'intérieur de mes cuisses de petits baisers, s'arrête avant de se remettre à l'ouvrage et sa langue s'applique à me torturer, refuse de venir là où je l'attends, au plus profond de moi.

Je lui agrippe les cheveux, veux le forcer à accélérer ses caresses, mais il ne cède pas, ne s'arrête même pas et continue de m'infliger ce délicieux supplice. Avec obstination, implacable. Mes os se fragmentent. Mes muscles s'atomisent en une nébuleuse de sensations. Je bascule dans le ciel étoilé au-dessus de nous, dans sa constellation, dans la pureté de ce moment.

Quand Ryland plonge deux doigts en moi, je laisse échapper un cri désespéré. Le plaisir déferle sur moi, encore et encore, tout mon corps se ramasse autour de ses doigts qui m'explorent, se presse contre sa bouche insatiable, puis je me perds dans les vagues d'un brasier flamboyant. Je tombe, l'implore encore et encore jusqu'à l'extase suprême, mon corps ressuscité par une lueur aveuglante qui me parcourt de la tête aux pieds, chaque cellule, jusqu'à mon âme, tandis que Ryland me possède avec sa bouche, ses mains, sa langue…

Je tombe et c'est comme renaître.

21.

Lorsque je refais surface, Ryland est contre moi, appuyé sur un coude, et dessine des ronds sur mon ventre du bout des doigts.

– Hello, je chuchote avec un sourire timide.

La tension entre nous est encore électrique, mais il y a une lueur nouvelle dans ses yeux, une intimité qui me serre le cœur.

Tout a changé. Pas à cause de la façon dont il me touche maintenant, ni à la façon dont je me suis abandonnée une minute plus tôt, mais à cause de ce que nous avons partagé. De ces vérités que nous nous sommes avouées, de ces cicatrices que nous avons mises au jour.

Il n'y a plus rien qui nous sépare.

– Hello, murmure-t-il à son tour en déposant un tendre baiser sur mes lèvres.

Je m'enivre de son parfum, odeurs de shampoing, goût de sel. Et sa saveur profonde. Ma timidité se dissipe pour laisser place à la béatitude qui coule dans mes veines et aux braises ardentes du désir qui peu à peu se réveillent. Déjà.

– Tu avais raison, je réalise soudain.

Il me regarde, perplexe.

– Ce jour-là, au bord de la route. Quand tu as dit que je te supplierai de m'embrasser, la prochaine fois…

Je ris, promène mes mains sur son torse, vibre au contact de ses muscles.

Le sourire de Ryland se fait prédateur.

– Je n'ai pas dit que ça, me chuchote-t-il à l'oreille. Si je me souviens bien, j'ai promis de te faire hurler mon nom.

Je rougis.

– C'était plus un gémissement qu'un cri, je plaisante.

– On verra bien la prochaine fois, rigole-t-il.

Il plonge ses yeux dans les miens et dans les flammes du désir crépitent des promesses. Je frissonne, prends son visage entre mes mains. Cette fois, nos baisers prennent une dimension plus intense, habités par une chaleur aussi lumineuse que les lucioles qui dansent dans les sous-bois.

Oh, j'ai tellement envie de lui. Jamais je n'ai ressenti ça, une telle harmonie avec mon corps, chaque parcelle de mon être résonnant de la même mélodie.

Prends-moi.

Je me presse contre lui, ivre de ses lèvres contre les miennes, des assauts de sa langue autour de la mienne. Ryland m'étreint, serre mon corps contre le sien, si dur. Je suffoque, aveuglée par tant de désir, tout mon être en appelle à lui. Je fais glisser mes mains sur sa peau de bronze, jusqu'à sa ceinture, que j'ouvre, puis j'enfouis mes doigts sous…

Le téléphone de Ryland beugle à cet instant précis, nous ramenant brutalement à la réalité.

Il se fige.

– Laisse tomber, je chuchote en couvrant son cou de baisers, mais il s'échappe de mes bras et se penche pour attraper l'appareil sur le sol.

Il regarde l'écran.

– Brit, me dit-il et, l'espace d'une seconde, il me semble le voir laisser échapper un soupir de soulagement. Qu'est-ce qu'elle veut à deux heures du mat' ?, dit-il, l'air soucieux à présent.

– Allô, Brit ? Que se passe-t-il ?

Il se tait, puis se tourne vers moi. Non, elle est ici avec moi. Nous sommes à la maison… Oui… Ok, on arrive.

– Qu'y a-t-il ?, je demande, intriguée. Je remets mon T-shirt et croise les bras. Que me veut-elle ?

– Ton amie Zoey a appelé, répond Ryland en cherchant mon regard. Elle dit que tu as laissé ton téléphone à la maison, avant de disparaître dans la nature. Elle a appelé tous tes contacts. T'a cherchée toute la nuit.

Zoey.

– Oh, merde !, je m'exclame et je me relève d'un bond en imaginant son affolement. J'aurais dû lui laisser un mot. Je n'ai pas voulu la réveiller, j'avais juste besoin de prendre l'air.

– Tout va bien, me rassure Ryland. Brit va l'appeler pour lui dire où tu es. Je vais te ramener chez toi.

– Non, tu ne comprends pas, je réponds, paniquée. C'est l'anniversaire de Connor, Zoey a dû croire que je…

Je me tais, horrifiée à l'idée de tout ce qui a pu traverser l'esprit de mon amie. Je n'ai jamais nourri de telles pensées ce soir, mais ça, Zoey n'en sait rien. Elle ne s'est toujours pas pardonnée d'avoir été absente, si loin au moment où j'avais le plus besoin d'elle.

Le visage de Ryland se décompose quand il comprend.

– Merde…

Il rajuste ses vêtements et attrape ses clés.

– Viens, je te raccompagne. Peut-être que ce n'est pas si grave, ajoute-t-il, plein d'espoir. Brit a appelé tout de suite. Ton amie vient peut-être juste de se rendre compte que tu étais partie…

Je m'accroche à cet espoir tout le long de la route, jusqu'à la maison de la plage. Toutes les lumières sont allumées et il y a deux véhicules de police garés dans l'allée.

La voiture de Ryland n'est pas encore à l'arrêt que déjà j'ouvre la portière et m'élance.

– Tegan !

L'écho de sa voix résonne derrière moi tandis que je traverse la cour à toutes jambes.

– Zoey ?, j'appelle en regardant autour de moi.

Elle est là et fait les cent pas dans le salon, en pleine conversation téléphonique. Son visage s'illumine quand elle me voit.

– Oh, mon Dieu, tu es là !

Je me jette sur elle et la serre dans mes bras.

– Je suis tellement, tellement désolée, je sanglote. Je n'ai pas réfléchi. Je m'en veux, si tu savais.

– J'ignorais où tu étais passée, répond Zoey, en larmes elle aussi. Et la porte de derrière était ouverte. J'ai cru que tu étais descendue faire un tour sur la plage. Mais il faisait si noir, et tu n'avais pas pris ton téléphone…

– Je vais bien, dis-je, le souffle court. Je vais bien.

On finit par se lâcher. Ryland discute avec les agents de police, à la porte, il se confond en excuses. Apparemment, il connaît bien l'un d'entre eux et, après un moment, les flics prennent congé. Ryland referme la porte derrière eux.

– Voilà, dit-il avec un sourire rassurant. Tout est arrangé.

– Sauf que…

Zoey semble confuse.

– J'ai appelé tes frères.

Mon cœur se serre.

– Lequel ?

– Euh… Tous, répond-elle avec une grimace. J'étais si inquiète. Je suis désolée…

– Non, ce n'est pas ta faute, je m'empresse de l'interrompre. Tu as fait ce qu'il fallait.

Excepté que maintenant, j'ai trois frères surprotecteurs qui doivent se ronger les sangs, là où ils sont.

– Appelle Blake, je me charge de Ash, je lui dis en prenant mon téléphone. Peut-être pourra-t-on les avoir au bout du fil avant qu'ils ne sautent dans un avion pour rappliquer ici…

J'imagine l'état dans lequel mes frères doivent être, j'en ai mal au ventre. Comment ai-je pu me montrer aussi stupide ? Jamais plus je ne leur ferai un truc pareil, promis juré. Ils commençaient à peine à me faire confiance et j'ai tout gâché. Je ne me pardonnerai jamais de leur avoir fait une telle frayeur.

– Hmm, bien, je m'en vais.

La voix de Ryland m'arrache à mes pensées. J'avais oublié qu'il était là.

– Oh, désolée, dis-je en me précipitant vers lui. Je suis vraiment stupide. Tout ça après…

Il me sourit, rassurant.

– Hé, c'est bon. La famille, je sais ce que c'est, rappelle-toi… Heureux de t'avoir rencontrée, ajoute-t-il à l'attention de Zoey.

– Moi aussi, répond Zoey en me regardant avec curiosité, et je comprends que nous allons avoir toutes les deux une discussion.

J'accompagne Ryland dehors.

– Merci, je chuchote en le regardant dans les yeux. Ce soir…

Je cherche mes mots, en vain, je n'en trouve pas. Oui, quels mots pour exprimer ce qui est arrivé entre nous, ce lien que nous avons forgé ? J'ai l'impression d'avoir vécu des centaines d'années en l'espace de quelques heures à peine.

Ryland me sourit, comme s'il comprenait.

– Je t'appellerai, demain matin, dit-il avant de déposer un tendre baiser sur ma bouche.

Puis il s'en va, je le suis des yeux jusqu'à ce qu'il remonte en voiture, s'éloigne.

C'est à ce moment que mon téléphone sonne. Ash. J'inspire un bon coup, décroche. La nuit promet d'être longue.

Une fois mes frères rassurés, Zoey et moi montons nous coucher. Je dors comme un bébé et quand je me réveille, le soleil est déjà haut dans un ciel sans nuages.

Les événements de la soirée me hantent.

Je me déteste d'avoir inquiété les personnes qui comptent le plus au monde pour moi. Zoey, mes frères... Ils sont tellement attentifs, prévenants, anxieux à l'idée que je ne sois pas tout à fait guérie, que je puisse retomber dans les abysses au moindre accroc. J'aimerais trouver un moyen pour qu'ils comprennent que c'est terminé. Je ne replongerai plus.

En te volatilisant dans la nuit ? Drôle de façon de le leur prouver.

Je soupire. Une partie de moi leur en veut de s'affoler comme ça, mais je ne peux pas le leur reprocher. Ils m'aiment, ils s'inquiètent pour moi et si je veux reprendre ma vie en main sans les avoir en permanence sur le dos, c'est à moi de leur prouver que je suis stable et responsable. Alors, terminé, plus question de disparaître sans prévenir quelqu'un. À partir d'aujourd'hui, si je veux que l'on me traite en adulte, je dois me comporter comme telle.

Je passe sous la douche, enfile un jean et un sweat léger avant de descendre. Zoey est assise sur les marches de derrière, face à la plage, une tasse de thé entre les mains.

– À quelle heure dois-tu être à l'aéroport ?, je lui demande, mal à l'aise, je m'en veux encore de l'avoir inquiétée, elle et les autres.

– Pas avant cet après-midi, me répond-elle avant d'arborer un sourire canaille. Ce qui signifie que tu as tout le temps pour me raconter ce qui s'est passé la nuit dernière avec ton garagiste.

J'éclate de rire, soulagée.

– Eh bien..., je commence en m'asseyant à côté d'elle. Comment dire... ? C'était, hmm, plaisant.

– Oh, allez, je mérite mieux que ça, marmonne Zoey en m'envoyant un léger coup de coude dans les côtes. Après ce que j'ai enduré, j'ai droit à plus de détails, non ?

– Oh, tu sais, je m'en veux, dis-je. Je suis sortie comme ça, sans me poser de questions, c'était complètement irresponsable.

– Je comprends, dit-elle avec un petit sourire crispé. Et je me suis un peu trop affolée de mon côté, à appeler tout le monde comme ça, mais… S'il t'arrivait quelque chose, je ne le supporterais pas. Si je venais encore à passer à côté d'un signal…

Face au désarroi de Zoey, je la serre contre moi.

– Ce n'était pas ta faute, je réponds, en pesant bien mes mots. Et cela ne se reproduira pas.

Elle soupire, hoche brièvement la tête.

– Et Ryland ? Il est au courant ?

– Je lui ai tout raconté. Et il ne m'a pas jugée, Zoey, pas une seule fois. Il comprend.

– Il me plaît déjà.

– J'aurais aimé que tu restes un peu plus, j'ajoute en l'étreignant à nouveau. Je voudrais que tu apprennes à le connaître.

– Pour tenir la chandelle en vous regardant roucouler ? Non, merci. Et puis, je suis presque au bout de mon stage, encore quelques mois et je devrais pouvoir rentrer définitivement à Noël.

– Tu n'as pas envie de rester en Europe ? Tu as l'air de tellement t'amuser, là-bas. Les photos des défilés, des coulisses de la mode, c'est super glamour. Sans parler du shopping sur les Champs-Élysées…

– Tu le sais bien, répond Zoey avec un sourire désabusé. Tout ça, c'est du vent. Ma façon à moi de dire « Allez vous faire voir » à toutes ces salopes du lycée. Non, en fait, j'ai le mal du pays. Vous me manquez tous.

Je me tais. Avant mon entrée au bahut, Zoey subissait des brimades incessantes de la part des autres filles. Et, je le sais, elle en a gardé des cicatrices, même si aujourd'hui elle mène une vie de rêve.

– Oui, Paris, c'est une sacrée revanche, je tente de la réconforter.

– Tu as raison, acquiesce-t-elle dans un éclat de rire. Bon. Tout est réglé avec tes frères ?, enchaîne-t-elle, changeant de sujet.

– Oui, plus ou moins, je réponds avec une grimace. Heureusement, Dex est encore à l'étranger et Ash en pleine restructuration de je ne sais quelle boîte, sinon à cette heure, ils seraient déjà ici pour me reconduire manu militari à *Pinecrest*.

– Ils s'inquiètent juste pour toi, comme nous tous, chuchote Zoey.

Elle marque un temps.

– Et Blake ?

– Il était en route pour l'aéroport quand je l'ai eu au téléphone…

Je soupire, avec de nouveau cette culpabilité qui me prend à la gorge.

– Il voulait venir, mais je l'en ai dissuadé. Il est en plein tournage, ça serait de la folie de quitter la ville en ce moment.

– Et comment ça se passe pour lui, là-bas ?, m'interroge Zoey, en fixant l'océan, sur un ton détaché, mais je jurerais avoir vu ses joues s'embraser.

– Bien, je crois, je réponds avec un haussement d'épaules. Il sort avec une fille de la télé. Ils font souvent la une des tabloïds.

– Oh...

Zoey baisse les yeux et avale une nouvelle gorgée de thé.

– Je ne savais pas.

– Tu connais Blake, je poursuis en riant. Une nouvelle petite amie chaque semaine. Difficile de suivre...

– Je m'en souviens, oui... Il ne ramenait jamais deux fois de suite la même fille à la maison.

Soudain, mon ventre émet une série de gargouillis. Je ris et me lève.

– Et si on allait petit-déjeuner au snack, avant que tu prennes la route ? Je suis sûre que tu n'as jamais humé des odeurs de graisse aussi alléchantes !

Zoey sourit et se lève à son tour.

– Allons vérifier ça tout de suite !

On se gave donc d'un petit déjeuner aussi copieux que calorique, puis on se dit au revoir. Elle s'éloigne au volant de sa voiture. Je la suis des yeux et agite la main, jusqu'à ce qu'elle tourne pour prendre l'autoroute et disparaisse de ma vue. J'ai de la peine, mais en même temps je suis heureuse qu'elle soit venue. Nos confidences me manquent, tous ces petits secrets que l'on échange, ces fous rires que l'on partage. Cette complicité que l'on ne trouve qu'auprès d'une amie, une vraie.

Même si je n'ai pas tout raconté à Zoey, loin de là. Ce n'est pas faute de m'avoir suppliée pour des détails sur ce qui s'est passé avec Ryland. Mais j'ai envie de garder ça pour moi. Ce que nous avons vécu était si intime, si sensuel, je ne me sens pas prête à en parler. Encore maintenant, rien qu'au souvenir de ses mains sur moi, de sa bouche s'abreuvant à moi, je suis prise de bouffées de chaleur, j'en ai des nœuds à l'estomac.

Que cet homme est sexy.

Je rentre dans la maison et me rends directement dans la salle de musique, encore perdue dans mes pensées. Je vois les yeux de Ryland qui brillent dans la nuit, intenses. Quand je repense à son corps sur moi, j'en ai le souffle coupé, je perds les pédales, mes seins se font lourds, et entre mes cuisses, c'est du feu.

J'ai envie de lui.

Je me jette sur l'un des canapés, attrape la guitare. Une dizaine de mélodies tournent dans ma tête, douces, sensuelles, érotiques. Je joue un accord, mais je me sens trop fébrile pour composer quoi que ce soit, aujourd'hui, alors je me contente de jouer, comme ça, aucun air particulier. Je laisse juste la cascade de notes tomber de mon instrument et de temps en temps, je chantonne des fragments de paroles.

Qui toutes ne parlent que de lui. Ryland.

Je n'arrive pas à le croire, je lui ai collé depuis le début une étiquette de bad boy. Or le vrai Ryland est tellement plus que ça. Un homme blessé, attentif, généreux et doté d'une force que je ne soupçonnais pas.

Et sexy, n'oublie pas.

Je sens un sourire se dessiner sur mon visage et soudain, j'éclate de rire. J'ai l'impression d'avoir quinze ans à nouveau, une ado amoureuse, mais cette joie, cette légèreté… Jamais je n'ai ressenti quelque chose de comparable, pas même avec Connor. Avec lui, c'était intense, exaltant, jamais vraiment doux, même dans ses bons jours.

Aujourd'hui, c'est différent. Je me sens différente.

Mon téléphone sonne. Un texto de Ryland.

On sort, ce soir ?

Un délicieux frisson me parcourt.

Serait-ce un rendez-vous ?, je m'empresse de répondre.

Oui. Un vrai de vrai. Je passe te prendre à dix-huit heures ?

Je t'attends.

Je presse mon téléphone contre mon cœur, déjà ivre d'impatience à la perspective de cette soirée avec lui.

22.

Ryland

– Ray Jay est amoureux-eux !, chantonne ma sœur dans mon dos, tandis que je m'affaire sous le capot de la voiture de Tegan. L'après-midi touche à sa fin. J'ai travaillé comme un forçat toute la journée, mais je veux absolument finir pour ce soir.

– Ray Jay est amou-ou-reux-eux !, continue de fredonner Brit, perchée sur l'établi, tout en battant le rythme avec le talon de ses bottes contre le bois.

Une heure qu'elle est là à me prendre la tête.

– Tu pourrais la fermer, un peu ?, je marmonne, en essuyant mon front qui dégouline de sueur. Tu n'as rien de mieux à faire ? Pourquoi n'irais-tu pas embêter ton mari plutôt ?

– Il me voit assez comme ça, répond-elle tout sourire. Mais toi, cher frère, tu es parti si longtemps, trop longtemps. Je rattrape juste le temps perdu.

– Tsst, âge mental, onze ans, je soupire.

– Non, mais, regarde-toi !, s'exclame-t-elle dans un éclat de rire. Tout transi d'amour. Jamais je n'aurais imaginé te voir comme ça. Et c'est quand, le prochain rendez-vous ?

– Ça te regarde ?, je rétorque, mais impossible de rester en colère contre elle bien longtemps.

Moi-même, j'ai l'impression de retomber en enfance, tout fébrile à la perspective de voir Tegan ce soir. J'ai pensé à elle toute la journée, hanté par les souvenirs classés X de la veille. Des souvenirs que je ne vais certainement pas partager avec ma petite sœur.

Les yeux de Tegan qui se ferment... Un soupir qui s'échappe de ses lèvres... Son corps qui vibre contre le mien...

– Où vas-tu l'emmener ? Qu'est-ce que vous allez faire ?, demande Brit, m'arrachant à mes pensées. Tu as intérêt à te creuser la tête, après lui avoir causé tant de problèmes l'autre fois.

– Pour commencer, je ne lui ai causé aucun problème, je proteste et je referme le capot pour tester le moteur.

Je me penche à la vitre côté conducteur et tourne la clé de contact, écoute avec attention le ronronnement de la mécanique. C'est mieux.

– Ensuite, ce ne sont pas tes affaires. Quand est-ce que j'aurai le droit d'avoir mes petits secrets ?

– Dit le roi des cachotteries !, répond Brit en gloussant. Allez, rien qu'une chose ou deux. Je pourrais te donner des conseils, parce que, à mon avis, tu manques un peu de pratique.

Je laisse échapper un soupir, attrape ma bouteille d'eau.

– Je vais l'emmener dîner quelque part.

Brit lève les yeux au ciel.

– Et après ?

– Et après quoi ?

– Eh bien, le clou du spectacle, c'est quoi ? Le truc romantique qui la fera craquer.

J'observe la fille qui, enfant, haussait les épaules quand on lui lisait des contes de fées, tant elle trouvait ça ennuyeux et irréaliste.

– Tegan n'est pas comme ça.

– Toutes les filles sont comme ça, me reprend Brit avec tendresse. Je ne parle pas de fleurs, ni de bijoux, ni de tous ces trucs clichés, je parle de quelque chose qui lui prouvera qu'elle compte, pour toi. Pour notre premier rendez-vous, Hunter avait organisé un repas en tête à tête sur le toit du bar…

À l'évocation de ce souvenir, son visage s'adoucit, un sourire plein de nostalgie se dessine sur ses lèvres.

– Il avait pensé à tout, la musique, les bougies… C'était tellement romantique.

– Mais je dois aller la chercher dans deux heures, je réponds, pris de panique. Je n'ai pas le temps d'organiser un truc pareil.

– Tu n'es pas obligé de faire la même chose. Juste un truc qu'elle gardera dans sa mémoire comme un précieux souvenir. Montre-lui que tu ne t'es pas contenté d'attendre l'heure de votre rendez-vous pour l'emmener le moment venu *Chez Jimmy* bouffer une pizza et prendre une bière.

Aïe. Comment a-t-elle deviné ?

Elle me voit me décomposer.

– J'y crois pas !, s'exclame-t-elle. C'est ce que tu as prévu ?

– Je ne suis pas doué pour ça, je tente de me défendre. Merde. Je ne me suis jamais posé ce genre de questions. Les filles étaient juste…

– Juste là pour se jeter dans tes bras, finit Brit en riant.

Je hausse les épaules, mal à l'aise. En fait, toutes ces années à bourlinguer, je les ai passées seul le plus souvent. Les filles que je croisais, dans ce monde qui était le mien, n'attendaient pas de grandes envolées romantiques, de tendres rendez-vous en tête à tête. Elles étaient toutes cassées, désabusées, comme moi, le cœur verrouillé, toujours un œil sur la porte, en quête d'un destin plus rose. J'ai bien eu une liaison ou deux, mais jamais dans la perspective d'une relation durable. C'était juste quelque chose que je laisserais sans problème derrière moi, une fois ma dette remboursée, quand je fermerai définitivement la porte sur cette vie.

Avec Tegan, ça n'a jamais ressemblé à ça. Avec elle, c'est un joyeux mélange d'espoir, d'émotion et de passion. Je ne me reconnais plus, je suis en plein désarroi, comme un ado qui meurt d'envie d'inviter la fille la plus sexy du bahut au bal de fin d'année. Sauf que je ne suis jamais allé à un bal de promo. Mon truc, c'était d'emmener une meuf au vieux phare pour baiser jusqu'à l'aube, un pack de bières dans le coffre de la bagnole.

C'est un vrai coup de massue quand je réalise tout ça. Je suis dans la merde.

– Pas de panique, me dit Brit. C'est simple.

– Vraiment ?

– Fais-moi confiance, répond-elle avec un grand sourire. Quand j'en aurai fini, elle te mangera dans la main.

– Brit…, je soupire, méfiant. Surtout, pas de folie. C'est notre premier rendez-vous, j'ai envie que ça se passe bien. Je veux juste qu'elle se détende et passe un bon moment.

– Relax, grand frère, répond Brit en attrapant son portable. Je m'occupe de tout. Toi, tu te prépares, et basta. Première chose, une douche. Une vraie douche, insiste-t-elle avec une grimace devant ma salopette maculée de cambouis. Tu pues.

– Faux, c'est toi qui pues, je réplique et je l'empoigne, badigeonne ses bras d'huile de moteur.

Elle hurle et me repousse.

– Beurk, bas les pattes !

– Non, attends… Tu as un truc, là…

Et je lui barbouille le visage, mort de rire. Brit se débat, me supplie, et je dois la lâcher quand elle m'envoie un coup de coude dans les côtes.

– Je te déteste, dit-elle en riant.

– Toi aussi, tu m'as manqué, je réponds tout sourire.

Et c'est la vérité. C'est loin d'ici à des milliers de kilomètres que j'ai compris combien ma famille comptait pour moi. Pas mes parents avec leur putain de vices et de problèmes, mais les seules personnes qui m'étaient chères en ce monde. Emerson. Brit.

La maison.

– Alors, dis-je en jetant un torchon propre à Brit. C'est vrai, tu veux bien m'aider pour ce soir ?

– Bien sûr.

– Parce que j'ai une idée.

Il est dix-huit heures précises quand je me gare devant la maison de la plage. Et je suis sacrément nerveux. J'ai encore dans la tête les sermons de ma sœur, comme quoi cette soirée doit être inoubliable, spéciale. Je suis prêt à tout pour Tegan, je tiens à ce que ce moment soit parfait.

Elle le mérite.

J'essuie mes mains moites d'angoisse sur mon jean, puis me dirige vers la porte d'entrée, mais je n'ai pas le temps de sonner, Tegan surgit.

– Hello, dit-elle, comme à bout de souffle, avec un sourire timide. Tu es là.

Elle est d'une beauté à couper le souffle et j'en reste sans voix.

Il n'y a pas de mots dignes d'elle. Elle porte une robe noire toute simple, sobre, ses cheveux tombent en cascade autour de son visage aux lignes si douces. Ses yeux brillent, pétillent. Sur ses lèvres, un gloss rouge cerise. Tout en elle est lumière, elle irradie. Elle a ce genre de beauté à mettre tous les hommes à genoux. Le genre de beauté qui efface tout ce qui l'a précédée. C'est aussi simple que ça.

Elle est la seule. L'unique.

– Euh, salut, oui, je parviens à articuler, envoûté par les aurores boréales de ses grands yeux.

Un silence électrique crépite entre nous.

– Tu es... divine.

– Merci, répond-elle avec un sourire et elle rougit.

Je ne peux pas résister une seconde de plus. La gravité m'attire vers elle, force élémentaire contre laquelle je suis désarmé. J'approche mon visage du sien et pose mes lèvres sur les siennes.

Je l'embrasse et soudain, tous les morceaux éclatés de ce putain de monde retrouvent leur place.

Tegan laisse échapper un soupir et se presse contre moi. Son corps se fond tellement bien dans mes bras, sa bouche est brûlante et avide sur la mienne. Elle me rend mon baiser avec ardeur, m'attire contre elle et se cambre en gémissant.

Merde.

Son contact agit comme un détonateur sur le désir qui me consume depuis le premier jour où j'ai posé les yeux sur elle. Aujourd'hui, plus rien ne me retient. Je soupire, la plaque contre le mur en béton, submergé par une déferlante de désir. Je la veux. Sa saveur me pénètre en un torrent de feu. Je l'embrasse comme un dément, mes mains vont et viennent sur elle, fébriles, je glisse un genou entre ses cuisses. Tegan ronronne, puis se presse contre mon érection et au contact de son corps, de ses mains qui se faufilent sous ma chemise blanche bien repassée, je suis près de perdre la tête.

Je recule, dents serrées. Elle écarquille les yeux, abasourdie, lèvres rouge sang, pupilles dilatées.

– Qu'y a-t-il ?, demande-t-elle, pantelante.

– Rien, bébé, je lui caresse la joue et lui murmure à l'oreille. Mais si je ne t'emmène pas dans les cinq prochaines secondes dans ta voiture, on va se retrouver par terre à faire l'amour.

– Et pourquoi pas ?, chuchote-t-elle en tressaillant et elle couvre mon visage de baisers.

Les caresses de ses lèvres descendent direct entre mes jambes.

Franchement, je mérite la médaille du sang-froid.

– Plus tard, je promets, puis je recule encore, remonte à regret sur son épaule dénudée la bretelle de sa robe qui a glissé dans la bataille.

Puis j'inspire un bon coup et fais en sorte d'éteindre les flammes qui me dévorent.

– Prête ?

– Bien sûr, Tegan me sourit, attrape son sac dans l'entrée, avant de se figer. Une seconde, tu as bien dit *ma* voiture ?

– Possible, je réponds en riant.

– Oh, mon Dieu !, s'exclame-t-elle en me sautant au cou.

Puis elle regarde dans l'allée sa Mustang qui brille de mille feux. Elle joint les mains et se précipite, s'engouffre dans la bagnole, côté conducteur. Elle met le contact et écoute avec attention le bruit du moteur.

– Tu l'as réparée ! On dirait qu'elle est neuve !

Son visage irradie une joie telle qu'un sentiment de fierté m'envahit.

C'est grâce à moi, si elle sourit comme ça.

Et j'ai envie que ça ne s'arrête jamais.

– Je te l'avais promis, non ?, dis-je et je la rejoins alors qu'elle examine mon travail.

– Et tu tiens toujours tes promesses ?, demande-t-elle, les yeux rieurs.

– Tu peux en être sûre.

Je le sais, on pense tous les deux à la dernière promesse que je lui ai faite, celle de lui faire crier mon nom, et je dois faire appel à ce qui me reste de raison pour ne pas l'allonger sur la banquette arrière et lui prouver que je suis un homme de parole.

Du calme, mon vieux. Tu as toute la nuit devant toi.

Tegan fait le tour de la voiture, laisse courir ses doigts sur la carrosserie.

– Les enjoliveurs sont neufs ?, s'extasie-t-elle.

– Mouais et j'ai redressé le pare-chocs aussi.

Soudain, elle se jette sur moi, me serre de toutes ses forces.

– Je ne te remercierai jamais assez, dit-elle en me poussant contre la voiture. Cette voiture représente tant de choses pour moi.

– Je sais, je murmure en écartant une mèche devant ses yeux. Et ça me fait plaisir de te faire plaisir.

Tegan m'embrasse sur la joue, puis s'écarte. Je me sens démuni, abandonné. Je voudrais ne jamais la lâcher.

– Est-ce que je peux conduire ?, demande-t-elle, les yeux pleins d'espoir.

– Je vous en prie, princesse, je réponds en riant, tout en ouvrant la portière côté passager. On a deux heures de route devant nous…

Elle m'interroge du regard par-dessus le toit de la Mustang.

– C'est une surprise.

Et d'un coup, je me dis que tous ces préparatifs de dernière minute, ça en valait la peine, rien que pour voir son visage s'éclairer comme ça. Elle se met au volant, démarre et fait rugir le moteur.

– Qu'est-ce que tu attends, monte !, m'appelle-t-elle. Allons-y !

23.
Tegan

C'est une sensation géniale de me retrouver au volant, à rouler vitres baissées, sous le soleil presque crépusculaire. L'océan va et vient sur la côte et le vent ébouriffe mes cheveux que j'ai mis un temps infini à coiffer, mais je m'en fous. Un profond sentiment de liberté coule dans mes veines, alimenté par la présence de Ryland à côté de moi, confortablement installé sur son siège, qui ne cesse de m'observer derrière ses Ray-Ban.

Il refuse de me révéler notre destination, je suis donc ses directives, cap sur la ville, avec un frisson d'excitation. La radio en fond sonore, nous bavardons de choses et d'autres, de Zoey, de Brit et de nos saintes familles.

– Je commence juste à réaliser combien ils m'ont manqué, me confie Ryland, l'air songeur. J'imagine que je me suis arrangé pour enfouir tout ça, quand j'étais loin, mais depuis mon retour, à passer du temps avec eux, je me rends compte de tout ce que j'ai raté de leur vie. Surtout celle de Brit, ajoute-t-il en riant. À peine si je la reconnais. Elle a tellement changé.

– Tant que ça ?, je demande, curieuse.

– Plus encore, répond Ryland, coude à la vitre. Elle était plutôt cinglante, sarcastique, autrefois. Très secrète aussi, impossible de savoir ce qu'elle ressentait. Tout était sous clé en elle, le bon comme le mauvais.

– Changé dans le bon sens alors, dis-je, en me souvenant de mon après-midi avec elle.

Brit semblait bien dans sa peau à plaisanter et à me donner des ordres.

– C'est sûr et je n'en reviens toujours pas de la voir si ouverte, si amoureuse, poursuit Ryland avec un sourire las. Emerson aussi. Tu vois, je pensais que nous étions tous cassés, foutus. Brisés par notre putain d'enfance, condamnés à la colère, au désespoir, à la solitude. Mais je reviens après tout ce temps et ils sont… heureux.

– En fait, dis-je en riant, vous êtes tous des Bisounours. À faire les durs, mais au fond de vous, c'est de la guimauve.

Ryland se tourne vers moi avec un regard espiègle.

– Tu veux vérifier ?

– Oh… Ce n'est pas ce que je voulais dire, tu le sais bien…

Je tâte en riant son biceps, mais il s'empare de ma main qu'il porte à ses lèvres, dépose un tendre baiser à l'intérieur et en un éclair, à son contact, je fonds.

Oh oui.

Ryland mêle ses doigts aux miens et laisse reposer nos mains jointes sur le siège, entre nous. Je respire profondément, tente de rester concentrée sur la route, malgré mon cœur qui bat à un rythme d'enfer, et j'ai bien du mal à penser à autre chose qu'à lui, rien qu'à lui. J'ai envie de me ranger sur le bord de la route, de sauter sur ses genoux, de l'enlacer et de ne plus jamais remonter à la surface pour respirer.

– Alors ? Tu ne veux toujours pas me dire où nous allons ?, je parviens à articuler.

– C'est une surprise, je te l'ai dit, répond Ryland tout sourire.

– Hmm, je marmonne en faisant mine de réfléchir. La dernière fois, c'était le paintball. Voyons… Au stand de tir ?

– Absolument pas.

– Au circuit de karting ?

– Tsst, patience, femme.

– Quoi ? Comment tu as dit ?, je m'exclame, en feignant d'être fâchée par cette remarque digne du pire des machos.

– Tu préfères princesse ? Poupée ? Chérie ?, propose Ryland d'une voix riche et profonde qui me fait vibrer.

– Peu importe… Ray Jay, je réponds, en le narguant.

– Tu vas me torturer avec ça jusqu'au bout ?

– Je vais me gêner !, je réponds en riant. Même quand nous serons bien vieux, chaque fois que tu dépasseras les bornes, je t'appellerai comme ça, exprès.

Les mots m'échappent sans que je puisse les retenir. Je me tais, mal à l'aise. C'est notre premier vrai rendez-vous et déjà je lui parle de nous, dans cinquante ans ? Nerveuse, je le regarde à la dérobée, mais Ryland ne semble pas choqué. Il me serre la main.

– Pas de problème, poupée, dit-il avec un sourire diabolique. Je suis prêt à tenter le coup.

Après deux heures de route, le soleil s'est couché quand on arrive en ville. Ryland me fait prendre la direction du centre. On se gare dans une rue pleine de boutiques branchées et de bars d'où s'échappent de la musique et des rires. Il me conduit à un restaurant niché entre deux immeubles, un endroit chaleureux, à la déco rustique. Avec plein de gens devant qui font la queue.

– *Jaybird... Jaybird...* Je lis l'enseigne du resto. Ça me dit quelque chose...

– C'est le restaurant de mon frère, répond Ryland, un peu gêné. Comme je ne connaissais pas encore, j'ai pensé que... Et puis, j'avais envie que tu fasses sa connaissance, ajoute-t-il en détournant les yeux.

– C'est super, je réponds aux anges, en glissant ma main dans la sienne.

Il passe devant tout le monde et m'ouvre la porte.

À l'intérieur, il y a foule, aucune table de libre. À droite, c'est le bar avec un magnifique comptoir en bois verni et, sur les murs, tout un tas de photos noir et blanc. Je regarde celles près de la porte, m'arrête.

– Mais c'est Beachwood !

– La femme d'Emerson, Juliet, adore la photo, m'explique Ryland. Elle pourrait en vivre, mais elle préfère faire ça pour le fun.

– Elles sont super, dis-je en admirant les clichés : champ de dunes sur la plage, océan en colère sous un ciel nuageux.

– Tu vas pouvoir le lui dire en personne, poursuit Ryland en me désignant une jeune femme qui vient justement vers nous, avec un sourire radieux.

Un homme la suit à quelques mètres et la ressemblance avec Ryland me saute aux yeux. Son frère, forcément. Mêmes cheveux noirs, même visage comme taillé à la serpe, sauf qu'Emerson est un peu plus grand, plus mince, avec un regard empreint de sérénité.

Juliet prend Ryland dans ses bras.

– C'est tellement bon de te voir !

– Tout juste si on a pu se frayer un chemin dans la foule, dit Ryland en regardant autour de lui. On dirait que les affaires marchent.

– On vient d'avoir un article dithyrambique dans le magazine *Southern Living*, explique Juliet. Carina, ma sœur, a fait notre promo. Tous les critiques gastronomiques de la région lui mangent dans la main.

– Et tu es Tegan, dit Emerson.

– Euh, oui, je réponds, intimidée, en lui serrant la main.

– Tegan est fan de tes photos, intervient Ryland.

– Oh, merci, répond Juliet, tout sourire. Beachwood Bay représente tant de choses pour nous. Alors, même si nous vivons ici maintenant, c'est un peu notre maison, là-bas.

– Je ferais mieux d'y retourner, dit Emerson en regardant du côté de l'entrée les clients qui trépignent. On n'est pas loin de l'émeute. Heureux de te revoir, ajoute-t-il avec une claque amicale à Ryland entre les épaules. Tegan, ne laisse pas ce gars-là te détourner du droit chemin. C'est un vrai nid à problèmes.

Ryland semble mal à l'aise.

– C'est peut-être moi, l'exemple à ne pas suivre ?, je rétorque. Emerson éclate de rire.

– Bien fait pour moi. Je vois qu'il est en de bonnes mains.

Juliet nous conduit jusqu'à un box, au fond de la salle. Un endroit tranquille, éclairé par quelques bougies, avec un magnifique bouquet de fleurs sur la table. Et aussi une bouteille au frais dans un seau à glace.

– Notre meilleure place, nous dit-elle avec un clin d'œil complice. Comme tu l'as demandé.

– Merci, répond Ryland.

– Le serveur va venir prendre votre commande. Passez un bon moment !

Juliet nous abandonne. Ryland m'avance une chaise, je m'assieds, aux anges.

– C'est super. Ils ont fait tout ça pour nous ?

– Pour toi, rectifie Ryland, à nouveau avec un petit air timide. Je leur ai dit que c'était pour une occasion exceptionnelle.

– Merci, je chuchote en lui prenant la main quand il prend place en face de moi. C'est parfait.

– Tu as soif ?, me demande-t-il en s'emparant de la bouteille dans le seau. C'est du cidre.

– Tu as pensé à tout, je réponds, aussi émue qu'attendrie.

Je lève mon verre et Ryland en fait autant pour porter un toast.

– À cette soirée, dit-il avec douceur. Une soirée cartes sur table.

Je cogne mon verre contre le sien. Il me sourit et à la lueur des bougies, il est encore plus beau. Je sens des frissons partout, mais cette fois au seul plaisir d'être là, avec lui, toutes nos tragédies désormais loin derrière nous.

– Quoi ?, demande-t-il.

– Rien, je réponds avec un sourire énigmatique. Je suis heureuse, c'est tout.

– Bien, dit-il, les yeux pleins de tendresse. C'est tout ce que je souhaite. Car tu mérites d'être heureuse.

Il se penche sur la table pour me donner un baiser. Je tressaille au contact soudain de ses lèvres, chaudes, souples et avides. Puis il glisse une main sur ma nuque, m'attire contre lui. Je m'abandonne, m'enivre du parfum citronné de son après-rasage. Son visage est doux, il s'est rasé pour notre rendez-vous et je lui caresse la joue. Sa bouche se fait plus pressante, sa langue trouve la mienne et c'est le paradis, un feu d'artifice de sensations en moi, une chaleur intense va se nicher entre mes cuisses.

Mais il s'écarte, bien trop vite. Le temps de reprendre mes esprits et je vois le serveur qui hésite, à distance respectable. Je rougis quand il approche. Ryland prend les choses en main et passe commande, des plats aux noms extraordinaires, mais ce n'est pas de nourriture dont j'ai envie, c'est de lui. Une faim de loup pour ses bras autour de moi, le poids de son corps sur le mien…

Essaie de ne pas lui sauter dessus avant le dessert, je me sermonne. Surtout avec sa famille dans les parages.

J'avale une gorgée de cidre pour me rafraîchir les sens et regarde les autres clients. Je vois une table composée uniquement de femmes qui nous observent. Surtout Ryland. Je souris. Il est toujours séduisant, mais c'est la première fois que je le vois aussi bien habillé, chemise blanche et jean, cheveux coiffés en arrière. Oui, il est beau à croquer.

Du calme, ma fille !

– Alors, comment s'est passée ta journée ?, m'interroge-t-il. Je n'ai pas arrêté de me demander ce que tu pouvais bien faire dans cette grande maison toute seule…

– En fait, en ce moment, je devrais être à la fac, j'explique et je rougis en pensant à mes chansons. Mais mes frères ont décidé de m'accorder une année sabbatique. Avant Connor…

Je me tais. Je n'ai plus envie de parler de lui, pas ce soir.

– Bref, ça fait quelques années qu'ils me pressent de trouver ma voie et de me mettre au travail.

– Ça n'a pas l'air de t'enthousiasmer, remarque Ryland en m'observant avec curiosité.

J'ai un peu honte quand je pense à toutes ces heures qu'il passe au garage.

– Je suis consciente d'avoir beaucoup de chance qu'ils m'aident financièrement.

– Ce n'est pas ce que je voulais dire, me rassure Ryland. Tu en as bavé, cette année. Se remettre de trucs aussi graves, c'est un travail à plein temps.

Je hoche la tête, soulagée qu'il me comprenne. C'est déjà une grande victoire pour moi de pouvoir me lever chaque matin, de tenir debout jusqu'au soir.

– Mais je le sais, il faudrait que je me décide à présent. Je pensais peut-être travailler dans la musique…

– Chanter ?

– Oh non, je réponds en secouant la tête avec vigueur. Tu m'as entendue. Une vraie casserole, j'ajoute avec un petit sourire.

– Joker, éclate-t-il de rire.

– En fait, je pensais à quelque chose du style chargée de production, un travail de l'ombre. J'ai toujours été fascinée par les rouages en œuvre derrière The Reckless. Il y a des tas de gens impliqués, agents, publicitaires, responsables de labels… Mais bon, aujourd'hui, je ne sais pas, j'avoue… Après ce qui est arrivé, les coulisses réveillent trop de mauvais souvenirs en moi. Je ferais bien quelque chose avec Dex, mais il m'est impossible de participer à un concert sans penser à Connor. Et je n'ai plus envie de me souvenir.

– Je comprends, acquiesce Ryland. Et tu as d'autres idées ?

Je hausse les épaules.

– Allez, insiste-t-il. Si tu pouvais vraiment faire un truc, un truc dont tu rêves, ce serait quoi ?

J'hésite. Je n'en ai jamais dit un mot à personne, j'ai peur d'être ridicule. Mais c'est si facile de parler avec Ryland, alors je cède.

– Je voudrais être auteur-compositeur. Pas interprète, non, je me dépêche de préciser. Mais j'aimerais entendre un jour des artistes chanter mes chansons sur scène ou à la radio…

Je m'interromps, baisse les yeux.

– C'est bête, je sais.

– Pas du tout, proteste Ryland. J'ignorais que tu écrivais.

– Personne ne le sait, je réponds, intimidée. En plus, je suis sûre que c'est nul. Mais ce que j'aime, c'est raconter des histoires, trouver les mots justes pour véhiculer toutes sortes d'émotions. Enfin, en tout cas c'est ce que j'essaie de faire…

– Tu devrais éviter de faire ça, me dit soudain Ryland, le regard noir.

Aussitôt, je me contracte.

– De te rabaisser de cette façon, poursuit-il. Tu dois avoir plus confiance en toi. Du moment que tu y crois, tu peux tout faire, conclut-il.

– Excepté de chanter juste, je remarque en riant, troublée par la chaleur de sa voix, la sincérité de ses paroles.

– Bon, oui, à part ça, admet-il.

Il se tait quand l'entrée arrive, un plat qui a l'air délicieux, enveloppé de pâte, accompagné d'une salade verte appétissante.

– Alors, qu'est-ce tu comptes faire ?, demande Ryland, une fois le serveur parti.

– Pour les chansons ? Eh bien, il y a ce concours…

Je lui explique comment le label de Dex a décidé de faire appel à l'inspiration des fans.

– C'est génial !, s'exclame-t-il, visiblement enthousiaste. Il faut absolument que tu participes !

– Je ne sais pas, je soupire. Je ne veux pas que Dex se croie obligé de se montrer indulgent. Et si ce que j'écris est nul ? Tout le monde le saura alors.

– Tu n'as qu'à utiliser un pseudo, suggère Ryland.

– Tu crois ?

– Pourquoi pas ?, répond-il avec un haussement d'épaules. Les gens font ça tout le temps, j'en suis sûr. Tu n'as qu'à présenter ta chanson sous un faux nom, comme ça, personne ne saura que c'est toi.

– Et ainsi Dex n'aura pas la pression, j'ajoute, tout excitée. Et si je me plante, personne ne s'en souciera, excepté moi.

– Et si tu gagnes, alors à ce moment-là, tu pourras dire qui tu es, ça montrera que tu mérites pleinement ta victoire, argumente Ryland.

Je décroche, perdue dans mes pensées. Oui, ça peut marcher. J'ai fait en sorte de me trouver des centaines d'excuses pour ne pas participer à ce concours, mais elles ne tiennent plus si je prends un pseudo. Ce serait mon secret, une façon de tâter le terrain et de savoir en fin de compte ce que valent vraiment mes chansons.

– Je crois que je vais le faire, dis-je, avec un frisson d'adrénaline.

– Tu as intérêt, répond Ryland en souriant. Et tu vas tous les épater.

Je le regarde à la lueur des bougies. Il y croit si fort. Alors moi aussi.

24.

Le dîner est un enchantement. On reste là, à cette table, à discuter des heures, et quand on émerge de notre bulle, les autres clients sont partis, les serveurs s'affairent pour tout nettoyer. Au moment de rentrer, je laisse Ryland prendre le volant et je me laisse conduire, en regardant les kilomètres défiler, dans une espèce de coton, tout imprégnée de la chaleur de sa présence, sa main sur mon genou. Si douce, si légère sur ma peau, juste sous ma robe. Une caresse plus qu'un contact, qui m'envoie de subtils éclats de désir ardent dans tout le corps, juste à partir de ce point, de ce contact de ses doigts sur ma peau.

Je le sens partout. Chaque souffle, chaque battement de cœur. Chaque atome de cet espace entre nous palpite, chaque molécule qui constitue son corps s'engouffre en moi.

Cet homme... Les mots résonnent dans ma tête, se mélangent à la fièvre qui rugit dans mes veines. *Cet homme croit en toi comme personne.*

Quand la voiture s'arrête, je regarde autour de moi, désorientée. Tellement absorbée dans mes pensées, que c'est à peine si j'ai eu conscience du trajet.

– On est déjà arrivé ?

– Tu avais l'air si paisible, répond Ryland en coupant le contact. Je ne voulais pas te réveiller.

Je m'abstiens de lui dire que je ne dormais pas, que je me suis abandonnée aux rêves de ses mains sur moi, le corps hésitant entre le chaud et le froid, électrique, aux abois tout le long de la route.

– J'ai passé une merveilleuse soirée, je chuchote, le cœur en pleine débandade.

– Moi aussi, répond Ryland en me regardant. Ses yeux brillent dans la pénombre. Puis c'est le silence, avec une question.

Et maintenant ?

Je n'ose plus respirer. J'ai attendu de tout mon être ce moment où nous nous retrouverions seuls dans la nuit, sans personne pour nous épier, à quelques pas à peine d'une porte, d'un couloir.

D'un lit.

– Je te raccompagne, dit Ryland en descendant de voiture.

J'hésite, essaie de me ressaisir alors qu'il s'éloigne. La nuit jusqu'ici a été magique, mais c'est plus fort que moi, je me sens nerveuse à l'idée de ce qui va suivre. Mon désir pour lui est si fort, ça me fait peur. Mon corps a tellement envie du sien, mais il y a plus. Un besoin tellement plus profond.

Tout ça est plus que physique, ça l'a toujours été. Dès le début, je l'ai eu littéralement dans la peau. Et maintenant qu'il sait tout de moi, qu'il connaît les recoins les plus sombres de mon âme, je sens mon cœur qui se déploie, tels les pétales d'une fleur qui s'offre au soleil.

Une petite voix chuchote dans ma tête, implore. *Je veux plus.*

On tapote à la vitre. Je sursaute, pousse un cri. C'est Ryland qui m'attend dehors.

– Tu m'as fait peur, je gémis en sortant de voiture.

– Tu as cru que c'était qui ?, demande-t-il et il rit, me prend la main.

– Qu'est-ce qu'il fait noir ici, dis-je, reprenant peu à peu mes esprits. Oh, je ne sais pas, quelqu'un, n'importe qui.

– Je suis là pour te protéger, bébé, dit-il avec un clin d'œil. Personne ne posera la main sur toi. Excepté moi.

Sa voix résonne comme le plus doux des serments. Je tressaille en dépit de la chaleur de la nuit.

– Promesses, promesses, toujours des promesses, je parviens à plaisanter.

En une fraction de seconde, il me plaque contre la voiture, presse son corps contre le mien. Puis il me regarde, son visage à quelques centimètres du mien, si près que je peux voir l'éclat d'un désir insatiable scintiller dans ses yeux.

– Toute la soirée, je n'ai pensé qu'à ça. À t'embrasser, dit-il d'une voix riche et profonde. Puis il se penche sur moi, mais au lieu de poser sa bouche sur la mienne, il descend un peu plus bas et couvre ma gorge de baisers.

Mon corps prend aussitôt feu.

Je l'enlace, enfouis mes doigts dans ses cheveux tandis que ses lèvres font des merveilles sur ma peau. Puis il descend encore un peu, et cette fois sa bouche s'arrête à la limite de mon décolleté, se presse à la naissance de mes seins.

Je vacille sur mes jambes. M'abandonne contre lui, contre son corps brûlant et dur, prisonnière et désarmée, incapable de faire quoi que ce soit, excepté de trembler de plaisir à chacun de ses assauts.

Je suffoque lorsqu'il relève la tête et me fixe avec un regard à tomber à genoux.

– Tu dois avoir chaud avec tous ces vêtements, dit-il, et c'est l'incendie, les flammes qui me submergent avant d'aller se concentrer entre mes cuisses, en un point de désir quasi surhumain.

S'il me le demandait, avec cette voix-là, je serais capable de me déshabiller dans la seconde, sur cette pelouse, devant la maison.

Mais au lieu de ça, je lui prends la main et l'entraîne vers la porte. Je suis tellement troublée, à fleur de peau, que je dois m'y reprendre à plusieurs fois avec les clés pour ouvrir. Enfin, nous entrons.

J'allume les lumières, pianote le code de sécurité sur le clavier. Ryland émet un sifflement.

– Donc, quand tu dis que ton frère est une rock star, tu ne plaisantes pas…

– Disque de platine, meilleures ventes à l'international, j'acquiesce.

– Tant mieux pour lui, remarque Ryland et je le regarde pour tenter de voir s'il se moque. Je suis sérieux, dit-il. Cette baraque doit valoir pas loin du million de dollars. Il a dû travailler dur pour se la payer.

– Exact, je réponds avec fierté.

– La détermination doit couler dans les gènes des Callahan, dit Ryland en souriant. Et une bonne dose d'entêtement, aussi.

– Hé !, je m'exclame et je le bouscule gentiment en riant.

– Je plaisante, répond Ryland en m'emprisonnant dans ses bras et mon rire se meurt sur mes lèvres. Je suis sûr qu'il est fier de toi.

– Mais je n'ai encore rien fait de ma vie, je chuchote en détournant les yeux.

– Possible, mais tu n'en es qu'au début, me dit-il avec tendresse. Le meilleur est à venir.

Il plonge ses yeux dans les miens. Quelque chose crépite, lumineux, entre nous, une fulgurance qui me coupe le souffle, qui me donne la fièvre.

Il a raison. Le meilleur est à venir… Ce soir.

– Viens, dis-je et à nouveau, je lui prends la main. Je voudrais te montrer quelque chose.

Je l'entraîne dans la maison, jusqu'à la salle de musique, comme en suspension au-dessus de l'océan avec sa baie vitrée qui court sur tout un pan de mur. Dehors, il fait nuit noire maintenant, on ne distingue que les méandres de la baie. J'allume et aussitôt une lumière chaude baigne la pièce.

– C'est donc ici que la magie opère, dit Ryland en regardant autour de lui.

Il s'approche du piano à queue, fait glisser ses doigts sur les touches ivoire, pianote une mélodie.

– Mais… Tu sais jouer ?, je m'exclame, stupéfaite.

– Pas vraiment, répond-il en souriant. J'ai juste appris quelques accords, ici et là, à force de traîner dans les bars.

Je brûle d'en savoir plus. Le passé de Ryland reste un mystère pour moi. Oui, il m'a parlé de son enfance ici, à Beachwood Bay, mais sur ses années d'errance, rien. Et je me pose des questions. Qu'a-t-il fait tout ce temps ? Que faisait-il, le soir où je l'ai rencontré à Vegas ? Quelque chose, pourtant, me retient de l'interroger à ce sujet. Je suis bien placée pour le savoir. Certaines choses sont trop intimes, trop secrètes pour pouvoir les partager comme ça.

La confiance se mérite, elle ne se force pas.

Je vais m'asseoir sur le canapé, m'empare de la guitare que j'y ai laissée le matin même. Ryland sourit.

– Aurais-je droit à un concert privé ?

– Peut-être, je réponds, la gorge serrée. À condition que tu me promettes de ne pas te moquer, j'ajoute, sur mes gardes.

– Jamais de la vie, dit-il en venant s'asseoir à côté de moi. Mais tu n'es pas obligée, si tu ne le sens pas. Je sais que ce n'est pas évident pour toi.

D'une certaine manière, sa confiance me donne du courage. Je pose la guitare sur mes genoux, caresse deux cordes.

– Ce n'est pas fini, dis-je, encore mal à l'aise.

Comme s'il sentait ma nervosité, Ryland se retourne et s'allonge sur le canapé, tête sur mes genoux. De cette façon, il ne me voit pas.

– Peu importe ce que tu joues, dit-il, les yeux rivés sur l'océan devant nous. Je veux juste t'entendre.

Sans son regard fixé sur moi, je reprends confiance. Je me mets alors à jouer la mélodie qui me trotte dans la tête depuis des semaines maintenant et peu à peu, tout s'efface, ne reste plus que la musique, et Ryland et cette chanson qui s'échappe de mes lèvres, comme si elle n'attendait que ça.

– *L'été se meurt / repeint le monde / et à chaque fois je retombe dans le passé / Jusqu'à cette nuit où tu m'avais dit / Que c'était pour la vie / Et la vie aujourd'hui est semblable au néant, depuis que tu es parti.*

L'écho des dernières notes se tait. Je pose la guitare et regarde Ryland, en quête d'une réaction, à nouveau l'angoisse au ventre. Il se relève sans hâte, s'assied et me fait face.

– C'est toi qui as écrit ça ?

Je hoche la tête.

– C'est beau. Tu as vraiment du talent.

Je rougis, gênée, mais il se rapproche.

– Je suis sérieux, insiste-t-il en écartant avec douceur une mèche sur mon front. Même si tu ne remportes pas ce concours, surtout, ne renonce pas. Il faut que les gens entendent ta musique. Elle mérite d'être écoutée.

– Tu le crois vraiment ?, je chuchote en le regardant dans les yeux, le cœur empli d'espoir.

– Absolument.

Ryland murmure ce mot tout en se penchant sur moi et je sens son souffle chaud, si doux sur mes lèvres. Sa tendresse me submerge et une fois de plus, je m'émerveille. Comment un homme aussi fort, aussi viril, peut-il me toucher comme ça, me faire me sentir comme si j'étais la chose la plus précieuse, la plus délicate au monde ?

Mais je ne suis pas en verre. Je ne risque pas de me casser. Et à cet instant, le désir en moi veut plus de lui que de tendres baisers. Je m'accroche à sa chemise, l'attire contre moi et prends sa bouche, noue ma langue à la sienne, tous mes sens le réclament.

Ryland laisse échapper un gémissement, puis je me retrouve sous lui, son corps pesant de tout son poids sur le mien et je me cambre, subjuguée par son contact. Je glisse mes mains sur son dos, le presse contre moi et arrache ma bouche à ses lèvres brûlantes pour couvrir son visage, son cou de baisers. Fébrile, je bataille avec les boutons de sa chemise, la lui arrache. J'ai besoin de goûter sa peau.

Je le lèche plus bas et je sens son corps qui se tend.

– Wow…, dit-il, d'une voix incertaine, mais je continue de l'embrasser, de faire courir ma langue sur son torse, de le mettre au supplice avec ma bouche, tandis que mes mains s'égarent sur lui, de plus en plus bas.

Je n'entends plus que mon sang rugir dans mes veines, me délecte de ses soupirs, de ses tressaillements sous mes doigts.

Cette fois, c'est son plaisir que je veux. Je veux explorer son corps, chaque centimètre carré de sa peau.

Au prix de quelques contorsions, je réussis à lui échapper pour me retrouver à présent à le chevaucher, puis je me redresse au-dessus de lui, pèse sur son érection entre mes cuisses. Je bouge contre lui et Ryland va et vient avec moi. Il m'embrasse à pleine bouche, je gémis, n'en pouvant plus de désir. Il fait alors glisser une première bretelle sur mon épaule, puis la deuxième. Ma robe cède et dévoile ma poitrine, mais c'est à peine si je sens un souffle d'air sur ma peau avant que la bouche de Ryland vienne sur moi et lèche mes seins avec gourmandise. Je frissonne, me presse à la rencontre de sa bouche alors qu'il joue et me torture à grand renfort de baisers. Et c'est quand je crois ne plus pouvoir supporter de tels supplices qu'il prend le bout de l'un de mes seins entre ses lèvres, me mordille et me suce.

Je perds la tête.

Le désir m'engloutit, un raz de marée plus fort que tout. J'ai besoin de lui comme je n'ai jamais eu besoin de personne avant. Je le repousse, ivre de sensations, et rampe sur son corps, couvre de mille baisers son ventre musclé et ses abdos, de plus en plus bas.

Puis je défais sa ceinture. Le corps de Ryland se fige.

– Tegan ?

Je devine sa question. Je relève la tête et le regarde, ce désir qui rougeoie dans ses yeux, son visage tendu par les efforts qu'il déploie pour garder le contrôle.

– J'ai envie de te toucher, je chuchote en faisant glisser mes mains sur la taille de son jean.

Je le caresse à travers le tissu, frémis au renflement brûlant de son érection. Ryland respire avec frénésie et je souris avec un sentiment de toute-puissance. C'est mon tour…

25.

Ryland se laisse retomber sur le canapé et je fais descendre son jean sur ses jambes. Pour me faciliter la tâche, il relève les hanches et bientôt, il est là, nu devant moi, dans toute sa puissance, toute sa beauté.

Je le dévore des yeux tout en promenant mes mains sur sa peau ambrée par l'éclat doré de la lampe et le soleil, suis le sillon de duvet noir qui plonge et plonge…

Puis c'est son sexe dur et long qui frémit sous mes doigts.

Il est la perfection incarnée. Beau et souverain, et totalement à ma merci.

Je referme la main autour de lui et je regarde son visage changer, ce moment où il s'abandonne à mes doigts, au plaisir que je veux lui donner.

Il serre les poings. Je me penche, et tout doucement le prends dans ma bouche.

– Tegan, gémit-il.

L'entendre m'implorer comme ça m'électrise. Je m'affaire, le lèche et l'attire dans ma bouche et le prends dans ma main et caresse ses couilles tout en le prenant plus profondément en moi, jusqu'au fond de ma gorge. C'est si intime, si érotique, que je sens mon corps secoué de spasmes d'excitation, une chaleur ardente se former entre mes cuisses alors que je le goûte, le savoure et m'enivre de son odeur, de sa saveur. Ryland suffoque, gémit, se cambre pour se coller à ma bouche alors que je le prends tout entier entre mes lèvres, le suce sur toute sa longueur, jusqu'à l'avoir totalement enfoncé dans ma bouche, puis je relâche la pression et le lèche tout le long.

Mon sang rugit dans mes veines. Mon corps est en feu. Oh, j'ai tellement envie de lui que j'en ai le souffle coupé.

Chaque caresse, chaque mouvement de langue autour de lui m'aspire en peu plus loin dans une sorte de brume de désir, jusqu'à ce que plus rien n'existe au monde que le martèlement de mon cœur, cette folie qui me guette et le corps de Ryland.

Il enfouit ses mains dans mes cheveux, son corps brûlant de fièvre et bandé sous moi, son sexe dans ma bouche.

Il est à moi, je pense avec un sentiment possessif d'une extrême férocité. *Tout à moi. Offert à mes mains, ma bouche, ma curiosité.*

Et il m'appartient de le rendre fou.

Je fais courir ma langue tout autour de lui et il rugit cette fois. Puis je le prends tout au fond de ma bouche et accélère le tempo. Je le suce avec frénésie maintenant, et la fièvre qui s'empare de moi est telle que bientôt je laisse échapper un gémissement de désespoir.

Alors soudain, Ryland me saisit par les poignets et m'attire sur lui, puis il me fait basculer et je me retrouve plaquée sous lui, sur le canapé.

Il place mes mains au-dessus de ma tête et me maintient ainsi, prisonnière. J'en frémis d'excitation, me cambre à la rencontre de son corps, mais Ryland me sourit, espiègle.

– Patience, mon chou, murmure-t-il. J'attends ça depuis trop longtemps pour précipiter les choses.

Il promène ses yeux sur moi, me déshabille d'un seul regard. Je n'en peux plus de le désirer, alors je me débats, tente de lui faire lâcher prise pour me libérer.

Ryland rit, dépose un baiser sur mes lèvres.

– Nous avons toute la nuit devant nous, murmure-t-il et soudain, sa main survole mon corps, effleure puis joue avec mes seins de plus en plus lourds, de plus en plus durs, et bientôt je sanglote presque sous ses caresses.

– Je t'en prie, je l'implore, au bord de la démence.

J'ai besoin de sentir son corps, son sexe délicieux plonger en moi.

– Ryland, je t'en prie…

– Que veux-tu de moi ?, demande-t-il avec un sourire diabolique. Ma bouche, là ?

Et il se penche sur moi et prend le bout de mon sein entre ses dents. Je crie.

– Ou peut-être mes mains… Ici ?

Et ses doigts descendent sur mon ventre, jusqu'à ce point de désir intense entre mes cuisses.

Je manque m'évanouir quand il me touche à travers ma petite culotte, déclenchant une série de séismes dans tout mon corps.

Je me presse contre sa main, supplie.

Le sourire de Ryland disparaît. Ses yeux se perdent dans les miens, des yeux presque fous, alors qu'il enlève ma culotte.

Je retiens mon souffle. Impossible de détourner le regard, totalement absorbée par l'éclat noir de ses yeux et la sensation de ses mains sur mon corps, tandis qu'il se penche pour prendre ma bouche tout en glissant deux doigts en moi.

Oh oui.

Je suffoque, perdue dans la sensation étourdissante de sa langue qui plonge dans ma bouche, de ses doigts qui viennent en moi et m'explorent implacablement. Je perds conscience, tombe en lui, gémis et rugis et me débats alors qu'un plaisir inouï menace de me submerger, presque trop puissant, à la limite de l'insoutenable.

– Attends, je l'implore. Je veux que tu viennes en moi.

Ryland me lâche et m'abandonne.

Je reste allongée, inerte, désemparée par son absence, quand je le vois attraper son jean par terre et sortir son portefeuille de la poche arrière. Il prend une capote, l'ajuste sur lui, puis revient à moi, me couvre de son corps.

J'en pleurerais presque, tant le contact de sa peau m'a manqué durant ces quelques secondes.

Il se redresse sur un coude et fait courir sa main avec douceur sur moi.

Ses yeux plus noirs que jamais pénètrent les miens et soudain, j'en ai le souffle coupé. L'intensité de ce moment me saisit, la signification de ce désir entre nous, plus que de simples jeux érotiques, plus que du sexe, m'apparaît dans toute sa vérité.

Cette nuit, tout va changer.

J'en ai le cœur chaviré.

Même si je sais que le sexe ne doit pas résonner comme un ultimatum du tout ou rien, je sens déjà que partager cette partie de moi-même avec Ryland a quelque chose de définitif. Et que je n'imagine même pas faire marche arrière après ça. Je lui ai déjà confié mes plus noirs secrets, mes terreurs les plus douloureuses. Mes espoirs. Mes rêves. Alors ça... C'est l'ultime rempart qui se dresse entre nous.

Avant que je ne tombe absolument, désespérément amoureuse de lui.

Ryland dépose une dizaine de tendres baisers sur mon visage et ma gorge, mais tout ce que j'entends, ce sont ces mêmes petites voix malignes qui autrefois m'ont aspirée si bas. La peur et le doute m'envahissent, cherchent à m'arracher à cet état de béatitude dans lequel je nage.

Pourquoi prendrais-tu ce risque à nouveau ?

Mon passé me revient comme une claque, lourd de regrets et de ténèbres.

Il n'y a eu personne depuis Connor. Il était mon premier, mon unique. Le seul homme auquel j'avais offert mon cœur.

Tout ça pour quoi ?

Je ne suis pas naïve au point de croire que faire l'amour avec Ryland ce soir n'aura pas de conséquences. Que rompre avec tout ce à quoi je me raccrochais encore, qu'abattre cette dernière frontière entre nous ne vaut que pour permettre au corps d'exulter. Ce n'est pas un jeu, ni une passion érotique. Pour moi, c'est comme me jeter dans le vide.

– Bébé, murmure-t-il, comme s'il devinait mes tourments intérieurs.

Il approche son visage du mien et me caresse délicatement la joue.

– Où étais-tu partie ?

Je reprends mon souffle, plonge mes yeux dans les siens. Et l'émotion que j'y vois à ce moment me subjugue.

De la conviction. De l'espoir.

De l'amour.

Il croit en moi, en nous, en dépit de tout ce qu'il a traversé. Et cette fois, cette vérité que je vois dans sa façon de me regarder, oui, elle m'emplit d'une force nouvelle.

La force de croire que notre amour peut être différent de celui que j'ai connu avec Connor.

Plus tendre, plus profond, plus vrai.

Un amour qui ne sera pas entaché de peur, un amour qui ne me poussera pas à aller trop loin, au-delà de mes limites.

Il est différent. *Je* suis différente maintenant. J'ai en moi la possibilité de l'aimer d'un amour que je n'ai jamais ressenti avant.

Sans un mot, je prends son visage entre mes mains et lui donne un baiser ardent.

Je laisse ma foi en lui, en nous, chasser toutes les ombres. Et la bouche de Ryland sur la mienne finit de balayer mes derniers doutes.

Je le veux. J'ai envie de lui.

Il m'attire contre lui, écarte mes jambes. Je retiens mon souffle, mon cœur bat à la vitesse d'un cheval au galop quand il m'embrasse et je m'enflamme à son contact, tout entière dévorée par ce brasier.

Oui.

Je glisse ma main entre nous et le caresse, si dur, si long, et le guide au plus secret de moi. Ryland relève la tête et soutient mon regard.

Le temps suspend son vol quand il me pénètre, centimètre après centimètre.

Oh.

Je retiens un cri à son contact, à le sentir m'ouvrir, m'emplir tout entière, au plus profond de moi. Je m'agrippe à ses bras, me cambre pour le prendre complètement. Le visage de Ryland se crispe dans l'effort, mais il ne détourne pas les yeux, son regard reste rivé au mien et alors, je m'abandonne, emportée par la douceur de cette invasion qui résonne à travers tout mon corps.

La sensation étourdissante de son sexe en moi.

Comme s'il ne pouvait se retenir plus longtemps, Ryland écrase ses lèvres sur les miennes.

À nouveau, je me cambre et bouge contre lui pour l'attirer encore et puis, il vient plus loin en moi, et va et vient jusqu'à l'infini. Jusqu'à ce que je ne sache plus rien et perde la tête.

Soudain, il m'entraîne et nous roulons sur le canapé et je me retrouve sur lui, ses ongles enfoncés dans mes hanches et j'expire presque à le sentir si profondément ancré en moi.

– Ryland !, je crie tandis qu'il accélère ses assauts et qu'une nouvelle déferlante de plaisir gonfle.

Je bouge sur lui, mains plaquées sur son torse, le corps habité par une fièvre nouvelle. Et je m'envole, alors que ses mains me pétrissent, que sa bouche, sa langue me dévorent les seins. Oh, c'est presque trop, cette sensation qui me transperce.

Il s'empale en moi et se presse contre mon clito, referme la bouche autour de mon sein et me suce, m'aspire et la pression est sublime, je me désintègre. L'orgasme me traverse tel un raz de marée libérateur, mais Ryland n'en a pas fini pour autant. À nouveau, il roule sur le drap et vient sur moi, surélève mes jambes, les place sur ses épaules, m'ouvrant de telle sorte que cette fois, il me pénètre plus profondément, et la sensation m'envoie plus haut encore.

Je crie sous l'effet d'un plaisir délirant lorsqu'il se fige en moi dans une ultime et pleine poussée. Je me brise, telle une vague et me casse, ballottée par l'orgasme entre ses bras.

C'est trop, trop fort, trop bon, mais Ryland à nouveau capture ma bouche pour un baiser digne d'un ouragan tout en continuant de me prendre tel un forcené. Je noue les bras à son cou, les jambes à ses reins, totalement hors de contrôle maintenant. Je ne sais même plus respirer, et je crie alors qu'il va et vient à un rythme d'enfer.

Tout ce que je peux faire, c'est me rendre à lui tout entière, mon sang telle de la lave en fusion dans mes veines et à nouveau la vague enfle et gonfle.

– Tegan, murmure Ryland, puis il reprend de plus belle sa chevauchée et nous bougeons ensemble à l'unisson et encore une fois, je crie sous l'explosion frénétique d'une extase absolue et sens son corps parcouru de frissons puis se figer en moi, vibrant sous la puissance de son plaisir.

Voilà tout ce que je veux, je pense, en état second.

Ne plus jamais revenir en arrière.

26.

Je gis sur le lit, à bout de souffle, balayée par les ultimes secousses du plaisir. Ryland à côté de moi me regarde, accrochée au canapé comme si ma vie en dépendait, encore tremblante de la violence de mon orgasme.

– Hello, chuchote-t-il en écartant sur mon visage une mèche de cheveux trempée de sueur.

– Hello, je parviens à articuler, peinant à respirer.

Je tente de remonter à la surface, mais renonce et me laisse aller à un profond sentiment de bien-être, le cœur battant, le corps lourd.

– Wow…, j'ajoute dans un soupir.

– Je t'en prie, plaisante Ryland avant de déposer un tendre baiser sur mes lèvres.

C'est plus fort que moi, je le serre fort dans mes bras, l'embrasse avec passion alors que les flammes dans mes veines peu à peu s'éteignent.

– Wow, je chuchote à nouveau.

Le plaisir me rend idiote. Je flotte encore.

– Tu te répètes, rit-il.

– Possible, mais ça le vaut bien, je réponds tout en lui prenant la main.

Je m'assieds et regarde autour de moi. Les vêtements de Ryland sont éparpillés un peu partout par terre, l'une de mes sandales est coincée sous un coussin, l'autre trône sur la table basse. Je ris, remonte les bretelles de ma robe sur mes épaules. À cet instant, Ryland m'enlace et pose la tête dans le creux de mon cou.

– Tu es ravissante avec cette robe, mais je te préfère comme ça…

Et il m'enlève ma robe, la jette avec les autres vêtements à nos pieds. Je me retourne pour lui faire face, mon cœur à nouveau s'emballe. Je me colle à lui, mon ventre nu contre le sien et le contact de sa peau sur la mienne est si doux que le désir me submerge encore une fois.

J'ai envie de m'enrouler autour de lui, mais je manque perdre l'équilibre entre accoudoir et coussins.

– Ce canapé est trop petit, je gémis.

– On peut remédier au problème, dit-il avec un sourire espiègle.

Il se laisse glisser au bas du canapé, m'attire à sa suite et son corps amortit ma chute. Je roule à côté de lui sur le tapis. Déjà, le contact de son corps pressé contre le mien me manque, mais je profite de ma liberté de mouvement pour faire courir mes mains sur sa peau, sur chaque muscle de son corps de rêve.

Je lui caresse les bras, m'arrête sur ses biceps.

– Tu n'as pas de tatouages.

– C'est grave ?, demande-t-il, interloqué.

– Non, c'est juste que j'aurais cru que tu en avais un, comme mes frères. Je pensais que c'était une façon d'affirmer sa virilité chez les mecs, tu vois ?

– Je n'en ai jamais voulu, répond Ryland avec un haussement d'épaules. Rien que de penser à un truc comme ça, inscrit pour toujours dans ta peau… C'est un peu comme si c'était fait pour te rappeler que l'on n'échappe pas à son passé.

J'en ai le cœur serré tant je comprends ce qu'il veut dire. Je déplace ma main sur son torse, l'arrête sur son cœur qui pulse sous mes doigts. Ce cœur-là a subi tant de chagrins, est torturé par tant de culpabilité. Mais quelque part aussi, ce cœur-là a su résister aux tempêtes et rester fort, rester pur.

– Tu peux tout faire, dès lors que tu l'as décidé, je chuchote. C'est quelqu'un de sage qui me l'a dit.

– C'est vrai, répond-il, tout sourire, puis il fait courir sa main sur mon dos, effleure le creux de mes reins et s'attarde plus bas, sur mes fesses. Un type comme ça, aussi sage, tu dois être très gentille avec lui…

– J'en ai bien l'intention, dis-je en riant et je me blottis contre lui.

Une douce lassitude m'envahit, j'ai l'impression de peser une tonne. Je sens son cœur qui bat doucement et c'est comme une mélodie qui m'apaise, me berce. Je m'assoupis un moment dans la chaleur rassurante de ses bras.

Soudain, une porte claque au bout du couloir.

Je sursaute, m'assieds.

– Tu as entendu ?

– Quoi ?, bâille Ryland. Reviens ici.

Il m'attire dans ses bras et je me love contre lui. J'ai dû rêver. Soudain, quelqu'un m'appelle au loin.

– Tegan ?

On se fige. Mon sang se glace. Cette voix, je la connais.

– Mon frère !, je chuchote. Vite !

Je me lève d'un bond, fouille par terre le méli-mélo de nos vêtements et remets ma robe à toute vitesse, Ryland saute dans son pantalon. C'est la panique, mais quand des pas résonnent dans le couloir et que la porte s'ouvre, on est rhabillé.

Ouf.

– Hé, salut !, je m'exclame sur un ton enjoué en me précipitant pour prendre Blake dans mes bras. Mais que fais-tu ici ? Je ne savais pas que tu venais !

Son regard bleu azur se braque sur Ryland, derrière moi, qui tente de donner le change en prenant un air désinvolte, assis sur le canapé.

– Euh, désolé… J'aurais peut-être dû appeler avant…, dit Blake en reportant son attention sur moi.

Je me recoiffe d'un geste et j'en suis sûre, ce que nous venons de faire se lit sur mon visage.

– Non, bien sûr que non. C'est super que tu sois là !, je proteste, puis j'entraîne Blake dans le couloir. Je te croyais en plein tournage, c'est tout !

Je me retourne et fais de grands gestes frénétiques à l'attention de Ryland. Sa braguette est ouverte.

– J'avais deux jours de repos, alors je suis venu te dire un petit bonjour.

Nous nous rendons dans le salon, où Blake a posé son sac. Mon cœur a retrouvé son rythme normal, mais j'ai des sueurs froides rien qu'à imaginer mon frère arrivant quelques minutes plus tôt.

À son regard rieur, je comprends qu'il se fait la même réflexion.

– Alors, si je comprends bien, c'est lui, Ryland ?, demande-t-il. Il a l'air… un peu essoufflé.

Je le bouscule gentiment, rougis, mal à l'aise.

– Arrête !

– J'espère au moins que tu prends tes précautions, ajoute-t-il, narquois.

– La ferme !

Je ne sais plus où me mettre avec ses allusions, mais surtout, je suis heureuse que ce soit Blake et non Dex qui débarque comme ça, à l'improviste. À la minute où Dex se serait trouvé face à Ryland, il lui aurait sauté dessus pour lui mettre une raclée, quant à Ash… Eh bien, mon frère aîné, à cette heure, il serait probablement en train de nous crier dessus comme un sauvage.

Au moins Blake, lui, prend ça avec humour.

– Pardon d'avoir interrompu ta petite fête, sœurette, dit-il en me serrant dans ses bras avec tendresse. Mais après le coup de fil de Zoey…

– Je vais bien !

– Je sais, répond-il avec calme. Mais bon, j'avais besoin de faire un break de toute façon.

J'hésite, le dévisage. Lui toujours si impeccable, si photogénique avec sa belle gueule zéro défaut de jeune premier, il paraît aujourd'hui bien las et son charisme habituel semble bien terne.

– Qu'est-ce qui ne va pas ?

– Rien, la routine, répond-il avec un haussement d'épaules. Les désaccords éternels entre mon agent et la direction des studios. Tout ce petit monde a une idée très précise du film dans lequel je devrais tourner après celui-là. D'après eux, je suis aux portes de la gloire. Ce prochain film marquera un tournant dans ma carrière.

– Oh, mon pauvre garçon, quelle tragédie, je le taquine, avant de le serrer contre mon cœur, pour qu'il comprenne que je plaisante.

Une toux discrète derrière nous. Ryland est là, braguette refermée, avec un air penaud. Il tend la main à Blake.

– Ryland James, enchanté.

– Enchanté, répond Blake et tous deux échangent une vigoureuse poignée de main. Désolé d'arriver comme ça, sans prévenir.

– C'est, euh, pas de problème.

Je n'ai jamais vu Ryland aussi gêné, mais bon, après tout, il a failli se faire surprendre avec la petite sœur du monsieur dans une situation très compromettante.

La prochaine fois, je veillerai à fermer la porte à clé.

– Bon, je vais y aller, me dit Ryland.

– Prends la Mustang, lui dis-je en attrapant les clés, sur la console.

– Wow ! Tu lui confies Dolly ?, s'exclame Blake. C'est du sérieux, dis donc. Quand j'ai voulu lui emprunter sa caisse, l'année dernière, elle m'a menacé de me botter le cul, ajoute-t-il à l'attention de Ryland.

– Ryland a passé plusieurs semaines à la réparer, dis-je. Et puis, il conduit avec prudence, lui…

– Ah, ça, c'est une menace à peine voilée, rigole Blake. Je préfère te prévenir, au cas où tu ne connaîtrais pas encore ce ton.

– J'essaie d'apprendre, dit Ryland, visiblement soulagé par l'attitude amicale de Blake.

Quant à moi, je ne suis pas dupe : Blake a beau donner l'impression d'être un mec cool, mieux vaut ne pas lui chercher des problèmes.

– Je t'accompagne, dis-je en me dépêchant de les interrompre, avant que le face-à-face ne dégénère en pugilat, on ne sait jamais.

Je prends le bras de Ryland et l'entraîne jusqu'à la porte.

– Je suis vraiment désolée, je chuchote. C'est dingue, ça fait deux fois que nous sommes interrompus. Ma famille arrive toujours au mauvais moment.

– C'est pas grave, répond Ryland, il sort, puis me fait face et m'embrasse sur le front. En fait, si je comprends bien, tu es une vraie pochette-surprise. Toi, Zoey, tes frères...

– Oh, tu n'es pas fâché, dis ?, je demande, prise de panique. J'ai essayé de leur faire comprendre qu'ils devaient apprendre à me laisser vivre, mais...

– T'inquiète pas, me sourit Ryland. Ils veulent juste prendre soin de toi, je comprends ça. J'aurais dû en faire autant pour Brit.

– Il ne va pas rester longtemps, dis-je, soulagée. Et cela ne nous empêche pas de nous voir.

– Demain ?

– Oh oui, s'il te plaît, je réponds avec empressement.

– Demain alors, dit-il, puis il approche son visage du mien et me murmure à l'oreille. Parce que ça ne fait que commencer, bébé...

Je retiens mon souffle. Ses yeux scintillent dans la nuit alors qu'il fait courir ses doigts sur mon bras nu.

En un éclair, mon corps revient à la vie, crépite.

– Fais de beaux rêves, dit-il, après un dernier baiser sur mes lèvres.

Puis il s'éloigne, m'abandonnant en train de me liquéfier de désir, juste là sous le porche.

Comment pourrai-je survivre sans lui jusqu'à demain ?

Impossible de fermer l'œil. Cette fois, ce ne sont pas mes cauchemars de Connor qui me maintiennent éveillée, mais je ne cesse de penser à Ryland. Hantée par des souvenirs érotiques, torrides. Je suis là allongée, à tourner et me retourner dans mon lit, à batailler avec les draps et je revois le désir dans ses yeux, ressens les tourments délicieux de ses mains sur moi…

Et son corps qui me pénètre. Ce plaisir que je n'imaginais même pas ressentir un jour.

J'ai l'impression d'être en feu, ma peau consumée par une fièvre que le vent frais qui s'engouffre par la fenêtre grand ouverte échoue à apaiser. Mon cœur continue de battre avec frénésie et mon corps de supplier, de le vouloir. Lui. Rien que lui.

J'empoigne l'oreiller et laisse échapper un grognement de frustration. Je devrais me sentir repue, comblée, mais le désir en moi est plus vorace qu'avant. Depuis notre rencontre, l'envie ne cesse de me tenailler, de brûler en moi, toujours plus profonde. Le moindre baiser, la moindre caresse ne fait qu'attiser les flammes, qu'alimenter ce brasier qui me consume tout entière. Maintenant que je sais à quoi ça ressemble de le posséder, mon désir est décuplé. Et tout ce que je peux faire, c'est revivre ces instants magiques entre nous. Le goût de sa peau sous mes lèvres. De son corps sous mes doigts…

Mes mains s'égarent sur mon corps, comme sous l'emprise d'une force extérieure. Je porte un vieux T-shirt et un short de sport, mais je me sens sexy et vivante en imaginant les doigts de Ryland errant sur ma poitrine gonflée, jouant avec le bout de mes seins si durs, douloureux à force de désir.

Mon souffle s'accélère. Je n'en peux plus, j'attrape mon téléphone.

Je ne peux pas dormir. J'ai envie de toi.

J'appuie sur « envoi » et attends sa réponse, toute fébrile après cet aveu. C'est comme si Ryland pouvait me voir, glisser ses mains sous mon T-shirt et sur mon ventre nu. Comme s'il voyait mon corps vibrer à son contact, tout ça juste en pensant à lui.

L'écran de mon téléphone s'allume avec sa réponse.

J'ai encore plus envie de toi, tellement plus.

Je souris, le souffle court. Sur une impulsion, au lieu de lui renvoyer un texto, je compose son numéro. Il répond à la première sonnerie.

– Hello.

Sa voix est douce, profonde et me pénètre, voluptueuse.

– Hello, je réponds dans un soupir.

Un long silence, mais je sens l'électricité qui passe entre nous, comme un câble sous haute tension qui nous relie dans la nuit.

– Où es-tu ?, je chuchote, même si Blake, qui dort en bas, ne peut m'entendre.

– Dans la chambre d'amis de Brit, répond Ryland, sur le même ton de la confidence. Elle a insisté pour que je dorme dans un vrai lit, pour une fois.

– Les vrais lits ont leurs avantages, je plaisante. Un matelas moelleux… Des oreillers… L'intimité d'une chambre…

– Et personne pour venir nous interrompre au mauvais moment, finit Ryland en riant.

– Que pourrais-je bien faire pour que tu me pardonnes ?

– Que proposes-tu ?

– Tout ce que tu veux.

Un silence, long silence, et je jurerais entendre son souffle s'accélérer. Il est là-bas, quelque part, allongé dans un lit comme moi. Le silence s'éternise, mais pas un silence gêné, inconfortable, ça semble juste naturel. Nous n'avons pas besoin de parler, je sais qu'il pense à moi.

Qu'il me désire.

Je laisse échapper un soupir, tremblante. Je me sens tellement connectée à lui, en dépit de ces kilomètres entre nous. Je connais la sensation de ses bras autour de moi, j'entends les battements de son cœur. Je connais son odeur, je sens son corps contre le mien.

Je connais sa saveur.

– Tu me manques, je soupire, souffrant dans ma chair de son absence.

De ce lit trop grand sans lui. Je l'ai vu il y a deux heures à peine, pourtant, mon cœur saigne. Ce n'est pas assez. Des heures, des jours, des semaines, il semble que je n'en aurai jamais assez de lui.

– Toi aussi, tu me manques, chérie, murmure-t-il en retour et je sens le désir qui me submerge à ses paroles. On se voit demain.

– Demain, c'est trop loin.

– Je sais, répond-il en riant. Mais ça ne fait rien. Ce n'est que le début.

Ses mots me font tressaillir.

Le début...

Je retiens mon souffle, surprise par ces larmes qui viennent tout à coup me piquer les yeux. Des larmes de bonheur. J'ai envie d'un futur avec lui, d'un millier d'autres nuits comme celle-ci. Parler, rire, partager nos secrets les plus enfouis. Jusqu'à aujourd'hui, je ne me suis jamais projetée au-delà de quelques jours, mais soudain, je vois un avenir se déployer devant nous, une vertigineuse succession de jours simples et heureux, de nuits passionnées et magiques.

Un avenir dont je n'aurais jamais osé rêver. Avec l'homme qui a déjà bouleversé mon existence sur tant de plans.

Et c'est pour de vrai.

Je frémis, me recroqueville sous la couette.

– Je n'ai pas envie de te dire bonne nuit, dis-je avec douceur.

– Alors ne le dis pas. Je suis là, avec toi.

Le silence me submerge, profond, bienveillant. Je m'allonge, détendue à présent, écoute l'écho délicat de sa respiration qui se confond avec le va-et-vient des vagues au loin, en cadence. Une mélopée qui me berce, me réchauffe à la perspective de tous les possibles, puis je finis par glisser dans le velours des ténèbres.

Ce n'est que le début.

27.

– Ton petit ami a appelé, me lance Blake, mine de rien, devant son petit déjeuner, le lendemain matin, comme s'il venait juste de se rappeler.

Je relève vivement la tête de mon assiette remplie de pancakes. J'attrape mon téléphone, fébrile, mais il n'y a aucun message.

– Ryland t'a appelé ? Toi ? Pourquoi ?

– Parce qu'il sait ce qui est mieux pour lui, répond Blake avec un sourire suffisant. Voilà pourquoi.

Il avale une gorgée de café, puis regarde par la fenêtre du snack, comme si de rien n'était, exprès pour me faire enrager.

Après l'intensité de la nuit dernière avec Ryland, je suis presque surprise de voir le monde tourner encore sur son axe. Être assise là, dans cette salle inondée de soleil, avec Springsteen en fond sonore et les serveuses qui vont et viennent, comme si rien n'avait changé.

Alors que tout est différent, comment se fait-il qu'ils ne le comprennent pas ? Tout est tellement plus lumineux, plus doux, les contours du monde plus nets. La vie si pleine de vie.

Mon cœur si plein d'amour.

– Que voulait-il ?, je demande, anxieuse.

Blake bâille, nonchalant. Puis il mâche une tranche de bacon. Et se gratte les joues.

C'en est trop.

– Aïe !, s'exclame-t-il en se frottant le mollet sous la table, mollet dans lequel je viens de donner un coup de pied. Pourquoi t'as fait ça ?

– Parce que tu m'énerves, abruti ! Alors, que voulait Ryland ? Je te préviens, si tu ne veux pas rentrer à Hollywood avec tes jambes parfaites couvertes de bleus…, je m'emporte, menaçante, ne plaisantant qu'à moitié.

– Mes jambes ne sont pas parfaites, marmonne-t-il. Elles sont « super sexy et masculines », rétorque-t-il, citant un article paru sur lui dans *Vanity Fair*, le mois dernier. La journaliste était manifestement tout émoustillée…

– J'ignorais que tu lisais les magazines qui parlent de toi. Bonjour l'ego !

– Oh, j'en lis un de temps en temps, avoue Blake en souriant. Tu ne vas pas me le reprocher. La moitié des rôles que j'ai décrochés, c'est grâce à la une de *US Weekly* que j'ai faite. Rien à voir avec mes talents d'acteur.

– T'as raison, dis-je en lui tapotant la main, compatissante. Ça doit être dur d'être jugé sur sa belle gueule à longueur de journée.

Blake me fusille du regard.

– Rien que pour ça, je ne te dirai pas ce que voulait ton petit ami.

– Oh non, excuse-moi. S'il te plaît. Pitié. Je me mets à genoux si tu veux…

Blake s'esclaffe devant ma mine déconfite.

– Allez, ça va. Il a appelé pour savoir si on voulait venir à un barbecue, cet après-midi. Sa sœur et son mari nous invitent.

– Brit et Hunter, dis-je, avec un sentiment de déception.

J'avais d'autres projets en tête, pour nous. Cette chambre fermée à double tour, dont nous avons tant parlé.

– On n'est pas obligé d'y aller, dit Blake, devant ma réaction.

– Quoi ? Oh non, je ne pensais pas à ça. Brit est super, je n'ai pas encore rencontré Hunter, mais je suis sûre que c'est un mec sympa. Non, ça va être génial, dis-je, enthousiaste maintenant à cette perspective.

Je me réjouis de revoir Brit, et ce n'est sans doute pas plus mal que Blake apprenne à connaître Ryland, dans un autre environnement. Dans d'autres circonstances, moins embarrassantes. Braguette fermée.

– Tu l'aimes bien, pas vrai ?, demande-t-il en m'observant avec attention.

Je sens mes joues qui s'embrasent. Je hoche la tête.

– C'est rien de le dire.

– Hmmm…

Blake ne trahit aucune émotion, il me pique un morceau de bacon et ajoute simplement.

– Garde juste en mémoire ce qu'ont dit les thérapeutes à *Pinecrest*, d'accord ?

– Blake…, je soupire, agacée, mais il m'interrompt.

– Tu n'es pas censée sortir avec qui que ce soit, pas avant plusieurs mois. Tu ne dois pas chercher à remplacer Connor.

– Je ne cherche pas à remplacer Connor, je réponds avec calme, mais le regard que je lui lance est en acier trempé.

Blake encaisse. Puis il détourne les yeux.

– Bon, il y a un supermarché, dans le coin ? J'ai promis d'apporter les steaks.

Le reste de la matinée, Blake évite soigneusement de revenir sur le sujet. Le temps s'est gâté, mais on reste sur la plage, lui avec une pile de scénarios à lire, moi avec mon carnet de chansons. Jouer pour Ryland, la nuit dernière, m'a inspirée. Je gratte quelques accords sur ma guitare, note des idées pour le refrain, fredonne de nouvelles notes.

Une sorte de frénésie s'est emparée de moi. Des mélodies éclosent dans ma tête, des paroles par centaines qui toutes ne parlent que de lui.

Je ne vois pas le temps passer. Et déjà, il est l'heure d'aller retrouver Ryland et sa famille, au ranch.

Je me change trois fois, ne sachant que mettre, avant de jeter finalement mon dévolu sur un jean bleu foncé et un top blanc ajouré sous un cardigan rouge.

– Très patriote, rigole Blake en tirant d'un coup sec sur ma queue-de-cheval quand je monte en voiture. Tu te crois le jour de la fête nationale ? Le 4 Juillet est déjà loin…

– Tu étais là, toi peut-être ce jour-là ? Monsieur faisait le beau au Mexique, avec cette fille bouffeuse de quinoa !

La dernière conquête de Blake était l'une de ces filles de L.A., abonnées au yoga et aux régimes détox. Elle ne se nourrissait quasiment que de germes de soja, y compris au petit déjeuner.

Blake démarre dans un éclat de rire.

– Elle ne pouvait pas t'encadrer, tu sais.

– Oh, je sais, je réponds en souriant. Le jour où tu as rompu avec elle, j'ai fêté ça avec un cheeseburger XXL et une grande frite.

– C'est quand même dingue que je ne puisse pas garder une fille, soupire Blake. Tu les fais toutes fuir.

– Si tu ne peux pas garder une fille, c'est parce que tu as mauvais goût, je réplique. Kayla ? Lulu ? Et, euh... Mitzi ?, j'ajoute en gloussant. Chaque fois que tu prononçais son nom, à celle-là, je m'attendais à voir un chinchilla venir frétiller à tes pieds.

Blake essaie de ne pas rire, mais c'est raté.

– C'était une fille très sympa.

– C'était surtout un mannequin Victoria's Secret avec de gros seins et un QI au ras des pâquerettes. Je me demandais ce que tu lui trouvais, mais c'est évident.

– On s'est bien amusé ensemble, dit Blake, songeur.

– S'amuser, ça ne suffit pas, dis-je en secouant la tête. Ce qu'il te faut, c'est trouver une fille qui se moque complètement de toute cette pourriture d'Hollywood. Une fille qui a envie d'être avec toi, pas juste de se pendre à ton bras pour fouler le tapis rouge à l'occasion d'une avant-première.

– Je n'ai pas de temps à consacrer à ce genre de choses, répond Blake avec un sourire en coin. Tu peux te moquer de moi avec Mitzi, Kayla et les autres, n'empêche, elles étaient cool. Dans l'immédiat, je n'ai pas l'énergie pour quelque chose de plus sérieux. Tout va tellement vite. Jusqu'à Noël, je n'aurais pas une minute à moi, même pas un jour de vacances.

– Wow, je ne me rendais pas compte.

– Voilà pourquoi je ne suis pas en mesure de me lancer dans une histoire sérieuse maintenant, ajoute-t-il. Je connais mes limites.

Je sens mon cœur se serrer.

– J'ai comme l'impression que je vais avoir droit à un autre sermon…

– Tout simplement parce que tu sais que j'ai raison, répond Blake avec tendresse. Tu es venue ici en quête d'une espèce d'échappatoire et tu t'es jetée direct dans les bras de ce mec. Et je suis sûr que tu ne sais rien de lui, excepté qu'il bosse comme simple garagiste dans cette petite ville de province…

– Hé !, je proteste avec véhémence. Ne prends pas ce ton méprisant.

– Désolé, tu as raison. Tu le sais, l'argent, la frime, tout ça ne signifie pas grand-chose pour moi, s'excuse Blake. Mais ce que je veux dire, jusqu'où ça va aller ? Combien de temps prévois-tu de rester ici ?

– Je l'ignore, je réponds dans un soupir.

– Et que comptes-tu faire de ta vie ?

Mon désarroi doit être limpide, car sa voix se radoucit.

– Je ne cherche pas à te faire angoisser, je m'inquiète juste pour toi, c'est tout. Tu vis une sorte de liaison passionnée, mais est-ce suffisant ?

Il s'interrompt, mais je connais la fin de sa phrase. *N'est-ce pas ça qui t'a valu tant de problèmes, la première fois ?*

Sa remarque me blesse au plus profond.

– Je n'ai peut-être pas besoin de raison pour être avec Ryland, je réplique, hargneuse. Et puis, dis-moi, qui choisit ses nanas en fonction de leur célébrité ou de leur beauté, dans le seul but de faire la une des magazines people ?

À la seconde où les mots s'échappent de ma bouche, je le sais, je vais trop loin. Mais pas question de m'excuser, pas après la façon dont il a parlé de Ryland.

Silence.

– C'est là ?, demande Blake, la voix crispée, en désignant un embranchement. Au bout de la petite route, c'est le ranch.

Une minute encore et on est arrivé.

Irrésistible dans son jean destroy et son T-shirt délavé, Ryland vient nous accueillir chaleureusement sur le pas de la porte.

– Salut !, lance-t-il sur un ton enjoué et il m'embrasse sur la joue.

J'en suis toute retournée, comme si c'était notre premier rendez-vous et rien qu'à le voir, je sens mes joues s'embraser.

– Vous avez trouvé facilement ?, demande-t-il. On se perd vite, sur ces petites routes.

– Ouais, c'est bon, répond Blake sèchement.

Ryland marque un temps d'arrêt, nous regarde l'un et l'autre.

– Hmm, bien. Brit et Hunter sont dans le jardin, derrière. Le barbecue chauffe plein pot.

– On a apporté la viande, dis-je, mal à l'aise, en lui tendant la glacière.

– Merci, répond Ryland. Allez, venez, je vais vous servir quelque chose à boire.

Il me prend la main et on pénètre dans la maison, direction la cuisine, Blake dans notre sillage.

– Tout va bien ?, me chuchote-t-il.

– Je te raconterai, je réponds à voix basse.

Ryland acquiesce d'un hochement de tête et se tourne vers mon frère.

– On a des sodas, jus de fruits, bière…

– Une bière, merci, répond Blake, toujours aussi tendu.

– Tout de suite, dit Ryland et il sort une cannette du réfrigérateur, la lui tend.

– Je vais faire un tour dehors, marmonne Blake qui me lance un regard noir avant de sortir de la pièce.

Par la porte grande ouverte, je le vois rejoindre Brit et son mari qui s'affairent devant le barbecue.

– J'ai dit quelque chose qu'il ne fallait pas ?, demande alors Ryland sur un ton enjoué en venant derrière moi.

Il glisse ses bras autour de ma taille et dépose un baiser sur mon épaule.

Le seul contact de son corps suffit à balayer ma nervosité.

Je laisse échapper un soupir, m'abandonne avec délice contre lui.

– On s'est un peu accroché, dans la voiture. Il s'inquiète pour moi. Il craint que je n'aille trop vite avec toi.

Ryland me fait me retourner et plonge ses yeux dans les miens, ses mains sont chaudes sur mes hanches.

– Et toi, tu trouves que ça va trop vite ? Je ne… Je voulais juste que l'on passe tous un bon moment avec Brit et Hunter.

– Ce n'est pas ça, je m'empresse de protester, même si, maintenant que j'y pense, nous nous sommes présentés à nos familles respectives à présent. C'est un pas important. Officiel.

Je détourne les yeux, puis m'oblige à le regarder à nouveau.

– C'est juste que… À *Pinecrest*, avant de sortir, ils m'ont conseillé de ne pas me lancer tout de suite dans une autre relation. Parfois, les gens opèrent un transfert, passent d'une histoire à l'autre directement, sans avoir rien résolu de leurs problèmes.

Le visage de Ryland s'assombrit, mais il garde son regard rivé au mien.

– Et tu crois que c'est ce que tu fais en ce moment ?, me demande-t-il, sur ses gardes. Tu crois que tu es avec moi pour tenter d'oublier Connor ?

– Non !, je m'exclame en lui serrant les bras. Ce qu'il y a entre nous ne ressemble à rien de ce que j'ai connu avec Connor, j'insiste. Tu n'imagines pas… Tout ce que je ressens avec toi, Ryland, nuit et jour, sans arrêt…

Je soutiens son regard, il faut que je sois brave, qu'il comprenne que je lui dis la vérité.

– Je n'ai jamais éprouvé ça avec personne. Toi et moi, c'est… C'est tellement beau et doux, pas du tout contaminé par la peur et le doute, comme j'en avais l'habitude, avec lui…

Je me tais, cherche les mots pour lui expliquer comment avec lui, tout a changé.

– Je pensais que l'amour était une force hors de contrôle, comme faire un tête-à-queue en bagnole, tu ne peux que t'accrocher et prier. Mais toi…

Je pose la main sur son torse, juste sur son cœur. Je dois absolument lui dire ce qu'il a besoin d'entendre.

– Avec toi, je me sens forte, vivante et protégée, je chuchote. Il n'y a jamais eu personne comme toi, Ryland. Et il n'y en aura jamais.

Son expression change, la tension disparaît. Une joie intense illumine ses yeux.

Je n'ai pas le temps de rajouter quoi que ce soit, il m'enlace et s'empare de ma bouche pour un baiser vibrant de passion.

Cette fois, je peux sentir l'émotion entre nous, entendre les non-dits, les promesses, l'espoir. Cette chose entre nous, elle est vraie, j'en ai pris conscience la nuit dernière, mais aujourd'hui, blottie dans ses bras, cette vérité, je la sens dans chaque cellule de mon être.

C'est ici qu'est ma place. Avec lui.

Le temps se fige, puis quelqu'un toussote derrière nous. Ryland me lâche, c'est Brit, qui sourit, pleine de malice.

– Hello, Tegan ! Je suis contente que vous ayez pu venir, ton frère et toi.

– Merci pour l'invitation, je réponds, gênée, en m'écartant de Ryland.

– Tu rigoles ?, s'exclame Brit en allant chercher un saladier sur le comptoir. Hunter a pété les plombs quand il a su que Blake Callahan était à Beachwood. C'est un super acteur. Hunter aime particulièrement ce film qu'il a tourné dernièrement, sur la mafia.

– Il l'a vu ?, je m'exclame, impressionnée, car c'est un petit film indépendant, qui n'a quasiment rien rapporté, mais encensé par la critique. Surtout, ne le répète pas à Blake, son ego va exploser !

– Trop tard, répond Brit en regardant dehors, Blake et Hunter en pleine conversation.

Hunter fait de grands gestes, comme illuminé, en transe. Blake de son côté a retrouvé le sourire. J'espère que l'enthousiasme de Hunter va effacer le malaise créé par notre dispute.

– Et comment ça se passe, avec la robe ?, je demande en suivant Brit dans le jardin, avec les assiettes.

Sur une table en bois, au milieu de la pelouse, il y a un bouquet de fleurs fraîches et des plats qui ont l'air succulent, pâtes et légumes variés.

– La robe de mariée ? Elle est sublime, répond Brit avec fierté. La cérémonie a lieu la semaine prochaine et la rumeur dit qu'elle pourrait faire la une de *Modern Bride*.

– Félicitations !

Ryland me passe un soda et je porte aussitôt un toast à Brit.

– Cette robe est magnifique, j'ajoute et je repense à mon reflet dans le miroir, au regard de Ryland quand il m'a vue la porter. Tu as un réel talent.

– Oh, répond-elle, désinvolte, j'aime juste m'amuser avec des bouts de tissus…

Quand elle s'éloigne vers le barbecue, Ryland vient vers moi.

– Tu as réfléchi au concours de chanson dont tu m'as parlé la dernière fois ?, me demande-t-il en piquant une fraise dans une coupelle.

Je hoche la tête, lance un regard inquiet à mon frère pour m'assurer qu'il n'a rien entendu.

– Je crois que je vais le faire, je réponds avec un frisson d'adrénaline. Sous pseudo, comme tu l'as dit, ainsi personne ne saura que c'est moi.

Un grand sourire se dessine sur le visage de Ryland.

– Vraiment ? C'est génial !

Il me prend dans ses bras et me fait tournoyer dans les airs.

– Mais je n'ai même pas encore terminé ma chanson, je proteste quand il me repose par terre.

– Et alors ? Déjà la décision de participer, c'est énorme. Je suis fier de toi, ajoute-t-il et il m'embrasse sur la bouche.

Je jette un œil derrière nous. Blake nous observe, il sourit à quelque chose que lui raconte Hunter, mais je vois bien l'inquiétude dans son regard.

Je tourne la tête, tente d'ignorer la petite voix qui me dit que mon surprotecteur de frère n'a peut-être pas tort. Autant je suis sûre de mes sentiments pour Ryland, autant il reste dans un coin de ma tête une bonne centaine de questions laissées sans réponses.

Non.

Je chasse ces idées noires de mon esprit et prends la main de Ryland dans la mienne, déterminée. *Pourquoi faudrait-il forcément des réponses à tout ?*, je me sermonne, en l'entraînant vers les autres. N'est-ce pas pour ça que le futur est fait ? Pour trouver des réponses et voir ce que la vie nous réserve, un jour après l'autre. Pour l'instant, je suis heureuse, et c'est bien tout ce qui importe, non ?

28.

Ryland

Pas besoin d'être un génie pour comprendre que le frère de Tegan ne me porte pas vraiment dans son cœur. Il joue le mec cool, la star d'Hollywood qui ne se la raconte pas, mais je vois bien qu'il nous observe, ne nous quitte pas des yeux tout en déconnant avec Hunter.

Et ça commence à me gonfler. Non que j'en aie quelque chose à foutre, perso, mais Tegan a une façon de le regarder qui ne trompe pas. À chercher sa bénédiction et son respect, quand lui se comporte comme si elle n'était pas assez forte pour prendre ses propres décisions.

Ne comprend-il donc pas qu'elle est la personne la plus forte au monde ?

Il m'est impossible de détacher mes yeux d'elle. La nuit dernière m'a complètement subjugué, me perdre comme ça dans sa douceur, prendre son corps sublime comme j'en rêvais depuis notre rencontre, ce soir-là, à Vegas.

Et c'était mieux encore que dans mes rêves, mieux qu'aucun mot ne saurait le dire. Sentir son corps vibrer sous le mien, cette confiance absolue et cet espoir dans ses yeux tandis que j'allais et venais en elle. La voir en proie aux feux de la passion, jusqu'à ce que le plaisir nous submerge. Bon sang, ça a été la nuit la plus *hot*, la plus bouleversante de ma vie et aujourd'hui, elle est tout ce à quoi j'aspire en ce monde.

Tegan, nue dans mes bras, le plus vite possible.

Mais d'abord, il faut montrer patte blanche à la famille. Pas de souci. J'ai envie de prouver à Blake mes bonnes intentions. Il peut me faire confiance. Je donnerais ma vie plutôt que de voir Tegan souffrir à nouveau. On se met à table et les filles sont hilares car il y a à manger pour un régiment.

– On n'arrivera jamais à finir tout ça, remarque Tegan en secouant la tête.

– Tu mangeras les restes pendant une semaine, au moins, dit Brit à Hunter.

– Des restes ? Quels restes ?, ricane Hunter en remplissant son assiette à ras bord.

– N'oublie pas qu'on est des mecs, je renchéris en me servant un autre hamburger.

– De vrais mecs avec l'appétit qui va avec, ajoute Blake en se martelant le torse.

Tegan échange un regard avec ma sœur.

– J'ai l'impression de manger avec des hommes de Cro-Magnon.

– Bah, je m'en fiche, rigole Brit. Du moment que l'homme des cavernes fait la vaisselle…

Le soleil s'éclipse derrière les collines, dispensant tout autour de nous une douce lueur. Tout est si calme que je peux entendre le chant des criquets. Je m'enivre de ce silence, c'est si apaisant après le bruit et le fracas de Las Vegas, heure après heure, jour après jour. Une brise légère s'engouffre dans les arbres. Tegan frissonne à côté de moi.

– Tu as froid ?

– Non, ça va, me répond-elle, mais déjà je pars en courant chercher un sweat dans la maison.

À mon retour, je prends mon temps pour le lui glisser sur les épaules, la touchant autant que je peux avec son frère qui ne nous quitte pas des yeux, à l'autre bout de la table.

Tegan me sourit, un petit sourire plein de promesses. Je fais de mon mieux pour ne pas trop penser à son corps, à ses petits seins ronds, à ses hanches qui bougent sous…

– Alors, Ryland, m'interpelle Blake. J'ai entendu dire que tu venais juste de rentrer à Beachwood. Où vivais-tu avant ?

Début de l'interrogatoire.

– Oh, un peu partout, je réponds, le plus amical possible. J'ai pas mal roulé ma bosse, jusqu'à ce que je comprenne que le moment était venu de retrouver mes racines. Le reste de la famille a tellement vieilli, j'ajoute, moqueur.

– Hé !, s'exclame Brit en me balançant un petit pain que j'esquive.

– Je retire, dis-je en riant. Toujours aussi gamine.

Brit lève les yeux au ciel. Elle paraît heureuse, alors je le suis aussi. C'est génial de la voir épanouie comme ça, et Hunter semble un mec bien. Il l'adore, c'est évident, et après tout ce qu'elle a enduré, elle a droit au bonheur.

– Et tu travaillais dans quoi ?, reprend Blake.

– Des petits boulots, par-ci par-là, je réponds, sur mes gardes. J'ai bossé sur des chantiers un moment, et dans la sécurité aussi.

– Ryland est en train de restaurer leur maison, intervient Tegan. C'est impressionnant, il refait tout de fond en comble.

Un sentiment de fierté m'envahit. Et, alléluia, Blake paraît un peu impressionné.

– Notre frère aîné, Ash, est promoteur immobilier, dit-il. Vous devriez vous entendre, tous les deux.

– Oui, je réponds, surpris.

Je me tourne vers Tegan.

– On pourrait se rencontrer, la prochaine fois qu'il sera dans le coin.

Elle sourit, radieuse, et en une fraction de seconde je me rappelle pourquoi je supporte toutes ces questions de la part de son frère. Je suis prêt à tout pour la voir sourire comme ça, comme si j'étais le seul homme sur cette Terre.

Blake arrête de m'interroger et je peux enfin me détendre, apprécier pleinement ce moment, devant un bon repas, avec des gens qui me sont chers. Voilà ce qui m'a manqué toutes ces années. Je regarde autour de moi, et un profond sentiment de bien-être m'envahit. Il s'agit pourtant d'un simple dîner, mais je suis bien placé pour apprécier la valeur d'un tel moment. J'ai passé trop de temps seul, à tenter de préserver mon intégrité au milieu de la pourriture de ce monde. Aujourd'hui, rien qu'à entendre le rire de ma sœur, Tegan qui taquine Blake à propos d'une fille, Hunter qui parle de sport, je réalise combien tout ce qui m'est donné là est précieux.

Une vie à laquelle jamais je n'aurais pensé pouvoir revenir.

– Hé, au fait, Ry !, m'interpelle Hunter à cet instant. J'allais oublier. Un type a appelé pour toi…

La réalité me rattrape d'un coup en pleine gueule. Je me fige.

– Ici ?, je demande, en essayant de me ressaisir.

Dans ma tête, c'est la panique. Je tente de me calmer. Peut-être ai-je mal compris. Peut-être que Hunter n'a pas saisi. Après tout, Jimmy au garage sait que je crèche ici, ça peut être lui.

Oh oui, pitié, faites que ce soit lui.

– Oui, marmonne Hunter en se resservant de salade de pommes de terre, sans réaliser la terreur qui m'agite. Un mec du nom de… Driskell, c'est ça ? Il n'a pas laissé de message. Il a dit que tu comprendrais.

Driskell.

Le temps s'arrête. J'entends la planète qui se fixe sur son axe et l'espace de quelques secondes horribles, il n'y a rien que moi et la certitude glaçante que voilà, tout est fini. Cette vie simple et précieuse à laquelle je viens juste d'accéder, toutes ces choses merveilleuses à cette table. Mes projets, mes espoirs, mes rêves. Tout ça vole en éclats, réduit en cendres.

J'aurais dû le savoir. Il finirait par me retrouver. Un type comme lui ne renonce jamais, pas avant d'avoir obtenu ce qu'il veut. Ou alors en laissant dans son sillage un tas de cadavres.

– Et il a appelé quand ?, je demande.

Merde. Combien de temps lui faudra-t-il pour arriver jusqu'ici ? Viendra-t-il en personne ou enverra-t-il un de ses hommes de main, le genre qui vous cogne d'abord et pose les questions après.

– Oh, hier, répond Hunter. Désolé, j'étais pressé, ça m'est sorti de la tête...

Hier. Vingt-quatre heures durant lesquelles je ne me suis jamais douté que la fin était proche.

Les pensées se bousculent dans ma tête, l'adrénaline rugit dans mes veines. Ou tu te bats, ou tu te casses. C'est aussi simple que ça.

Il sait où je suis. À n'importe quel moment, il peut s'en prendre à ma famille.

– Hello, chuchote Tegan. Ça va ?

Je me tourne vers elle. Elle me regarde bizarrement.

– Oui, oui, super, je réponds avec un rire forcé qui sonne faux.

Je cherche en vitesse dans ma tête une histoire à raconter.

– Un vieux pote. Je l'appellerai plus tard.

Hunter hoche la tête et se met à parler avec Blake de son prochain film, mais Tegan continue de m'observer. Elle pose une main sur la mienne, c'est là que je réalise. Je tiens mon couteau si fort que mes articulations ont viré au blanc.

– Chéri ?, insiste-t-elle, tant de questions dans sa voix.

Je reprends mes esprits, lâche le couteau.

– C'est rien, je mens à nouveau. Je t'expliquerai.

Je fais semblant le reste de la soirée, comme si tout allait bien. Je discute avec Hunter du ranch, tente un rapprochement avec Blake en parlant de baseball et de ciné, mais au fond de moi, c'est la panique.

Qu'est-ce que je vais faire ?

À l'idée de Driskell débarquant ici – menaçant ma famille, foutant leur vie en l'air – je suis malade de rage, d'angoisse. Je croyais en avoir fini avec mon passé. J'ai remboursé ma dette, jusqu'au moindre centime, intérêts compris. J'ai passé deux ans là-bas, dans la fange, entre truands et dealers, à faire le ménage autour de Driskell, pour que monsieur garde les mains propres. Cette partie de poker, je l'ai gagnée à la loyale. Je devrais être libre, merde.

Mais il a retrouvé ma trace et manifestement, il n'en a pas encore fini avec moi.

Je regarde Brit à la dérobée, blottie contre Hunter, un sourire béat sur le visage. La peur me déchire les entrailles. Ce coup de fil résonne inexorablement comme une menace. En réalité, il ne veut pas me parler, sinon il aurait pu me joindre sur mon portable. Il voulait juste me faire comprendre qu'il savait pour ma famille.

Qu'il continuait à mener le jeu.

Après ce qui me semble une éternité, on commence à débarrasser la table.

– Vous aviez raison, les garçons, remarque Brit en souriant. Vous avez presque tout englouti. Il me reste à peine de quoi grignoter…

Hunter l'attire dans ses bras.

– Ne t'inquiète pas, si tu es prise de fringale, je suis ton homme…, plaisante-t-il.

– Je m'en souviendrai, répond-elle en lui offrant ses lèvres.

J'imagine Driskell ici. Si jamais il pose la main sur elle… Je serre les poings.

Je dois les protéger, coûte que coûte.

– Je crois qu'il est temps de rentrer, dit Tegan alors que ma sœur et Hunter échangent le plus passionné des baisers. Tu me raccompagnes ?, demande-t-elle en nouant son bras au mien.

– Si je dérange…, ricane Blake. Moi aussi, je rentre. Et en plus, c'est moi qui ai les clés…

J'ai envie d'être seul, j'ai besoin de réfléchir, mais à ce moment, Tegan me sourit, avec ce sourire qui à chaque fois me donne des ailes, et en moins d'un quart de seconde, je change d'avis.

– Bien sûr. Je t'emmène.

Tegan va embrasser son frère.

– Ne m'attends pas !

Blake lève les yeux au ciel.

– D'accord. Ne rentre pas trop tard, c'est bien ce que je suis censé dire, non ? Et roule prudemment, ajoute-t-il à mon attention, avec un regard sans équivoque. Prends soin d'elle.

– Comme la prunelle de mes yeux, je réponds avec calme.

On monte dans ma voiture et je suis Blake, mais au bout de l'allée, au lieu de prendre la direction de la maison de la plage, je tourne dans la direction opposée. Le paysage défile derrière les vitres dans la nuit noire et épaisse, et je sens mon sang comme figé, glacé.

Tu as eu tort de croire que tu pouvais lui échapper. Un type comme lui ne respecte pas les règles.

Je suis tellement préoccupé que lorsque je me gare devant la maison, je réalise que Tegan n'a pas prononcé un mot de tout le trajet. Devant nous, c'est le chantier, sacs de ciment et planches s'entassent dans la cour, ombres lugubres dans la nuit. Évocation douloureuse de mon grand projet.

Je coupe le moteur. Silence.

– Qui est Driskell ?, me demande-t-elle dans la pénombre.

Je ferme les yeux. Merde. Je ne voulais pas lui dévoiler cet aspect-là de ma vie, ce passé sombre et creux. Je voulais en avoir fini avec ça, je pensais que les fantômes resteraient bien sagement dans leur tombe.

– Un type de ma vie d'avant, je réponds, ébranlé.

Tous mes espoirs, tout mon bonheur, tout ça part en fumée. Je me sens comme si j'étais là-bas à nouveau, les chambres d'hôtel glauques, les ruelles mal famées. La violence omniprésente, les menaces, les trafics hideux de Driskell que j'ai préféré ne pas voir.

– Je ne pensais pas qu'il me retrouverait.

– Que te veut-il ?, chuchote Tegan, tendue.

– Que je sache qu'il m'a retrouvé, je marmonne. C'est pour ça qu'il a appelé chez Brit, c'est bien son style. Pas de message. Il a appelé chez elle, parlé à Hunter, le message il est là. Comme ça, je suis averti, il m'a trouvé. A trouvé les gens que j'aime.

– Ce coup de fil alors, c'était une menace, dit-elle.

Je hoche la tête.

– Il est dangereux ?, poursuit-elle, le regard apeuré. Comment as-tu fait sa connaissance ? Pourquoi est-il après toi ?

– Il pense que j'ai une dette envers lui, j'avoue dans un soupir, abattu.

Et soudain, la colère est trop forte, je tape du poing sur le volant en jurant.

– Merde !

Tegan sursaute. Je m'en veux de lui avoir fait peur.

– Pardon, je me tourne vers elle, je me sens minable. Je suis vraiment désolé. Je ne voulais pas te mêler à tout ça. Je pensais qu'en revenant ici, je pourrais prendre un nouveau départ.

– Mais c'est encore possible, répond-elle avec douceur. Explique-moi. Pourquoi aurais-tu une dette envers lui ? Est-ce que je peux t'aider ?

Elle est loin d'imaginer.

– Non, tu ne peux rien pour moi, je réponds en secouant la tête. Moins tu en sauras, mieux ce sera. Mieux vaut que tu restes loin de tout ça. De moi.

– Je t'interdis, réplique-t-elle brutalement. Ne dis plus jamais une chose pareille. Un jour, tu m'as demandé d'avoir confiance en toi, de tout te dire. Aujourd'hui, c'est ton tour.

Je la regarde, le cœur serré. Elle irradie au clair de lune, si belle, si forte, si courageuse. Et j'ai tellement envie de tout lui avouer, mais c'est ma croix, pas la sienne. Putain.

– Parle-moi, je t'en prie, dit-elle, la voix cassée. Ne me rejette pas.

Je devrais la raccompagner chez elle, là, tout de suite, et partir, sans un regard, pour toujours. Mais elle descend de voiture et vient ouvrir ma portière, puis elle me tend la main. Alors je ne peux plus garder ça pour moi.

Je prends sa main et la suis dans la maison.

Une fois à l'intérieur, j'attrape quelques bougies dans le coffre du salon, une couverture que j'étale par terre, sous les étoiles, les bougies tout autour.

– C'est beau, chuchote Tegan en regardant autour d'elle. Tu as bien avancé, ça va être super.

Depuis la dernière fois, j'ai tout démoli, déblayé les gravats. Dégagé le toit à moitié effondré, si bien qu'il n'y a plus d'obstacle entre nous et le ciel bleuté parsemé de milliers d'étoiles. Je voulais que sa prochaine visite soit un moment romantique, j'avais imaginé toute la scène, mais là, ce soir, je ne ressens qu'un poids mort dans ma poitrine, une sorte de résignation face à tout ce travail accompli. Pour rien.

Tegan s'assied sur la couverture et je la rejoins, ne sachant par où commencer.

Quels mots pour raconter ça ? Comment faire pour avouer le pire en vous, ces recoins les plus sombres que vous vous êtes juré de ne jamais exposer à la lumière ?

– Après mon départ d'ici, j'ai traîné un moment, je commence, tête baissée. Je vivais de petits boulots, surtout sur des chantiers. Un type en connaissait un autre qui avait besoin d'ouvriers quelque part… J'ai fait toute la côte et me suis retrouvé à Miami, où je suis resté un moment.

Je m'interromps, tripote mes lacets, nerveux, plein de ressentiment.

– C'est à cette époque que j'ai fait la connaissance de Driskell. Il ne dirigeait pas la ville, mais presque. Il trempait dans tous les trafics, la drogue, le jeu et d'autres magouilles encore que je n'imagine même pas. Tu ne posais pas de questions et t'occupais de tes affaires, c'est comme ça que ça marchait, j'ajoute avec calme.

Elle acquiesce d'un signe de tête, attend. Tellement compréhensive, tellement forte.

– Bref, certains de mes potes bossaient parfois pour lui, je poursuis avec réticence. Ils faisaient le chauffeur, le garde du corps... des petits boulots sans prétention. Il payait bien, mais je n'avais pas envie de me compromettre dans ce genre d'affaires. Je voulais juste gagner ma vie, honnêtement. Et puis...

J'hésite, la gorge nouée.

– Et puis, ma mère a touché le fond.

– Ta mère ?, répète Tegan en prenant ma main. Je croyais que tu ne l'avais pas revue depuis ton enfance.

– Elle venait me voir souvent, pour me demander de l'aider. Pendant un moment, elle était clean, puis elle rechutait, j'explique et une profonde amertume m'envahit à ces souvenirs, vieilles blessures toujours à vif. Elle avait toujours un truc à me réclamer. Du fric pour son loyer, un endroit où loger. Et à chaque fois, je cédais...

Je secoue la tête.

– Jusqu'à ce jour... C'était grave. Elle a fait une overdose, a failli mourir. Une infirmière a trouvé mon numéro sur elle et m'a appelé d'Atlanta. Je n'avais jamais... Je n'avais jamais vu quelqu'un dans cet état...

Je revois la scène, lugubre, horrible.

– À peine si je l'ai reconnue. J'ai compris que je devais faire quelque chose, mais les cures de désintox dignes de ce nom coûtaient une fortune. On n'avait pas d'assurance maladie, pas d'économies, rien. Alors je suis allé au seul endroit où je savais pouvoir récupérer cinquante mille dollars en un rien de temps.

– Driskell, chuchote Tegan qui commence à comprendre.

– Oui, Driskell. Lui me prêterait le fric tout de suite, mais pas sans contrepartie. Protection rapprochée, il appelait ça, mais en gros, ça voulait dire faire le sale boulot aussi longtemps qu'il le faudrait pour régler ma dette. Je n'avais pas le choix, je soupire. J'ai accepté le marché et je suis resté à son service deux ans. Jusqu'à ce fameux soir, à Vegas. Le soir où je t'ai rencontrée.

Tegan semble perdue dans ses pensées.

– Tu jouais au poker, si je me souviens bien. Je t'ai vu à cette table.

À l'évocation de cette soirée, l'étau se relâche autour de mon cœur.

– Tu m'as porté chance, dis-je en souriant. Ce soir-là, j'ai gagné gros, assez pour payer ma dette et plus… J'ai cru alors en avoir fini avec Driskell, je poursuis, mais depuis mon départ, il ne cesse d'appeler. Il dit qu'il n'en a pas terminé avec moi.

Je laisse échapper un soupir.

– Je ne sais pas s'il me lâchera un jour…

– Mais tu l'as remboursé, non ?, s'exclame Tegan, révoltée.

– Un type comme lui ne respecte pas les mêmes règles que nous. S'il estime que nous ne sommes pas quittes, il continuera à me harceler.

Jusqu'à ce qu'un jour, on découvre mon cadavre dans le caniveau, murmure une petite voix dans ma tête.

– Et que vas-tu faire ?, demande Tegan, catastrophée. Ton frère ne peut pas t'aider ? Ou Brit ? Hunter connaît beaucoup de monde dans la police…

– Non !, je m'exclame, paniqué, avant d'ajouter, à voix basse : ils ne doivent rien savoir de tout ça. Promets-le moi, Tegan. Surtout, ne leur dis rien.

– Je ne te comprends pas, dit-elle, perplexe. Ils t'aideraient.

– Il ne faut pas qu'ils sachent, jamais, je répète entre mes dents. S'ils savent pour Driskell, ils sauront pour la dette. Pour maman. Et ça, je ne veux pas, Tegan. Toutes ces années, j'ai fait en sorte de les protéger d'elle, de l'empêcher de bousiller leur vie, comme elle l'a fait pour moi.

Mon cœur saigne. Tout ce temps, mais ça fait toujours aussi mal.

– Ils sont heureux maintenant, je reprends. Tu les as vus. Emerson a son restaurant, Brit commence une nouvelle vie avec Hunter. Ils ont tourné la page, ils ont réussi à enterrer leurs vieux démons, mais tu n'imagines pas les efforts que ça leur a demandés, le prix qu'ils ont dû payer pour s'en sortir. Ce ne serait pas juste de réduire tout ça à néant. Non, je ne l'imagine pas, je ne peux pas.

Elle hoche doucement la tête.

– Promets-le moi, je l'implore. Promets-moi de ne rien dire.

– Je te le promets, répond-elle à contrecœur. Mais que vas-tu faire ? Il sait où tu es maintenant et d'après ce que tu as dit, ce n'est pas le genre de type à renoncer.

– Je vais trouver une solution, je réponds et ce mensonge me déchire les tripes.

Parce que je sais déjà ce qu'il me reste à faire. Parler avec elle m'a permis d'y voir clair.

Il y a trop de personnes auxquelles je tiens dans cette ville pour laisser ce salaud y mettre les pieds. Il leur ferait trop de mal. Et ces vies me sont trop précieuses pour que j'accepte de le voir les foutre en l'air.

Brit. Emerson.

Tegan.

Je lui caresse la joue, frémis à tant de douceur. Dieu, qu'elle est belle.

– Je t'aime, je murmure et ça va tellement de soi.

Son visage s'illumine, mille fois plus éclatant que le ciel.

– Je t'aime aussi. Et nous trouverons une solution ensemble, me promet-elle en prenant ma main dans la sienne. Je t'en fais le serment, tout ira bien.

Ses paroles m'achèvent, c'en est trop pour mon cœur meurtri, sanguinolent. Impossible d'articuler un seul mot. J'en ai déjà trop dit, de toute façon. Et là, maintenant, je devrais m'en aller, disparaître, mais la gravité me pousse vers elle, force d'attraction irrésistible.

J'ai envie d'elle, une dernière fois. D'entrevoir les possibles, ne serait-ce qu'un instant, avant qu'ils ne m'échappent à jamais.

Je pose mes lèvres sur les siennes. Je veux prendre mon temps, savourer chaque moment, mais Tegan gémit contre ma bouche, se presse contre moi pour demander plus. Et ce qui me reste de sang-froid finit par lâcher. Le désir met le feu à mes veines. Impossible de faire marche arrière quand elle me fait m'allonger par terre, me couvre de son corps voluptueux et s'accroche désespérément à mon T-shirt. Je m'empare de ses hanches, l'attire contre moi et elle m'enserre de ses jambes, me prend fort entre ses cuisses.

Elle se cambre, bouge contre moi et merde, j'ai tellement envie d'elle que j'en suffoque presque.

Je me force à respirer lentement, je veux être à la hauteur, être l'homme qu'elle mérite.

Tegan prend mon visage entre ses mains, plonge ses yeux couleur désir dans les miens.

– Ne te retiens pas, halète-t-elle en se remettant à bouger contre moi. Je t'en prie, Ryland, j'ai envie de toi. Maintenant.

Et ses paroles libèrent la passion dévorante que j'essayais de contenir. Je laisse échapper un râle, l'enlace et nous voilà tous deux projetés en chute libre dans la fournaise, lèvres brûlantes, gémissements et mains fiévreuses. Je lui arrache ses vêtements, embrasse chaque centimètre carré de son corps jusqu'à ce qu'elle tressaille sous moi, cuisses ouvertes, chacun de ses baisers, chacune de ses caresses comme une invitation. Une prière.

Je plonge en elle, me perds en elle.

Tegan laisse échapper un cri, se plaque contre moi pour m'attirer un peu plus loin en elle. Je la sens se refermer autour de moi, si étroite, si bonne. Je ressens tout, chaque battement de cœur, chaque souffle. L'espace d'un moment, je suis plus que mon corps, plus que le poids dévastateur de toutes mes erreurs stupides, de mes choix malheureux.

L'espace d'un moment, je me vois tel que je suis dans ses yeux et j'en ai le souffle coupé.

Elle m'aime. Elle voit tout de moi, mais elle m'aime quand même. C'est plus que je ne pouvais en espérer de sa part, mais elle me l'offre sans la moindre hésitation, sans crainte. Après tout ce qu'elle a enduré, la douleur et les ténèbres et le doute, elle a foi en moi, elle me fait confiance.

Je dois la protéger, peu importe ce que ça me coûtera.

Je pourrais rester ainsi dans ses bras pour l'éternité, perdu dans son regard ardent et la sensation de son corps autour de moi, mais c'est trop. L'envie est trop forte, sauvage, animale et nous recommençons à bouger l'un contre l'autre, à ne faire qu'un. Elle tremble contre moi et j'essaie de garder le contrôle, subjugué par la moindre pulsation de son corps, et je me retiens jusqu'à ce qu'elle se brise dans un cri, alors j'explose et me fragmente dans la chaleur et le plaisir, moment d'extase, pur diamant.

Je la tiens, la berce des heures entières et bientôt nos chuchotements s'arrêtent et elle s'assoupit, blottie dans mes bras.

Je ne dors pas. Je sors et arpente la cour, en proie à une rage vaine. Je hurle en silence à la lune, cherche une autre issue, une façon de sortir de ce piège, mais je dois me rendre à l'évidence. Je n'ai pas d'autre choix.

Je vais devoir briser et son cœur et le mien, juste pour la protéger.

L'aube pointe à l'horizon quand je prends ma décision. Je griffonne un mot, le pose sur la couverture. Puis je me penche sur elle, m'imprègne une dernière fois de son odeur, du parfum de son shampoing, de la douceur de ses cheveux.

Je l'embrasse doucement sur le front. Et je m'en vais.

Je suis arrivé ici avec pas grand-chose, et j'en repars de la même façon. Un réservoir à moitié vide, mon sac sur le siège arrière. J'appellerai Brit plus tard, sur la route, en lui racontant un truc du genre « c'est plus fort que moi, j'ai besoin de bouger, et puis j'ai un plan d'enfer qui m'attend ». Elle me croira.

Je ferai en sorte que tous me croient.

Mais Tegan… Depuis la porte, je jette un dernier regard sur son corps endormi. La façon dont elle sourit dans son sommeil. Je me demande si elle rêve de moi.

Je me demande si elle me pardonnera un jour.

Je ne le mérite pas, je le sais.

Je prends la route, cap sur le soleil qui peine à se lever, et c'est comme si on m'arrachait le cœur.

29.

Tegan

Un mois plus tard…

Los Angeles.

Je me réveille comme je le fais tous les matins depuis quelque temps : en émergeant lentement, jusqu'à ce que le soleil déchire le cocon de mes rêves et que je me rappelle ce qu'il s'est passé.

Ryland est parti.

Pas pour toujours, je me répète, en cherchant déjà mon téléphone. *Juste le temps qu'il me faudra pour le ramener.*

« Vous n'avez aucun nouveau message… »

Je laisse retomber ma tête sur l'oreiller et soupire longuement.

Où es-tu, Ryland ?

Mon réveil sonne, et je me lève pour me préparer. Le ciel sur Hollywood Hills est limpide, derrière les fenêtres. Je prends une douche, choisis de jolies fringues, puis je m'attache les cheveux, mets une touche de gloss sur mes lèvres et enfin je descends à la cuisine où je trouve Blake plié en deux, en sueur après son jogging matinal.

– De l'eau..., halète-t-il. Je vais mourir...

Je cours à l'évier, me dépêche de lui servir un verre.

– Je ne comprends pas pourquoi tu t'infliges ça, dis-je en le regardant boire, encore tout essoufflé. Tu ne peux pas faire la grasse matinée, de temps en temps ?

– Ce n'est pas en dormant que je risque de décrocher le rôle dans ce nouveau film de super héros. Ils ont déjà auditionné Ryan, et Chris aussi...

Il se plante devant la centrifugeuse et commence à remplir le récipient de fruits, de protéines en poudre, puis ajoute deux œufs crus pour finir.

– Quelle horreur, je marmonne, écœurée.

– C'est très nourrissant, proteste-t-il en souriant, très fier de sa mixture innommable. T'en veux un peu ?

– Beurk, je réponds en riant.

Blake mixe tous ses ingrédients et m'observe, une sourde inquiétude transparaît dans ses yeux bleus.

– Et si tu venais faire un tour au studio, aujourd'hui ?, suggère-t-il, d'un ton enjoué. C'est juste quelques prises, mais ça devrait être marrant.

– Je vais bien.

– Je n'ai pas dit que tu allais mal, rétorque Blake.

– Mais tu le penses, je le vois dans tes yeux. Détends-toi, lui dis-je avec un sourire, puis je regarde la pendule, attrape quelques fruits dans le saladier, sur le comptoir. Il faut que j'y aille. À plus !

Je me mets en route, laisse le canyon derrière moi pour prendre Sunset Boulevard jusqu'au bout, direction Santa Monica. Il n'y a pas l'ombre d'un nuage dans le ciel et il fait encore suffisamment chaud pour rouler vitres baissées et laisser le vent me caresser les bras. Toutes les saisons se ressemblent plus ou moins ici, mais à Beachwood Bay, l'autre bout du pays, l'automne déjà a tiré sa révérence pour laisser place à l'hiver. Les vagues se brisent avec rage sur le rivage, les boutiques à touristes ont fermé. J'aime l'hiver, le froid ne me dérange pas, bien au chaud dans un gros pull, en hibernation devant la cheminée.

Mais sans Ryland, je n'avais aucune raison de rester.

Je roule pratiquement en pilote automatique, perdue dans mes souvenirs. Lorsque je me suis réveillée seule ce matin-là, dans la maison encore en chantier, j'ai d'abord cru que Ryland était parti chercher le petit déjeuner ou pour préparer je ne sais quelle surprise.

Puis j'ai trouvé son mot et alors j'ai compris qu'il ne reviendrait pas.

Je te demande pardon. Je ne peux pas te mettre en danger. Cette histoire ne concerne que moi.

Je t'en prie, il faut que tu comprennes, ce n'est pas toi. Si je le pouvais, je passerais le restant de mes jours à t'aimer, ici. Tu es la meilleure chose qui me soit jamais arrivée et c'est pourquoi je ne veux surtout pas te voir souffrir à cause de mes erreurs.

Ne m'attends pas.

Quelques lignes griffonnées à la hâte, mais qui disaient tout ce que j'avais besoin de savoir. Ryland était déjà loin, en route pour cette vie qu'il s'était juré de laisser derrière lui. Pour ma sécurité, pour protéger sa famille. Il n'hésiterait pas à sacrifier l'espoir d'une vie meilleure pour laquelle il s'était tant battu, uniquement pour leur donner une chance d'être heureux. Pour me donner à moi ce qu'il croit que je devrais avoir, alors que tout ce que je veux en réalité, c'est lui.

J'ai pleuré toute la matinée, avant de revenir à la maison de la plage. Blake m'attendait. Un regard a suffi pour qu'il comprenne et il a tout de suite voulu me réserver un vol pour rentrer à la maison. J'ai d'abord refusé, jusqu'à ce que j'aille voir Brit et Hunter. Je pensais que peut-être elle aurait une petite idée de l'endroit où il se trouvait, mais j'ai vite déchanté. Il avait déjà appelé. En lui racontant une excuse bidon, comme quoi il avait besoin de bouger, que le bruit et le fracas de la ville lui manquaient. Il étouffait à Beachwood Bay.

J'ai bien vu la lueur de compassion dans les yeux de Brit, quand elle m'a appris la nouvelle. Elle ne pouvait pas comprendre. En fait, elle ne pouvait que voir le pire chez son frère, pour la simple et bonne raison qu'il ne lui avait jamais montré le meilleur. Tout ce qu'il avait donné déjà pour la préserver. Le prix qu'il continuait à payer pour s'assurer qu'elle ne connaisse jamais la vérité.

Je ne pouvais pas lui expliquer. Il m'avait fait promettre de garder le silence sur Driskell et leur mère et, même s'il m'a brisé le cœur en partant comme ça, il ne m'a pas laissé le choix.

Si je voulais le retrouver, je ne devais compter que sur moi-même.

Aujourd'hui, sur cette route pour me rendre au travail, les mêmes hypothèses se bousculent dans ma tête. J'ai déjà essayé de remonter jusqu'à Ryland, à Vegas et à sa vie d'avant, mais à chaque fois, je finis dans une impasse. Si je veux le retrouver, il faut d'abord que je mette la main sur Driskell, mais dans ce monde de trafics en tout genre, le type est discret.

Ce qui semble logique. Les criminels ont rarement pignon sur rue.

Si seulement Ryland m'avait fait confiance...

Il pense avoir fait ce qu'il devait en retournant vers Driskell, mais il n'a pas compris une chose : il n'est plus seul. Toutes ces années, c'est seul qu'il a porté le fardeau de sa dette, c'est seul qu'il s'est battu jour après jour. Sans personne sur qui s'appuyer, personne vers qui se tourner pour demander de l'aide.

Il a dit vouloir me protéger, mais en fait il a tout faux. Car je ne renoncerai pas à lui.

Nous affronterons tout ça ensemble, qu'il le veuille ou non.

J'ai trouvé un travail de bureau, à deux pas de l'océan. Un espace immense au troisième étage d'une tour, des dizaines d'employés alignés entre deux cloisons, la clim le plus souvent en panne et zéro salaire.

L'expérience la plus enrichissante de ma vie.

À peine suis-je assise que le téléphone sonne. Je me sens nerveuse. Après des jours de formation, je vais enfin opérer en solo comme bénévole sur la hot line.

– Hello, mon nom est Tegan, je commence, intimidée. Comment vous appelez-vous ?

Les appels se succèdent non-stop toute la journée, des gens de tout le pays qui ont des idées suicidaires ou juste envie de parler. Mon travail consiste à les écouter et à les orienter selon leurs besoins, un hôpital, un psy ou un service social quelconque. Au début, j'ai pris ce job juste pour ne plus penser à Ryland et aussi pour arrêter de consulter de façon quasi compulsive le site web du concours de chanson pour voir si les résultats étaient affichés. Mais bien vite, c'est devenu plus que ça. Après ce qui m'est arrivé avec Connor, je réalise ma chance. Mes amis, ma famille étaient auprès de moi pour m'aider les jours où je me sentais sombrer, mais tout le monde ne peut pas profiter d'un tel soutien. Et d'une certaine façon, en exploitant ma guérison pour soulager les autres, j'ai l'impression de réparer un peu ce chagrin que j'ai causé aux miens. Ces gens, je les connais, je les comprends, ils ont juste besoin de quelqu'un qui les écoute, qui leur dise qu'ils ne sont pas si seuls.

Mon service au téléphone se termine à quatorze heures. Ensuite, je donne un coup de main aux tâches administratives, en préparant des enveloppes pour une prochaine campagne de collecte de fonds, avec une autre bénévole, Sophie. Elle est inscrite en master de psychologie et ce stage fait partie de ses études. Radio en fond sonore, toutes les deux, on plie et colle à un rythme d'enfer. Et c'est plus fort que moi, mes pensées dérivent. Je me demande où il est en ce moment même, ce qu'il fait.

Est-ce qu'il pense à moi ?

Quelque part, au fond de mon cœur, j'en suis sûre. Ça peut sembler naïf, de m'accrocher comme ça à mes souvenirs, alors que je n'ai reçu aucun signe de lui depuis un mois maintenant. Mais j'ai cette certitude qui résonne comme une mélodie dans tout mon être. Le lien qui nous unit est réel, trop solide pour déliter comme ça.

En fait, Ryland et moi formons les deux moitiés d'un même cœur. Nous nous comprenons l'un l'autre comme personne. Si l'on m'avait dit que le garçon d'une beauté vénéneuse rencontré à Vegas deviendrait ma raison de vivre, mon port d'attache, ma lumière et mon envol, jamais je ne l'aurais cru. Ryland est plus que ce que j'imaginais. Plus courageux, plus fort, plus tendre et plus vrai aussi.

Il sait ce que c'est de se battre contre les ténèbres. Il comprend tout ce que j'ai traversé avec Connor, ces cicatrices qu'une vie ne suffira peut-être pas à guérir. Tout ce que j'ai fait, tout ce que je suis, il l'accepte. Il m'accepte, me respecte.

Il m'aime.

Pas comme cet amour que j'ai connu avec Connor, étouffant, addictif, à me demander constamment si j'étais assez bien pour lui.

Cette certitude me donne des ailes.

Quand vous trouvez un homme comme ça, vous ne renoncez pas à lui sans vous battre. Et je n'ai même pas commencé encore à me jeter dans la bataille. Et si j'ai appris quelque chose, cet automne, c'est que l'avenir est devant moi. J'ai passé des années avec le sentiment que tout échappait à mon contrôle, emportée dans le sillage de Connor, à essayer désespérément de justifier ses choix. De mériter son amour. Aujourd'hui, je le sais, je mérite mille fois plus. À condition que je veuille bien m'en donner la peine.

La vie m'a donné une seconde chance, et cette vie, je veux la passer à l'aimer.

– Tegan ?

Je lève les yeux, Sophie me regarde avec un sourire en coin.

– Ça fait cinq bonnes minutes que tu plies et replies le même prospectus.

– Oh… Désolée, je réponds en rougissant.

– Tu pensais à quelqu'un, peut-être ?, dit-elle avec un air innocent.

Elle a de longs cheveux blonds qui retombent en cascade sur ses épaules et elle porte l'une de ses fameuses petites robes d'été vintage.

– Possible, j'avoue, sur mes gardes.

On passe beaucoup de temps ensemble, au bureau, mais nous ne nous sommes jamais vraiment confiées l'une à l'autre, sur notre vie privée.

– Mon petit ami est… loin d'ici, je finis par répondre.

Ce n'est pas un mensonge, car nous appartenons l'un à l'autre, peu importe la distance qui nous sépare.

– Et c'est dur, commente Sophie avec un sourire amical.

– Ton petit ami n'est pas ici, lui non plus ?

– On peut dire ça. En fait, il vit à Los Angeles, m'explique-t-elle. Mais il est interne au Cedars Sinai Hospital. Il lui arrive d'être d'astreinte quarante-huit heures d'affilée, il pourrait vivre à l'autre bout du pays que ça serait pareil.

– Oh, dis-je, ça ne doit pas être évident.

– On y arrive quand même, dit-elle en souriant. Nous ne sommes ensemble que depuis quelques mois, mais c'est un mec génial. Un mauvais moment à passer et après, tout ira bien.

– Exactement, je réponds, et ça fait du bien que quelqu'un comprenne. C'est juste temporaire.

L'avenir sera différent. Il faut qu'il le soit.

Après le boulot, je rentre chez Blake. Il est au studio, aussi je m'attends à trouver la maison vide, mais quand je descends de voiture, j'entends de la musique à fond.

À l'intérieur, Dex et le reste de son groupe sont avachis dans le salon.

– Que se passe-t-il ici ?, je hurle pour me faire entendre.

– Désolé, je croyais que tu rentrais plus tard, répond Dex et il baisse le son d'un cran, se précipite pour me prendre dans ses bras.

Ça fait à peu près deux semaines qu'il est rentré de sa tournée et il est resté à L.A. avec Alicia pour enregistrer le nouvel album du groupe. Après, je suppose qu'ils retourneront à Beachwood Bay – mais plus personne ne mentionne le nom de cette ville en ma présence, comme si je risquais de m'effondrer au souvenir de Ryland.

– Qu'est-ce que tu en penses ?, m'interroge Dex.

Tout le monde écoute la musique. Dante, le batteur, tape des mains sur la table basse, Austin se trémousse. Le rythme est prenant, brut, contagieux même.

– C'est l'un de vos nouveaux titres ?, je demande, en prêtant l'oreille. Oui, j'aime bien, c'est différent, mais dans votre style.

– En fait, c'est la chanson qui a remporté le concours, annonce Dex, tout heureux. On vient juste de se décider. On pense l'enregistrer la semaine prochaine.

Un profond sentiment de déception me submerge.

Le concours. J'ai perdu.

– Oh, c'est super, dis-je avec un sourire forcé. Je suis sûre que ça va marcher…

Je ravale les larmes qui soudain me piquent les yeux.

– Je reviens…

Je me dépêche de disparaître, prends le couloir et m'engouffre dans la cuisine, j'ai besoin d'être seule un moment.

Je tente alors de me ressaisir, d'apaiser la douleur.

C'était couru d'avance, je le sais, et à entendre la chanson gagnante, ils ont fait le bon choix. Le morceau est dans la veine de The Reckless – un futur succès, c'est sûr. Ma chanson était plus acoustique, plus intime, un autre univers. J'avais demandé à la sœur de Juliet, Carina, d'enregistrer la démo, à Beachwood Bay. Une jolie voix, douce. Je comprends que le groupe ne l'ait pas choisie, n'empêche, ça fait mal.

Quelque part, j'espérais avoir une bonne nouvelle à annoncer à Ryland, quand je le reverrais. Après tout, c'est lui qui m'a donné suffisamment confiance en moi pour participer.

Mais je suppose qu'on se berçait d'illusions, tous les deux.

Un bruit derrière moi. Austin, le guitariste, apparaît, santiags aux pieds, jean destroy. Je me dépêche d'essuyer mes larmes.

– Quoi de neuf, gamine ?, lance-t-il tout en attrapant un soda dans le réfrigérateur.

– Pas grand-chose, je mens. Cette chanson est top, vous devez être tous super contents.

– Il y en avait plusieurs d'intéressantes. Notamment une que j'aimerais bien repêcher. Une chanson qui n'arrête pas de me trotter dans la tête. Peut-être que je pourrais l'enregistrer en solo. C'est plus mon style que celui du groupe.

– Oh ? Je prends un fruit dans la corbeille sur le comptoir, une grappe de raisin bien mûr.

– Oui, c'est une chanson d'amour, un rythme lent, obsédant.

Austin fredonne quelques notes, mais je ne percute pas, jusqu'à ce qu'il se mette à chanter, avec sa voix grave, façon country.

– *Et la vie aujourd'hui est semblable au néant, depuis que tu es parti.*

Mon cœur s'arrête.

Ma chanson. Il chante ma chanson. Et il la trouve assez bonne pour envisager de l'enregistrer, pas pour le groupe, mais pour lui !

Un formidable sentiment de fierté me submerge. Jusque-là, je n'avais pas réalisé combien j'avais envie de ça. D'entendre mes paroles dans la bouche de quelqu'un d'autre, de donner à mes émotions une autre dimension. Je suis tellement émue que j'en reste muette tandis que Austin retourne dans le salon. Je m'appuie au comptoir, sous le choc. Il ne sait pas encore que je suis l'auteur de cette chanson. C'est le plus grand secret que j'ai jamais eu.

Il faut que je le dise à Ryland.

Mon téléphone sonne. Je regarde le numéro sur l'écran et encore une fois, mon cœur exécute un double salto.

– Allô ?, je réponds, fébrile.

– Salut…

C'est une voix masculine, rocailleuse, qui trahit une bonne vingtaine d'années d'addiction au tabac. Ce n'est pas Ryland, mais Gage, le détective privé que j'ai fini par engager, après avoir échoué à retrouver moi-même la piste de Ryland et Driskell.

– Alors ?, je demande, impatiente. Des nouvelles ?

– Oui, m'dame, répond-il, stoïque. J'ai trouvé ce que vous cherchez.

30.

– Nous approchons de l'aéroport international de Tulsa. Veuillez redresser vos sièges et vous préparer à l'atterrissage, merci.

Je m'accroche aux accoudoirs et inspire un grand coup. L'homme d'affaires à côté de moi me jette un regard méfiant.

– Vous avez envie de vomir ?, demande-t-il, horrifié.

Je secoue la tête. Ce ne sont pas les trous d'air qui me nouent l'estomac, c'est ce qui m'attend au bout de la piste. Pour la centième fois, je me demande si je ne suis pas en train de commettre une erreur, mais quand les roues touchent le tarmac, je le sais. J'irai jusqu'au bout.

Ryland a cru en moi. C'est à moi maintenant d'en faire autant pour lui.

Je n'ai fait enregistrer aucun bagage, je me rends donc directement au comptoir et loue une voiture pour la journée. Je rentre l'adresse que Gage m'a donnée dans le GPS et me mets en route, direction une banlieue à la périphérie de la ville.

J'ignore ce que je vais trouver là-bas. Il se pourrait que je sois déçue.

Je me dirige vers l'autoroute quand Blake appelle pour prendre des nouvelles. J'appuie sur le bouton mains libres et je réponds, avant même qu'il ne m'interroge.

– L'avion a bien atterri, je suis arrivée, je suis déjà en route..., je récite, un brin agacée.

Un silence, puis il marmonne :

– Super. Si tu as besoin de quoi que ce soit...

– Merci, je me radoucis. Tout se passera bien.

Il voulait m'accompagner, ils le voulaient tous, sans distinction. Je n'allais quand même pas m'enfuir encore une fois, je ne pouvais pas leur faire ça, alors j'ai raconté à mes frères une version améliorée de la vérité. Je devais parler à Ryland, face à face. L'idée ne les a pas vraiment emballés, mais lorsqu'ils ont compris que je ne changerais pas d'avis, ils n'ont eu d'autre choix que celui de se résigner.

– Ne te fais quand même pas trop d'illusions, me dit Blake, tout gentil. J'ai discuté avec Brit et elle m'a expliqué qu'il avait la bougeotte, il n'en pouvait plus de Beachwood. Il est parti, Tegan. Peut-être ne devrais-tu pas te lancer à la poursuite d'un homme qui apparemment ne tient pas en place.

– Je t'en prie, fais-moi confiance, je soupire, car il ne peut pas comprendre, il n'a jamais ressenti ça. Un jour, tu aimeras quelqu'un comme ça et à ce moment, tu comprendras. Il est toute ma vie, mon avenir et je ne renoncerai pas à lui sans me battre.

Je sors de l'autoroute et finis par me retrouver dans une avenue morne, au cœur d'un quartier peu engageant. Je tressaille. Peut-être aurais-je dû venir avec un de mes frères, après tout.

Le GPS m'amène jusqu'à un petit immeuble, au coin d'une rue, coincé entre un pressing et la boutique d'un prêteur sur gage. Je me gare et prends une minute pour tenter de faire le point.

Fais ça pour lui.

Je descends de voiture, m'engage dans l'escalier extérieur qui monte au premier étage, sur mes gardes. Je regarde le numéro sur les portes, jusqu'à l'appartement 14, celui que Gage m'a noté.

J'inspire, expire, quand j'entends soudain un bruit derrière moi, dans la cage d'escalier, juste au moment où je vais sonner. Une femme, la quarantaine, émerge, avec un énorme sac de courses dans les bras.

Lorsqu'elle m'aperçoit devant la porte, elle s'arrête net puis me regarde avec méfiance.

– Vous cherchez quelqu'un ?, m'interpelle-t-elle, en gardant ses distances.

– Oui, je réponds, ne sachant que dire.

Mais je n'ai rien que la vérité pour moi, alors je me lance.

– Vous êtes Dawn ?

Elle fronce les sourcils. Elle a les yeux cernés, le mascara en déroute. Tout en elle semble usé, fatigué, depuis ses fringues, un chemisier et une jupe bon marché, jusqu'aux cheveux filasses qui lui retombent mollement sur les épaules, avec la couleur aux racines qui s'estompe.

– Qui la demande ?, répond-elle, tendue.

– C'est au sujet de Ryland.

Son visage se décompose.

– Je suis là pour votre fils.

Dawn me fait entrer dans l'appartement et va poser son sac. Je regarde autour de moi. C'est triste, négligé. Un canapé tout défoncé, une étagère qui repose sur des bouquins de psychologie écornés. Elle s'affaire dans le minuscule coin cuisine, range ses courses tout en me lançant des regards effarouchés.

– Vous voulez boire quelque chose ?, demande-t-elle, d'une voix mal assurée. Jus de fruit, thé glacé ?

– Un thé glacé, avec plaisir, merci, je réponds, en tentant de la mettre à l'aise.

Elle acquiesce d'un signe de tête, attrape une bouteille dans le réfrigérateur et remplit deux verres, avant de me rejoindre dans l'espace salon. Elle s'assied sur le canapé, nerveuse.

Les verres de thé attendent sur la table basse branlante.

– Alors, comme ça…

Dawn toussote. Je la regarde avec attention. Je ne sais pas à quoi je m'attendais. La dernière description que Ryland m'en a faite était si déprimante et je vois bien les ravages sur son visage. Elle croise les mains sur ses genoux.

– Vous dites que c'est au sujet de Ray Jay ?

– Oui, il faut absolument que je le retrouve. Je pensais que vous pourriez peut-être m'aider dans mes recherches.

Dawn fait la moue.

– Dans quelle histoire est-il encore allé se fourrer ? Écoutez, moi, je ne veux pas d'ennuis… Ce garçon a toujours traîné avec la racaille. Je ne l'ai pas vu depuis des mois.

– Depuis qu'il vous a fait suivre cette cure de désintox, je réplique, furieuse de l'entendre parler ainsi de lui, après tout ce qu'il a fait pour elle.

Elle accuse le coup.

– Ah, il vous a parlé de ça ? Mais je vais bien aujourd'hui, très bien même. J'ai un travail à l'hôpital et je participe à des réunions deux fois par semaine, répond-elle, sur la défensive.

– Super, dis-je en m'efforçant de garder mon calme.

Dawn tripote convulsivement ses bagues.

– Bien, qu'attendez-vous de moi ?, demande-t-elle en regardant du côté de la porte. J'ai pas mal de choses à faire…

Je respire un bon coup.

– Il faut que je retrouve Driskell.

Ces paroles me valent toute son attention. Dawn blêmit.

– Qu'est-ce que vous lui voulez ?

– Ryland est avec lui, quelque part. Obligé de travailler pour lui, à rembourser cette dette. Dette qu'il a contractée pour vous, dis-je en insistant bien là-dessus. Écoutez, je dois absolument savoir où ils sont. Vous n'avez pas une petite idée, un indice ? C'est important, j'ajoute, émue. Je sais que vous l'aimez, Dawn. Vous lui avez donné cette maison et ça signifie tellement, pour lui.

– Il est retourné à Beachwood ?, demande-t-elle, soudain au bord des larmes.

– Oui, il voulait commencer une nouvelle vie. Il pensait en avoir fini avec son passé et aujourd'hui, il est piégé par ce type. Aidez-moi, je vous en prie. Je refuse de renoncer à lui.

Elle m'observe un moment et je vois bien l'indécision dans ses yeux. Puis enfin, elle hoche la tête.

– Une minute, dit-elle et elle se lève, se rend dans la chambre, laisse la porte entrouverte.

Les secondes se succèdent, puis je l'entends qui parle à voix basse au téléphone.

– S'il te plaît, Wes… Non, c'est juste pour rembourser une vieille dette. Hmm, euh… La Nouvelle-Orléans ? Oui… Merci.

La porte s'ouvre, Dawn sort de la chambre. Je tourne vite la tête pour qu'elle ne sache pas que j'ai tout entendu. Entre ses doigts, un vieux prospectus sur lequel elle a griffonné une adresse au feutre noir.

– Il paraît que Driskell est allé se mettre au vert à la Nouvelle-Orléans, dit-elle, hésitante.

Je tends la main.

– Je vous en prie.

Dawn soupire, puis me donne le prospectus. Je le plie avec soin, le cœur à toute allure. Enfin, c'est ma première piste sérieuse. Merci, dis-je en attrapant mon sac. C'est si important pour moi.

Dawn m'accompagne jusqu'à la porte.

– Et les autres ? Vous les avez vus ?, m'interroge-t-elle, la voix brisée. Emerson et ma petite Brit ?

Je lui fais face. Son regard balance entre peur et espoir. J'acquiesce d'un signe de tête.

– Et est-ce qu'ils… ?

Elle ne va pas plus loin.

– Ils sont heureux.

Elle hoche la tête.

– Dites à mon Ray Jay que je le verrai bientôt, ajoute-t-elle quand je sors. Je… J'ai juste besoin de reprendre mes marques. Ça n'a pas été une année facile pour moi…

Je reste de marbre. J'ai encore en mémoire le regard de Ryland quand il m'a parlé d'elle, cette lueur d'espoir dans ses yeux qu'un jour, elle resterait clean suffisamment longtemps pour se comporter comme une vraie mère, son chagrin chaque fois qu'elle échouait.

– Il sera toujours là pour vous, vous le savez.

Dawn se fige.

– Aussi longtemps que vous lui demanderez, il fera tout ce qu'il peut pour vous aider, dis-je. C'est à vous de décider si c'est la vie que vous voulez pour lui. S'il ne mérite pas mieux.

Sur le visage de Dawn transparaît toute la détresse du monde.

– Je sais… Je voudrais tellement… Mais j'essaie, vraiment…

Elle laisse échapper un soupir, puis me regarde, les yeux baignés de larmes.

– Prenez soin de lui pour moi, d'accord ?

Je hoche la tête, la gorge nouée par l'émotion.

– Je vous le promets.

Je retourne à la voiture le cœur gros. Je comprends encore mieux Ryland maintenant, je vois mieux ce qu'il endure, à tellement vouloir la sauver, mais écrasé par le poids de l'échec, à chaque fois.

J'espère seulement pouvoir l'aider à se construire une autre vie. À ne plus être la proie du doute comme ça.

Je regarde l'adresse, plus déterminée que jamais.

J'arrive, je chuchote. *Tiens bon. Je t'en prie, tiens bon.*

31.

Ryland

Le Vieux carré français est bruyant le vendredi soir, rempli de touristes éméchés. La musique gueule à fond dans les bars et il plane dans l'air une chaleur moite, fébrile.

À peine si Driskell daigne jeter un regard au chaos ambiant quand il descend de la berline climatisée. Je referme la portière derrière lui et pendant qu'il ajuste ses boutons de manchette, je me précipite pour le précéder dans le club. Il préfère que j'entre toujours le premier, pour m'assurer qu'il n'y a pas de danger, dit-il, mais nous savons bien lui et moi que c'est pour la frime. Le garde du corps du boss qui dégage le passage et les clients qui attendent l'arrivée du king.

Je suis son jouet, sa marionnette, son clebs au bout de la laisse. Et cette putain de chaîne invisible se tend net au moindre de mes pas.

– Va me chercher un verre, m'ordonne Driskell, une fois à l'intérieur. Un MexiCoke, sans glace ni toutes ses merdes à cocktail.

Je serre les dents, acquiesce d'un signe de tête.

– Et trouve-moi cette fille, de la nuit dernière, je ne sais plus son nom, Candy machin, ajoute-t-il, le regard lubrique. Je serai dans la salle de derrière.

– Oui, patron, je réponds.

Aussitôt, il me fixe, au cas où je me ficherais de sa gueule, mais je me contente de soutenir son regard, indifférent et docile.

– Bien. Et ne traîne pas en route. Je veux que tu sois avec moi quand Kolchock se pointera.

Je me fonds dans la foule tandis que Driskell se dirige vers le salon VIP. D'habitude, pour une réunion de ce genre, il emmène trois ou quatre d'entre nous, ses chiens de garde, mais se présenter avec juste un de ses sbires est un signe de respect. Kolchock, c'est le requin juste au-dessus de lui dans la chaîne alimentaire, le seul type que j'aie jamais vu donner des ordres à Driskell. Il ignore complètement que Driskell pique dans la caisse depuis des années. Le jour où il le découvrira, ça risque de faire mal. Et avec ma chance, c'est moi qui serai devant, dans l'angle de tir.

Poings serrés, je me refais les mêmes calculs toxiques, toujours hanté par la même question.

Comment faire pour reprendre ma liberté ?

Driskell n'a même pas cillé quand j'ai passé la porte, le mois dernier, mon sac sur l'épaule.

– Content de te revoir, a-t-il marmonné, comme si le fait d'être revenu était mon libre choix.

Mais à sa façon de me parler, à me raconter toutes les conneries qui avaient eu lieu en mon absence, pour un peu, j'aurais cru que je lui avais manqué.

Sale bâtard.

Au comptoir, je commande le coca de Driskell et un whisky pour moi. Je le bois cul sec, la gorge en feu, et soudain la douleur me submerge, toujours aussi intense. Il est plus de minuit à Beachwood Bay, je suppose que Tegan est encore debout. Peut-être dans la salle de musique, en train de jouer les premières notes d'une nouvelle mélodie. Ou dans son lit, sous la couette, ses cheveux en corolle sur l'oreiller, noir sur blanc. Je me demande si elle a participé à ce concours au final, ou même si elle est encore à la maison de la plage.

Me pardonnera-t-elle un jour de l'avoir abandonnée comme ça ?

– Puis-je vous offrir un verre ?

Cette voix, derrière moi… Je retiens mon souffle.

Non, c'est impossible.

Je me retourne doucement, mon cœur bat si fort que je n'entends plus rien du fracas autour de moi. Et puis, elle est là et je n'en crois pas mes yeux.

– Tegan…

Je la dévisage, sous le choc. Elle porte la même chose que le soir de notre rencontre, une petite robe noire qui lui colle au corps, tellement sexy que tous les mecs au comptoir la matent. Elle hésite, se mordille la lèvre. Dans ses yeux noirs, un vrai feu d'artifice, entre nervosité, fièvre et euphorie. C'est un raz de marée d'émotions qui déferle sur moi, la peur se dispute à l'espoir et au soulagement, un soulagement tel que j'en chanterais presque.

Oh, elle m'a tellement manqué.

– Surprise, me dit-elle avec un sourire timide et ce sourire me bouleverse, comme à chaque fois.

– Tu ne devrais pas être là !, je m'exclame en regardant autour de moi, paniqué. Tegan, je t'en prie, tu ne comprends pas, je cherche juste à te protéger…

Je l'attrape par le bras pour l'attirer dehors, même si le seul fait de la toucher, rien qu'aux effluves de son parfum, j'en ai les jambes qui se dérobent.

Merde, elle est mille fois plus belle que dans mes rêves. Toute de chaleur et de douceur.

Tegan résiste, refuse de bouger.

– Je n'irai nulle part, dit-elle entre ses dents, déterminée. Je ne suis pas venue jusqu'ici pour repartir comme ça.

– Tegan…

Elle pose une main sur mon torse. À son contact, mon cœur cesse de battre.

– Je te le répète, je ne m'en irai pas. Je refuse de partir sans toi.

Je sens mon sang qui se glace. Putain. Elle ne comprend donc pas que c'est le seul moyen ?

Tegan me regarde. Le doute s'immisce dans ses yeux.

– À moins…

Elle paraît si désemparée à ce moment.

– À moins que tu ne veuilles plus de moi.

Les mots se bloquent dans ma gorge. Parce que c'est ça que je devrais lui dire, qu'elle n'est plus rien pour moi, ainsi elle s'en irait et je n'aurais plus à m'inquiéter pour elle. Mais je ne peux pas lui mentir.

Je ne peux pas trahir ce que je ressens dans mon cœur. Ce sentiment qui habite tout mon être, toute mon âme.

– Tu sais que je t'aime, je murmure et cet aveu scelle mon sort.

Je ne la laisserai pas. Plus jamais.

Le visage de Tegan s'illumine.

– Dans ce cas, tu dois comprendre que c'est ensemble que nous devons affronter ça, dit-elle en nouant les bras autour de mon cou.

Son corps se presse contre le mien et en un éclair, la sensation prend le pas sur tout le reste. C'est plus fort que moi, je ne peux plus résister, je ne peux pas renier cette émotion, cette passion qui se déverse dans mes veines comme du feu.

Je trouve ses lèvres, l'embrasse comme si je devais mourir demain.

Tegan s'abandonne contre moi, me serre de toutes ses forces. Un mois de colère et de regrets, une vie de solitude et de désespoir. Tout ça se dissout dans la chaleur de notre étreinte.

Elle est venue pour moi. Elle n'a pas renoncé. Je l'ai quittée et elle croit toujours en moi.

Cette fille. Elle est tout pour moi.

Je l'embrasse, m'abreuve comme un fou à ses lèvres, me noie dans la saveur de sa langue autour de la mienne. Je me perds en elle jusqu'à ce que, à bout de souffle, je m'arrache à sa bouche. Aussitôt, la réalité me rattrape.

– Tu ne peux pas rester ici, je lui dis, ébranlé. Je ne sais pas ce que je vais faire, mais dans l'immédiat, non, tu ne dois pas rester ici.

Tegan prend mon visage entre ses mains. Ses yeux étincellent.

– Je refuse de te perdre. Je viens juste de commencer à t'aimer, Ryland James, ajoute-t-elle avec un sourire.

Et tu sais comme je peux être têtue quand j'ai décidé quelque chose...

– Oui, m'dame, je réponds en riant.

– Oh, je n'ai plus droit à « ma chérie », ni à « mon chou » ?, dit-elle avec un air mutin, puis son regard dérive derrière moi et son sourire se fissure.

Je me retourne. Driskell est là devant nous, rictus aux lèvres, glacial. Il promène son regard de malade sur Tegan, de haut en bas, en prenant son temps et je suis à deux doigts de lui balancer mon poing dans sa sale gueule de pervers.

– Et si tu me présentais à ton amie, dit-il, et je perçois aussitôt le danger dans sa voix.

Merde.

– Voici...

Je réfléchis vite à un nom bidon, mais Tegan n'hésite pas une seconde.

– Tegan, dit-elle, main tendue.

Driskell la serre, un peu plus longtemps que nécessaire.

– Tegan Callahan, susurre-t-il et mon sang ne fait qu'un tour.

Il sait tout sur elle. Ce qu'elle représente pour moi.

– Comment va votre frère ?, enchaîne-t-il, avec son rictus de faux-cul.

– Lequel ?, demande Tegan du tac au tac, sans se démonter, le regard froid. La rock star que vénèrent tous les blousons noirs de ce pays ? La star du grand écran qui a tous les journalistes de la ville à sa botte ? Ou l'homme d'affaires sans doute en train de boire un whisky avec le gouverneur à l'heure qu'il est ?

La litanie du réseau de ses frères semble amuser Driskell.

– Ton amie a de la repartie, ça me plaît, dit-il en se tournant vers moi. Bien, la partie peut commencer, et si ma mémoire est bonne, elle est ton porte-bonheur, non ? Miss Callahan ?

Il lui offre son bras. Tegan me lance un bref regard, puis elle noue son bras au sien et s'éloigne.

Je leur emboîte le pas et analyse la situation en cherchant un moyen d'en sortir. La panique monte en moi tandis que Tegan échange quelques piques avec Driskell. Ne comprend-elle donc pas que tout ça est plus fort que nous ?

À l'intérieur du salon VIP trône une table de poker. Kolchock est déjà installé, un verre à la main, et discute avec un autre type plus âgé. Driskell s'assied à son tour, puis me fait signe de les rejoindre.

– Le quatrième s'est désisté, dit-il. Peut-être que c'est ton jour de chance, qui sait ?

Je prends place, nerveux. Tegan vient se mettre derrière moi, elle pose la main sur mon épaule et son contact me donne du courage. Je regarde autour de moi et, pour la première fois, je réalise quelque chose.

Le poker, ce n'est pas tant l'art de dégainer les meilleures cartes, mais de savoir analyser les autres joueurs.

Je n'ai ni les moyens ni le pouvoir d'obliger Driskell à faire ce que je veux. Mais Kolchock, lui, oui.

– Prêt à te faire plumer ?, nargue-t-il d'entrée Driskell.

– Bla-bla-bla, répond celui-ci, hilare. Nous allons bien voir…

Il se tourne vers moi.

– Je peux te faire crédit, me dit-il, grand seigneur.

Le donneur distribue les cartes et on commence à jouer. Je me retrouve au même point qu'il y a quelques mois, à Las Vegas, sauf que cette fois, je me bats pour tellement plus. À cette époque, je voulais juste reprendre ma liberté. Pouvoir m'échapper.

Aujourd'hui, je me bats pour mon avenir. Pour une vie avec Tegan, une vie honnête, simple et vraie. Elle a trouvé le courage de venir jusqu'ici pour moi. Maintenant, c'est à moi d'agir. De nous ramener chez nous.

J'ai le cœur qui cogne. C'est le moment. L'enjeu est énorme. Je mise un peu par-ci par-là, mais surtout j'observe le jeu des autres. Je me couche, fais profil bas, tandis que Driskell et Kolchock surenchérissent dans un duel à mort.

Tegan se penche et me chuchote à l'oreille :

– Est-ce que ça va ? Tes cartes...

Elle voit tout derrière moi. Elle sait donc que je me suis couché avec un super jeu.

– Fais-moi confiance, je réponds et elle hoche la tête.

Au tour suivant, je me retrouve avec un jeu minable. Mais la valeur des cartes n'a plus aucune importance. Je pose ma mise, du lourd. Dix mille dollars, d'entrée.

Kolchock émet un sifflement, et suit.

– Tu es sûr de vouloir parier si gros, gamin ?

Je souris, joue à fond le mec hyper confiant.

– Pourquoi pas ? Les affaires marchent du tonnerre, pas vrai, patron ? Jamais la marchandise ne s'est écoulée aussi vite...

Driskell semble tendu d'un coup. Kolchock se renfrogne.

– Tu m'as pas dit que les bénéfices étaient en chute libre… ?

– Oh, je dois me tromper, je remarque avec un haussement d'épaules. C'est vrai, qu'est-ce que j'en sais, moi ? Je suis juste un chien de garde.

Quand arrive mon tour à nouveau, je pousse encore plus de fric au centre de la table.

– Je relance, vingt mille.

Driskell m'observe avec ses yeux de fouine. J'ai réussi à capter son attention.

Parfait.

On fait un autre tour de table. Puis Kolchock se couche.

– On n'arrive pas là où j'en suis sans savoir reconnaître une mauvaise main, dit-il, placide.

Ses paroles résonnent autour de nous, lourdes de sens.

Je relance encore une fois et maintenant, c'est plus de cent mille dollars qui attendent, sur la table.

– Oh, peut-être que j'utiliserais mes gains pour m'acheter un manoir aux Keys, pas vrai, patron ?, je réponds, avec un sourire innocent à Driskell. Vous devriez voir la baraque, j'ajoute à l'attention de Kolchock, plein d'entrain. Vue sur la plage, un sauna digne d'un prince saoudien. Oui, une vie de luxe, le rêve…

Driskell est livide. Je croise son regard. *C'est ça, tu peux commencer à flipper.*

Voler le boss est stupide. Me garder avec lui pour m'entendre balancer ce genre de choses devant lui l'est encore plus.

Et si Driskell est un sale psychopathe, il n'est pas stupide.

– Un jour, qui sait, hein, patron ?, je poursuis, de telle sorte qu'il saisisse bien le message. Si je reste avec vous, j'y arriverai. Oui. Plus je suis avec vous, plus j'apprends comment faire pour réussir…

Je me tais, baisse les yeux sur mes cartes de merde. Tapis.

Driskell me fixe. Je vois les rouages qui tournent à toute vitesse dans sa tête, mais la messe est dite. Il ne va pas s'écraser devant un freluquet comme moi, mais ce qu'il veut encore plus, c'est sauver sa peau.

Il hoche la tête discrètement.

– Je crois qu'il vaut mieux que je me couche, dit-il finalement et il jette ses cartes.

Un soulagement colossal m'envahit. Je me tiens à la table, avec la tête qui tourne, je ne suis pas sûr d'avoir bien entendu. Les mains de Tegan sur mes épaules se resserrent, elle non plus n'ose y croire, mais déjà Driskell se recule sur sa chaise en faisant la gueule.

– Wow, soupire Kolchock. On dirait bien que c'est ton jour de chance, gamin.

La chance n'a rien à voir là-dedans.

Il pose une liasse de billets sur la table et balance un coup de coude à Driskell.

– Paye.

Driskell balance le cash avec un regard assassin.

– Tu vas sortir en profiter, pas vrai ?, dit-il, glacial.

Je hoche la tête, je sens déjà le parfum de la liberté.

– Vous ne me reverrez jamais. Mais je ne veux aucun problème, j'ajoute à voix basse. Je vous fous la paix, vous laissez ma famille tranquille.

Il acquiesce d'un signe de tête. C'est le deal. Mon silence et en échange, il oublie jusqu'à mon existence.

Cette fois, je le sais, il ne viendra pas m'emmerder. J'ai un super moyen de pression et il ne prendra pas le risque de foutre en l'air son avenir, voire davantage...

Je prends la main de Tegan et l'entraîne, sors du club au pas de course, avant qu'il ne change d'avis. On se retrouve dans la rue remplie de touristes et de joyeux fêtards déjà bien imbibés.

– J'arrive pas à le croire, dit Tegan en m'enlaçant, ça y est ! Tu avais un jeu tellement nul, j'étais sûre qu'il allait gagner !

Je la prends dans mes bras et la fais tournoyer, ivre de liberté.

– Peu importe les cartes, du moment que tu maîtrises les autres joueurs.

Je la pose sur ses pieds et l'embrasse, m'abreuve à ses lèvres irrésistibles.

– Jamais plus je ne te quitterai, je lui fais le serment.

– Tant mieux, répond Tegan, radieuse. Parce que maintenant, tu es prévenu, où que tu ailles, je te retrouverai et te ramènerai *illico* avec moi par la peau des fesses...

Je ris, l'embrasse à nouveau.

– Finalement, ta légendaire obstination a du bon...

– Et maintenant ?, demande-t-elle. Que fait-on ?

– À vrai dire, je réponds en la serrant contre moi, j'ai bien une idée ou deux...

Je dépose un baiser dans le creux de son cou. Elle tressaille.

– Je parlais de l'argent !, dit-elle en me pinçant.

J'hésite. Je n'ai pas vraiment prêté attention au fric. L'enjeu pour moi était ailleurs, tellement plus important. Mais à présent, je reviens sur terre, j'ai un max de billets dans la poche et la vie devant moi.

Notre vie.

– Tu es libre maintenant. Tu peux faire ce que tu veux, aller où tu veux, dit Tegan en me dévisageant, puis elle se tait, attend.

Je la serre contre moi, m'imprègne de son odeur. Il n'y a qu'un seul endroit en ce monde où mon cœur m'appelle. Une petite bicoque en pleine campagne, sur la côte, avec un porche pour prendre le frais, les longues soirées d'été, et un jardin pour que les enfants puissent s'amuser en paix. Un jour.

Toute une vie à construire. Les fantômes à envoyer au diable pour toujours. Un avenir plus lumineux, plus heureux que le passé, que notre passé à tous deux.

Je berce doucement Tegan contre moi. Ma vie. Mon éternité.

– On rentre à la maison…

Déjà paru

Juliet & Emerson

Déjà paru

Brit & Hunter

Déjà paru

Carina & Garett

Déjà paru

Alicia & Dex

Dépôt légal : septembre 2016 – N° d'impression : 1605.0098
Achevé d'imprimer en France par : Aubin Imprimeur